U0014540

一直都是你，
讓我懂得了什麼是喜歡。

沒有你的晚餐時間

Without You at Dinner Time

兔子說 著

Chapter 1

「學長！學長！」

晚間十一點多，紀凱文急匆匆地跟在田赫辰身後跑了出來，高聲大喊。

在電梯前站定的田赫辰恍若未聞。

「學長，你真的要走了？」眼看田赫辰一副打算撒手不管的樣子，紀凱文比他還要著急，「老大不是說了，這件事要你來負責嗎？」

「把談定的案子搞砸的人是他，爛攤子卻要我來收拾？」聞言，田赫辰發出冷笑，「當我做資源回收、還是慈善事業？」

「不是啊，我們拿人家薪水，本來就該……」

叮的一聲，電梯總算到了。

「我走了。」田赫辰一腳踏入電梯。

紀凱文還想挽留他，「學長……」

「就算加班到凌晨三點，天上也不會突然掉下來一個設計師。」而且還是腦袋有問題，願意接手屎缺的那種白痴設計師。田赫辰摁下地下二樓的按鍵，「你也早點回去吧，明天見。」

電梯門無情地關上，阻隔了紀凱文猶不死心的聲聲呼喚。

處在空無一人的電梯裡，田赫辰這才疲憊地閉上眼，深深嘆了口氣。

說什麼明天見？他現在、立刻、馬上就想辭掉這份工作！

原因很簡單，今天不會掉下來一個白痴設計師，明天當然也不會。光想到接下來將要面對的棘手難題，他上個月才買的頭痛藥又該補貨了。

電梯抵達地下二樓，半年前才入手的新車停在空盪盪的停車場裡格外顯眼，精心上膜的車身在日光燈底下閃閃發光，就像它的主人一樣。

在旁人眼裡，任職於前景看好的智慧家電公司，畢業退伍不到兩年便升上主管職，田赫辰在同齡人之中算是小有成就，未來前途更是不可限量，理當替自己感到驕傲才是。

……驕傲個屁。

駕駛在回家的路上，新車皮革的味道充斥整個空間，田赫辰降下車窗，讓夜晚帶點涼意的新鮮空氣流淌進來。

老實說，田赫辰也搞不懂自己到底是怎麼了？

以他的能力，靠手腕、靠人脈，就算是靠他的這張臉好了，臨時找個設計師接手並非難事，就算眞的找不到頂替人選，到了不得不低頭的時刻，要他帶著禮物向原本的設計師鞠躬道歉，他也不會猶豫。

既然如此，他爲什麼會這麼提不起勁呢？

難道這就是人家說的職業倦怠嗎？

「煩死了。」田赫辰瞪著紅燈，也不知道是在罵誰。

田赫辰的住處距離公司約莫半小時車程，是一間兩房一廳的小公寓，他對於住處的要求不多，不需要警衛森嚴，也不需要健身房、游泳池，只要租金合理，有管理員幫忙收包裏就行了。

而這大概就是她得以如入無人之境般來到他家門前的原因。

田赫辰傻站在電梯口，瞪著那個倚著一堆行李箱睡得東倒西歪的嬌小身影。

過了好一會，他回過神來，放輕腳步走上前低頭察看。

……真的是她沒錯。

她是他的青梅竹馬，從小一起長大，卻在十八歲那年不告而別。但她真的只是他的青梅竹馬嗎？他不知道該如何清楚定義她的身分，她之於他，是家人、是朋友，更是……

六年了，田赫辰想像過幾百種與她重逢的畫面，卻不包括這一種，他從沒想過她會帶著一堆行李箱睡在他家門前；他也在腦海裡排練過無數次，當她再次出現的時候，他該擺出什麼表情、該怎麼把她狠狠地罵一頓，從此與她斷絕關係，兩人再不相干。

他可是田赫辰。

田赫辰想做的事情，沒有一樣辦不到。

於是，他用腳尖踢了踢睡得嘴巴開開流口水的女孩。

「牛茜茜。」田赫辰喚她的名字，「起來，我們回家。」

點亮燈的廚房裡，氣氛安靜得有些詭譎。

牛茜茜眼觀鼻、鼻觀心，乖乖坐在餐椅上等待一語不發的田赫辰發落。

她應該嚇到他了吧？是啊，他怎麼可能不被嚇到？自從她十八歲出國以後，他們都六年沒見了，中間也不曾聯絡，她一出現就是在他家門口，饒是有著一顆強心臟的田赫辰也需要一點時間緩和內心的激盪。

田赫辰輕輕嘆了口氣，終於開口：「要喝水嗎？」

牛茜茜猛地抬頭看他，用力點了點頭。

「吃晚餐了嗎？」他又問。

下飛機後就沒吃東西了，她快餓死了。牛茜茜大力搖頭。

「想吃什麼？」田赫辰才問完，見她又想比手畫腳，他的眼神忽地一冷，「牛茜茜，妳是變啞巴了？還是去一趟美國回來就不會說中文了？我勸妳好好開口說人話。」

「永和豆漿！」牛茜茜最沒原則了，立刻舉手大喊。

六年改變了很多事，像是外送服務的興起。田赫辰用手機訂餐後，不到一小時，熱騰騰的食物便擺滿了餐桌，若是換在六年前，還是高中生的他大概只能奮力踩著腳踏車前去採買。

「就是這個味道！嗚，好久沒吃到了。」牛茜茜左手拿著燒餅油條，右手拿著筷子，「玉米蛋餅、蘿蔔糕、小籠湯包，我好想你們喔！田赫辰你也快吃啊，你再不吃就會被我吃光了！」

「我不餓。」

「那我不等你囉。」牛茜茜說是這麼說，她的嘴根本沒停下來過。

拜華人遍布世界所賜，儘管價格貴了一點，在美國倒是不難吃到臺灣的家鄉菜和小吃，然而她最愛的台式早餐卻依然芳跡難尋，這些熟悉的味道她可是整整想念了六年，回來當然得吃個夠。

「茜茜。」田赫辰輕喚她一聲。

牛茜茜睜著一雙圓圓的眼睛看了過去。也許是橙黃的燈光迷惑了她的眼睛，又或者是橫亙在兩人之間的六年時光所致，牛茜茜看著對面的田赫辰忽然感到有一絲陌生。

六年時光可不是眨眼就過，尤其他們在青春期分別，分別後的每一天、每一秒，兩人無時無刻都在變化，各自走向不同的成長道路。田赫辰曾經略顯單薄的臂膀，如今變得厚實寬闊；下巴弧度也變得更爲稜角分明，還有那雙眼睛——

直到這時，牛茜茜才意識到，坐在她面前的是一名成熟的男人，而非過去的少年。

「妳怎麼知道我住在這裡？」田赫辰問道，表情看不出是喜是怒。

「我問田媽的。」牛茜茜放下筷子，「你也知道我家的狀況嘛，田媽問我要不要借住你的房間，可是老家那邊工作又不好找，所以……田赫辰你生氣了嗎？我、我保證，我一找到房子馬上搬走，給我一個月的時間，不對，一個星期就好！啊，還是你女朋友會生氣？對不起，我沒想那麼多，我明天就去住飯店！」

「沒有。」

「蛤？」牛茜茜不明白他的意思。

「我說，沒有。」田赫辰又把同樣的話重複一遍。

牛茜茜有點慌張，仍舊不解其意，「什麼沒有？」

「沒有生氣。沒有女朋友。」田赫辰不冷不熱地解釋，最後淡淡補上一句，「妳想在這裡住到什麼時候都可以。」

牛茜茜愣住，「沒有女朋友？」

「有意見？」田赫辰一記冷眼掃過去。

「不敢！」牛茜茜投降。

田赫辰的嘴角似乎上揚了一點點，語氣有著幾不可察的輕快，「妳不打算回美國了？」

「呃。」牛茜茜一頓，「也不是這麼說。」

聞言，田赫辰不說話了。

牛茜茜是個俗辣，她什麼都怕，最怕的就是田赫辰不說話。

「田赫辰……」

「妳剛才說要找工作。」田赫辰一下子就指出她話裡的矛盾。

「是要找工作沒錯啊。」牛茜茜心跳加快，不敢看田赫辰的眼睛，「但工作也有分長期和短期，而且我也不是馬上要找，這麼久沒回來，總是還有其他事要做……」

「例如？」田赫辰像是在審問犯人似的。

然而比起犯人，牛茜茜更覺得自己是刀俎上的魚肉，只能任田赫辰宰割，他問什麼，她就答什麼。

「就、就見見朋友什麼的啊……喂，你該不會以爲我只有你這個朋友吧？拜託，施書言和賈曉玫他們兩個煩死了，每天都問我什麼時候回台灣，還有吳道允啊，他……」

「見完朋友之後呢？」田赫辰又一次打斷她的話。

牛茜茜一時不知該如何回答，胸膛一挺，反過來質問他：「田赫辰，你有病啊？管這麼多幹麼？」

田赫辰挑眉，語氣充滿理所當然，「適度了解室友的行程，才不會妨礙到彼此的生活作息。順帶一提，我平時工作日都是晚上十二點睡覺，早上七點起床，準時八點半出門上班，現在是十二點五十五分，妳已經打亂我的作息了。」

有病！田赫辰這傢伙眞的有病！牛茜茜認識田赫辰二十四年有餘，她感覺自己永遠贏不了他。

「算了……」牛茜茜嘆了口氣，拿起筷子擺弄餐盒裡的食物，「總之，等我確認完一件事，我再決定要不要留下來。」

「什麼事？」

牛茜茜沉默不語，她不想說。

身爲青梅竹馬，田赫辰知道她所有的祕密，包括她背上那塊愛心形狀的胎記，還有她曾經因爲玩得太開心，捨不得去上廁所而在溜滑梯尿褲子的黑歷史。

田赫辰見過她笑、見過她出糗、見過她哭泣，她向來不害怕與他分享自己的每一面，因爲他是田赫辰，只因爲他是田赫辰。

但還是有一些事，她不能對田赫辰說。

「妳想確認的，是妳爸的事？」一段沉默過後，田赫辰開口了。

「蛤？」牛茜茜猛然朝他看去，一接觸到他的眼神，又忍不住低頭躲避，「嗯……對啊，算是吧。」

她沒辦法對田赫辰說謊。

說這種話還眞是有點矯情，她明明已經對他說過好幾次謊了。

牛茜茜不曉得田赫辰相不相信她的說詞，在那之後，田赫辰一句話都沒再說過，至於她，她都快用筷子把蘿蔔糕戳爛了，始終不敢抬頭看他一眼。

半晌，只聽一聲嘆息在寂靜中響起。

「妳慢慢吃，我去整理房間。」

「咦？」牛茜茜倏忽抬頭，愣愣看著田赫辰起身離開。

餐桌上只剩下她一個人，以及滿桌還沒吃完的食物。

牛茜茜舉起筷子，又放了下來。

……總覺得這些東西好像沒那麼好吃了。

✦

打從有記憶以來，牛茜茜與田赫辰便認識彼此。

他們從出生起便住在同一個透天厝社區，田家和牛家相鄰，兩人的母親從鄰居變成姊妹淘，兩家人也跟著日漸熟稔了起來。

田牛兩家的關係一直都很好，誰家先煮了晚餐，另一家就到隔壁搭伙；逢年過節更不用說，一起度過是常事，就連世界盃足球賽期間，兩家人都會聚集在田家的客廳共同為支持的球隊加油歡呼。

這對年幼的牛茜茜來說是很理所當然的事，她始終以為全世界的鄰居都和他們一樣要好，直到某天，她無意間和同學聊起，她的七歲生日要去田家舉辦烤肉派對，才發現事情或許不是她想得那樣。

「妳生日那天要去田赫辰家烤肉？」與茜茜同屬長頸鹿班的許惠雯驚訝地摀住嘴巴，「大象班的田赫辰嗎？」

「對呀！田媽說她會準備很多我喜歡吃的東西喔。」蛋糕、烤雞、甜甜圈，聽說還有巧克力噴泉耶！想著想著，牛茜茜口水都快流出來了。

「妳的生日爲什麼要去田赫辰家過？」

「啊？」牛茜茜這才注意到許惠雯臉色不快，「不、不行嗎？」

「很奇怪啊！」許惠雯臉上流露出明顯的質疑，「妳的生日不就應該在妳家慶祝嗎？跟田赫辰家有什麼關係？」

「因爲我們是鄰居啊。」牛茜茜解釋，見許惠雯不買單，她連忙又講了幾個理由，「也、也可能是因爲我爸爸工作很忙，常常只有我和媽媽兩個人在家，我媽媽身體不是很好，所以……」

牛茜茜說的都是實話。爸爸工作很忙是眞的，媽媽身體不好也是眞的，田爸田媽捨不得她的生日草草了事，才會在昨天的晚餐餐桌上提議幫她舉辦生日派對……這樣，眞的很奇怪嗎？

「好奇怪，你們又不是親戚，只是鄰居而已，他家幹麼幫妳過生日？怎麼想都覺得好奇怪。」許惠雯眼底浮現鄙夷。

「可是我們一直都是這樣……」牛茜茜吶吶道。

「什麼？一直？」許惠雯一聽更不得了，抓著一旁玩娃娃的女同學就問：「欸欸，陳乙晶妳有聽到嗎？牛茜茜說她的生日一直以來都是在田赫辰家過的耶！妳不覺得很奇怪嗎？」

「咦？爲什麼？好奇怪喔。」

「黃家洋！呂友銓！你們知道牛茜茜的生日派對要在田赫辰家辦嗎？」

多虧許惠雯的廣播放送，不一會，整個長頸鹿班都知道了這件事。

小朋友們團團圍在牛茜茜身邊，問她爲什麼要在田赫辰家過生日，而牛茜茜也很想問他們爲什麼不行？

「我知道了！」黃家洋猛拍了一下自己的小平頭，「牛茜茜一定是田赫辰的童養媳！所以他家才要幫牛茜茜過生日！」

「什麼是童養媳？」呂友銓茫然地發問。

黃家洋被問住了，這個詞是他從鄉土劇裡聽來的，他其實也一知半解，慌張之下只好隨口瞎掰：「就、就是他們兩個以後會結婚的意思啦。」

此話一出，立刻在長頸鹿班掀起一陣不小的波瀾。

「田赫辰要跟牛茜茜結婚？」

「怎麼可能？田赫辰那麼帥欸？」

喂喂，那是什麼意思？牛茜茜倏地朝說出那句話的小女生發出死亡光束。

事情好像變得有點奇怪，爲什麼她和田赫辰突然就要結婚了？她有說要嫁給田赫辰嗎？更可惡的是，爲什麼在場每個人都一副替田赫辰扼腕的樣子？

「牛茜茜。」說人人到，田赫辰好巧不巧提著一個粉色小提袋出現。

長頸鹿班十幾雙小眼睛唰唰看了過去，目不轉睛地盯著田赫辰一步步走向被圍在人群中央的牛茜茜。

「我媽說這是才藝班要用的畫具，妳忘記帶了。」田赫辰把提袋放在桌上，環顧四周，

「你們在幹麼？玩梅花梅花幾月開？」

「田赫辰，牛茜茜的生日派對眞的要在你家辦嗎？」

「牛茜茜是不是你家的童養媳？」

「你們以後是不是會結婚？」

「童養媳是什麼？」田赫辰聽都沒聽過這個詞，他低頭看向雙頰氣鼓鼓的牛茜茜，「牛茜茜，妳要跟我結婚？」

「誰要跟你結……」

「田赫辰才不會跟牛茜茜結婚！」一旁的許惠雯總算找到機會出聲，都怪黃家洋亂講話，說什麼童養媳，她都快急死了，「牛茜茜那麼醜又那麼笨，田赫辰怎麼可能跟她結婚！」

牛茜茜張著嘴，簡直不敢相信自己聽到了什麼。

比起田赫辰要不要跟她結婚，她更在乎許惠雯罵她又醜又笨。

許惠雯是她在幼稚園最要好的朋友，她們下課時間都會一起玩、一起畫畫，許惠雯明明今天早上還誇獎她綁的麻花辮很可愛。而且她哪裡笨了？媽媽聽到了一定會很傷心……

牛茜茜不明白許惠雯究竟爲什麼生氣，也不曉得怎樣才能讓許惠雯不生氣，就她的理解，騷亂的起因似乎源自於田赫辰要和她結婚。

好啊！那她不跟田赫辰結婚總可以了吧！

「誰要跟他結婚！我才不要跟田赫辰結——」

「我要不要跟牛茜茜結婚，關妳什麼事？」不等牛茜茜說完，田赫辰便看向許惠雯先一步發話，俊秀的眉毛皺了起來，「妳是誰啊？」

「你、你不認識我嗎？我是許惠……」

「對了，」田赫辰忽略許惠雯的自我介紹，逕自和牛茜茜交代，「我今天也要留下來上心算課，妳下課後不要亂跑，我媽說她會來接我們回家。」

聽聽田赫辰剛才說了什麼？

田赫辰的媽媽要來接牛茜茜回家！那不就代表他們感情不是一般的好嗎？照這樣看來，謠言應該不只是謠言，他們兩個以後一定是要結婚的吧？

「不曉得他們幾歲要辦婚禮？過了二十五歲就太老了。」

「我也好想去參加喔。」

長頸鹿班全員的腦洞已經大開至將近二十年後，紛紛向田赫辰與牛茜茜投去羨慕又驚嘆的目光，牛茜茜就算了，田赫辰像是沒事人似的毫無反應。

「就這樣，我先回教室。」田赫辰轉身便要離開。

不可以！田赫辰不可以這樣就走了！許惠雯急了，她用力跺腳，伸手指著坐在小椅子上的牛茜茜，大聲將她的祕密公諸於眾：「她把牛茜茜寫成牛西西！」

這是牛茜茜第一次體會到被朋友背叛的滋味，她腦袋一片空白，宛如遭受五雷轟頂。

長頸鹿班登時充滿了笑聲。

「牛西西！牛茜茜變成牛西西！」

「牛西西！髒兮兮！」

「好好笑喔，牛西西！」

看著周遭的小朋友發出訕笑，許惠雯滿意地揚起勝利的笑容，「連自己的名字都寫錯，這樣的人怎麼可能配得上……」

「那又怎樣？」田赫辰又一次打斷許惠雯的話，語氣依舊平靜，「以後結婚證書不會寫錯就好了。」

長頸鹿班瞬間靜默，緊接著爆出一陣驚呼。

「田赫辰好帥喔！」

「我媽媽說這叫很Man啦！」

許惠雯更急了，「她、她長得不漂亮，跟你一點都不搭！」

牛茜茜不漂亮嗎？田赫辰從來沒想過這個問題。

他先是看了看紮著兩條麻花辮的牛茜茜，再看了看小小年紀便燙了一頭波浪長髮的許惠雯，後者在他視線掃來時，偷偷擺了個姿勢。

田赫辰才七歲，雖然他本人總是被親戚和師長稱讚長得帥，但他的審美觀其實還沒建構完全。在他眼裡，每個人都是兩個眼睛一個鼻子一個嘴巴，他說不出牛茜茜到底漂不漂亮。

「比妳好看就好。」至少，他看得很順眼。

田赫辰這句話不啻爲致命一擊，許惠雯小臉一皺，崩潰大哭。

她從上幼稚園的第一天就喜歡上田赫辰了，會跟牛茜茜當朋友也是因爲可以藉此接近田赫辰。在許惠雯美好的幻想裡，總有一天她會和田赫辰步入禮堂，就跟童話故事裡的王子和公主一樣。

而她的幻想就這樣破滅了，她的哭聲連隔壁無尾熊班都能聽見。

一旁的田赫辰只在臨走之前，看著仍然一臉呆若木雞的牛茜茜說：「啊，忘了告訴妳。今天晚上吃咖哩飯。」

✦

牛茜茜七歲的生日派對十分溫馨愉快。

媽媽特地幫她穿上全新的雪白小禮服，烏黑長髮綁成兩球可愛的小丸子，並戴上一頂優雅的小皇冠，每個人見了都說她是最漂亮的小公主。

負責籌劃派對的田媽使出渾身解術，把自家頂樓天臺裝飾上一顆顆小燈泡，生日快樂字樣的氣球高懸，還有特地租來的巧克力噴泉，幾個小孩吃得不亦樂乎，巧克力沾了滿嘴滿臉，活像是一隻隻小花貓。

即使在很多年後回想起來，牛茜茜仍認爲那是她人生中最快樂的一天，因爲舉行完生日派對後沒多久，媽媽就病倒了。

媽媽的身體向來不好，尤其在生下她之後，更是每況愈下。

牛茜茜清楚地記得，那是一個天氣很好的夏日午後，說好要陪媽媽去醫院的爸爸一接到公司電話，連個招呼都沒打便匆匆出門。

從不在牛茜茜面前發脾氣的媽媽，氣得砸壞了非常愛惜的結婚紀念照，而本來應該被送到隔壁田家託管的牛茜茜，就這麼陪著媽媽去到醫院。

那天，她陪著媽媽聽醫生講了好多話，雖然她都聽不懂，可是莫名嚴肅的氣氛讓她不敢發問。從診間出來後，媽媽帶她到便利商店買了霜淇淋，她們坐在醫院外面很久，久到她霜淇淋都吃完了，好幾次說想要回家，媽媽都好像沒聽見似的，目光茫然地看著前方。

後來她才知道，那天媽媽被診斷出肺腺癌晚期。從此媽媽開始從頻繁進出醫院，轉爲長期住院，最後甚至再也沒能回到家裡。

這段過程很短暫，短暫到她根本來不及反應過來，就已經失去了媽媽。

舉行喪禮的那幾天，她就像是失去感情的人偶娃娃，機械化地按照大人的交代答禮，那些嘴碎的親戚一邊唉聲嘆氣惋惜小孩沒了媽媽怎麼辦，轉頭又在背地裡議論她爲什麼都不哭。

她不是不想哭，可是爸爸已經在哭了啊。

沒能好好照顧妻子的懊悔化作眼淚，牛正舷哭得不能自已，若不是田家幫忙處理後事，他或許連個像樣的喪禮都無法給予驟然離世的妻子。

大家都說小孩子不懂，年幼的牛茜茜卻把這一切都看在眼裡。

也許是爲了忘記失去摯愛的傷痛，喪禮過後，牛正舷變本加厲地埋首於工作，成天早出晚歸。

年幼的牛茜茜嘗試擔起家務，模仿媽媽慣做的家事，想當然耳，她做得並不好，洗衣拖地沒一樣行，更別說煮飯了，但反正家裡幾乎都只有她一個人，爸爸留下的零用錢足夠她自己去買超商便當果腹。

幸好，這樣的日子只持續不到一個星期。

這都要感謝那台壞掉的洗衣機，牛家淹大水一路淹到田家門外，才讓牛茜茜獨自生活的狀況曝光，田爸氣得差點找牛正舷興師問罪，心疼不已的田媽二話不說就想把牛茜茜帶回家照顧，可看在牛正舷的喪妻之痛未平，同時也讓他保有一點身爲父親的顏面，田家夫妻與牛正舷達成共識，講好由他們照料牛茜茜的三餐，其餘不會多管。

說是這樣說，事實上，牛茜茜儼然成了田家的第三個小孩。

「田晉辰！田媽說那隻雞腿是留給我的！」升上小學六年級的牛茜茜爲了捍衛雞腿主權，激動得整個人站到餐椅上。

「嘿嘿，先搶先贏！」田家老大扮了個鬼臉，一口咬下香酥多汁的雞腿肉，「嗯，好香、好嫩、好好吃！」

「大欺小，沒小鳥……唔！」

「少說那些沒營養的話。」田赫辰一把扯下牛茜茜，順手塞了顆肉丸子堵住她的嘴。

牛茜茜瞪了田赫辰一眼，不甘不願地嚼著鮮甜的肉丸。

這是田家晚餐時間很常見的風景。每晚六點，牛茜茜便會自動前來田家飯廳報到。大她三歲的田晉辰耐不住餓，多半早早等在餐桌旁偷吃，而田赫辰總是得經過田媽三催四請，才願意放下功課下樓吃飯。

「茜茜，來幫田爸捶肩膀。」一家人吃飽喝足後，田爸拍拍圓滾滾的肚子，坐在單人沙發上。

「來了！」牛茜茜手腳俐落地從電視機前跑過來，「這位客人，今天想要什麼樣的服務？」

「嗯，今晚，我想來點……」

「點你的頭。」田媽當頭澆了田爸一桶冷水，無視老公楚楚可憐的眼神，田媽換上寵溺的笑容招呼牛茜茜，「茜茜來吃水蜜桃，別理妳田爸。」

當季的水蜜桃切成小塊，白嫩果肉散發著甜蜜香氣，幾個大人小孩配著新聞的放送，一口一塊停不下來。

牛茜茜快狠準地叉起最後一塊水蜜桃，心滿意足地送入口中。

「牛茜茜，妳功課寫完了沒？」田赫辰不只長相遺傳到田媽，潑人冷水的功力也可以說是一脈相傳，「我不是叫妳要帶過來寫嗎？」

被他這麼凶巴巴地一質問，牛茜茜嘴裡的水蜜桃都不曉得該不該嚼，「我、我忘記了嘛！又沒有很多……」

「哎喲，功課沒寫又不會死。」田晉辰放下手裡的遊戲機，自信的笑容閃亮亮，「學學我，不寫功課也是活得好好的，對吧？」

在場眾人你看我、我看你，沒人說話。

只有牛茜茜倏地站起身，「對不起，我現在馬上回去寫功課。」

除了田晉辰以外的所有人，皆是認同地點了點頭——沒辦法，學誰都好，就是不要拿田晉辰當榜樣。

「你們太過分了吧！」田晉辰慢了半拍發出怒吼。

其他人沒良心地笑成一片，包括牛茜茜。

這就是田家，有牛茜茜在的田家。

田媽總說，晚餐時間是一家人相處最重要的時光，世界上沒有什麼能比得上各自結束忙碌的一天後，全家人聚在一起聊天談笑，共享一頓熱騰騰的豐盛晚餐更能療癒身心。

晚上九點，牛茜茜看了一眼牆上的時鐘，還來不及開口說話，田媽正好從陽臺抱著一堆待疊的衣服走來，跟著看了時鐘一眼。

「赫辰，陪茜茜回去。」

不用田媽提醒，田赫辰早就放下手中的專家版數獨。

「不用送啦，就在隔壁而已。」牛茜茜急忙推辭。

「茜茜。」田媽聲音一沉，任誰都聽得出其中的不容反駁。

「好啦。」牛茜茜嘟了嘟嘴，乖巧地和田家人一一道別，「田爸田媽晚安、晉辰哥晚安，我先回去了。」

田晉辰癱在沙發上，懶洋洋地抬腿揮了揮。

「茜茜晚安。」正在洗碗的田爸聽見了，不忘出聲提醒，「記得關好門窗啊！」

「知道了！」牛茜茜放聲往廚房喊，隨後跟著田赫辰踏出田家門口。

憑良心說，這一點點距離還眞不用人送，踏出田家門口左轉兩步就是牛家。

牛茜茜推開庭院的矮鐵門，突然意識到什麼，回頭望去，只見田赫辰仍等在原地，「你幹麼不走？」

「我看妳進去再走。」

「這裡不會有壞人了啦，難不成他們還會從我家庭院跑出來啊？」牛茜茜說著也覺得好笑，又不是在演恐怖片。

田赫辰的嘴角完全沒動一下，也沒有挪動腳步。

「隨便你。」牛茜茜推開鐵門，走到家門前，從口袋裡摸出鑰匙開鎖，旋開門把，玄關的自動感應燈亮了起來。

走進家門前，牛茜茜再次回過頭，而田赫辰依然沒有離去，那雙清冷的眼睛始終注視著她。

「晚安，田赫辰。」她向他揚起最最燦爛的笑容。

✦

……沒事的，牛茜茜，冷靜下來。

牛茜茜呆呆望著眼前的女人，懷疑自己是不是突然聽不懂中文了，還是不小心墜入了哪個異世界。

重整一下目前的情況：爸爸今天難得提早下班，他一進家門便興奮地對她說，為了慶祝會考結束，要帶她出門吃大餐，於是他們來到一間西餐廳，她點了七分熟的菲力牛排，爸爸則是五分熟的丁骨牛排。

餐點還沒送上桌，那個女人就出現了。

她說，她叫王……什麼？喔，對了，王亞淳，爸爸的同事兼下屬，看起來很年輕，應該才三十出頭吧？

區區一個同事，為什麼不能識相一點，打個招呼就離開？怎麼還坐下來點餐了呢？

看著爸爸與王亞淳的親暱互動，牛茜茜覺得胃不太舒服。

「再一份菲力牛排，七分熟。」王亞淳點了跟她一樣的餐點。

牛茜茜抿了抿乾燥的唇，拿起水杯灌下一大口。

「你跟她說了嗎？」

「還沒，我想等妳到了再說。」

要跟她說什麼？牛茜茜懷疑他們是不是以爲自己聾了。

……好想回家。牛茜茜垂下目光，找到白色桌巾上的一小塊汙漬，用盡全力盯著它，早知道就不要吃什麼大餐了。田媽最近著迷於韓劇，她倆整天在家一起追劇、看劇裡的人大啖韓式料理，嘴饞又手癢的田媽說了今天要親自做一次韓式炸雞試試，田媽手藝這麼好，她做的炸雞一定很好吃吧。

「茜茜？茜茜！」

牛茜茜嚇了一跳，倏地抬頭，「蛤？」

「爸爸在跟妳說話呢。」牛正舷皺著眉頭，不是很開心。

「對不起，我只是……」

「欸，不要那麼凶。」王亞淳先是拍拍牛正舷的手背，接著又對牛茜茜露出微笑。

牛茜茜不知該作何反應。她好想逃跑，從這張桌子、從這間餐廳跑開。

牛正舷坐直身子，清了清喉嚨，「茜茜，其實……」

「我待會可以加點一份甜點嗎？」牛茜茜開口打斷他的話，語氣有些僵硬。

「……可以。」牛正舷忍住沒發難，繼續往下說道：「茜茜，其實我和這位王阿姨已經交往一陣子了，之前一直沒告訴妳，是不想干擾妳準備考試，但現在妳會考也考完了，我在想，王阿姨跟我……」

「我想吃提拉米蘇。」

「牛茜茜！」牛正舷猛一拍桌，桌上的金屬餐具碰撞出聲。

「正舷哥！」王亞淳急忙按住他。

牛茜茜目光呆滯地望著坐在對面的兩人，內心這種異樣的情緒是難過嗎？好像也不是，但她也形容不出那是什麼。

「你們要結婚了，對吧？」她不曉得自己臉上是什麼表情，只是竭盡全力展現出最有禮貌的模樣，「恭喜你們。我現在可以點提拉米蘇了嗎？」

後來，這場飯局算是和平收場，牛茜茜如願吃到了提拉米蘇，而牛正舷雖然不太高興，但幸好有王亞淳在一旁安撫，氣氛倒也不至於太差。

送牛茜茜回家後，牛正舷的車都沒熄火，轉頭便載著王亞淳離開。

獨自坐在空無一人的客廳裡，牛茜茜像是虛脫了一般。她費了好大的勁才把那頓飯吃完，那塊菲力牛排可能還梗在喉嚨，導致她此刻難受得要命。

她換了個姿勢，蜷縮在沙發上，想讓自己好過一點。

清脆的門鈴音樂響起，牛茜茜假裝沒聽見。她不想應門，想裝作無人在家，偏偏門鈴一聲急過一聲，來人似乎不打算放棄。

牛茜茜突然有點害怕，緊緊抓著沙發上的抱枕不敢放手，她告訴自己，對方不知道屋子裡有人，等一下就會離開——

碰的一聲，冷不防有人用力拍窗。

「嗚啊啊啊！」她嚇得尖叫。

「牛茜茜！妳沒事吧！」

這個聲音是……牛茜茜睜開淚水迷濛的雙眼，看見田赫辰站在窗外。

「你怎麼在這裡？那個人呢？」牛茜茜趕緊跑過去開窗，她方才嚇得腿都軟了，躍下沙發時差點跌倒。

「哪個人？」田赫辰皺起眉頭，「我沒看到有人啊？」

「就是那個一直按門鈴的人啊！」

田赫辰嘆了口氣，滿臉無奈，「那個人就是我。」

「是你？」牛茜茜一愣，「田赫辰，你幹麼故意嚇人啊！」

「誰會那麼無聊想嚇妳？我媽剛才看到牛爸的車停在妳家門口，猜想應該是你們回來了，叫我趕快把炸雞拿來給妳，不然這些炸雞不可能留到明天，田晉辰半夜一定會偷吃。」田赫辰解釋完畢，狐疑地看著牛茜茜，「倒是妳，明明在家幹麼不開門？」

「蛤？哎喲，那不重要！」牛茜茜乾笑，硬是換了個話題，「現在最重要的是炸雞啦！你趕快進來，我馬上開門！」

相較於每天到田家報到的牛茜茜，田赫辰其實很少踏入牛家，至少在牛茜茜的母親過世後，他便再也沒有來過了。

田赫辰放下保鮮盒，下意識向四周張望，「妳家沒什麼變，還是跟以前一樣。」

牛家的家具擺飾都和他記憶中一模一樣，包括那幅掛在牆上的全家福十字繡。

「喔，嗯，對啊。」牛茜茜扯了扯嘴角，從廚房拿來餐具，「再過不久就會變了吧？」

「什麼意思？」

「我爸要再婚了。」說著，牛茜茜感覺自己的胃裡像是被扔進一塊沉重的石頭，「他今天跟我說的，和那個要跟他結婚的女人一起。」

「你們不是去慶祝考完會考嗎？」田赫辰蹙眉。

「哈哈，對啊，」牛茜茜也不知道事情怎麼會變成這樣，「可能是想順便給我一個驚喜吧？眞的滿驚喜的，哈哈。」

不知爲何，她越是笑，眼角和嘴角越是酸疼，就連鼻頭也是。

「茜茜，妳還好嗎？」

「廢話！我、我能有什麼不好的？再婚是喜事啊！」牛茜茜不敢看田赫辰的表情，她終於發現自己快要哭了。「好了，炸雞都快冷了，我想快點吃炸雞，田赫辰你都不知道那家牛排有多難吃，又乾又硬，還貴得要命！」

她不想要爸爸再婚，一點都不想，就算媽媽過世距今已經八年，就算爸爸今年也不過四十五歲，就算理智上明白爸爸再婚是很合情合理的決定，而她沒有資格，也不應該阻擋爸爸追求幸福，那可是爸爸的人生啊！

但，是不是沒人在乎她的人生？

「田赫辰，炸雞好鹹喔。」牛茜茜眼淚流淌過臉頰，吃進了嘴裡，「田媽是不是鹽巴放太多了……」

她不會阻止爸爸再婚，她只是想哭一下而已。

一下下就好。

「嗯。」田赫辰坐在她的身邊，順著她的話說，「我等會幫妳罵她。」

「嗚……眞的好鹹……」

牛茜茜以爲這就是田赫辰對她最大的安慰，這件事將會就此塵封，畢竟田赫辰在隔天見到她後沒再提過半句。

事情本該就這樣結束。

她從沒想過，不久之後的高中開學日當天，她會看見田赫辰穿著與她同樣的校服等在她家門口，不耐煩地催促她動作快一點，前往學校的公車就快要到站了。

……爲什麼？他爲什麼會和她念同一間學校？

他不是應該去念第一志願嗎？

Chapter 2

鼻間聞到培根誘人的香氣，田赫辰從睡夢中悠悠轉醒。

這是第幾天了？第三天、還是第五天？

他還在做夢嗎？如果是夢，這場夢未免也太長了吧？

田赫辰怔怔望著穿著圍裙、在廚房裡忙得團團轉的牛茜茜，直到現在，他還是不敢相信她回來了，不僅如此，她還每天早起替他做早餐。

她說，這是抵債，抵房租的債。

田赫辰倒覺得她欠他的不是房租，而是……

「喔！你起床啦！」牛茜茜發現他了，笑容燦爛，眼睛彎彎，「早安，我快準備好了，你先去刷牙洗臉。」

煎得酥脆的培根、新鮮酪梨切成薄片、裹滿奶油的嫩蛋和貝果，看似簡單的幾樣食物放在一起，散發出的香氣可不是開玩笑的。

「鏘鏘！茜茜特製美式大早餐！」牛茜茜放下餐盤後，雙手伸向腰後，試圖解開圍裙的結，「欸？怎麼解不開？」

「我來。」田赫辰示意她轉身背對他，無奈道：「妳怎麼可以連打個結都打成這個樣子？」

「怎樣？我又怎樣……」牛茜茜本來想還嘴，後腰若有似無的觸碰讓她閉上了嘴。

田赫辰專心地解開圍裙的死結，沒注意到身前那人過於安靜。半晌，兩人總算得以好好坐下吃飯，隨口閒聊生活瑣事，互動自然得好像他們從沒分開過任何一天。

「妳今天要做什麼？」田赫辰收拾完碗盤，順手端了咖啡和牛奶回到餐桌旁邊。咖啡是他的，牛奶是她的。

牛茜茜笑著接過馬克杯，不著痕跡地看了咖啡一眼。

「施書言終於有空和我跟賈曉玫吃飯了。」她喝了口冰涼的牛奶，在田赫辰的示意下，舔去人中的奶鬍子。「施書言那傢伙，我人在國外的時候，成天嚷嚷著想我、要我趕快回來。我好不容易回來了，他竟然又說自己工作很忙，還不准我和賈曉玫先去吃飯，說怕我們私下講他壞話……你說，這男人的心機重不重！」

田赫辰默默喝著咖啡，保持沉默為上上策。

施書言和賈曉玫是牛茜茜最要好的高中同學，當時這兩人和田赫辰關係也不錯，只是自從高中畢業後，少了牛茜茜做為居中紐帶，三人並未有聯絡。

「然後呢？」

「就這樣吧，找時間再去一趟立人哥的畫廊。」牛茜茜在台灣的熟人不多，除了高中好友，就只剩下丁立人了。

「嗯，那妳會回來吃晚餐嗎？」

「先生，這個問題該我問你才對吧？」牛茜茜翻了個大白眼，工作忙碌的人可不是她耶。「你呢？你會回來吃晚餐嗎？」

田赫辰將牛茜茜的表情盡收眼底，一股說不出的愉悅湧上心頭，他忍不住勾起嘴角。

「嗯，我會。」他點了點頭。

牛茜茜歡呼一聲，興致勃勃地計畫晚上的餐點。

今天是牛茜茜回國的第五天，她似乎還沒有打算回家，而他也不想提醒。

田赫辰斂下眸光，手指在馬克杯杯緣滑動，心想是不是只要自己不問，牛茜茜就會一直留下來？

✦

光海高中的期中考在上星期結束，揭曉考試成績的這一週，往往注定是幾家歡樂幾家愁。

牛茜茜顯然是最愁的那家。

「茜茜，不要難過了啦。」賈曉玫安慰垂頭喪氣的牛茜茜。

「牛茜茜！賈曉玫！」晚一步離開教室的施書言追了上來，立刻被牛茜茜黯淡的神情嚇了一跳，「呃，牛茜茜，妳月經來喔？怎麼這麼無精打采？」

「施書言，你這次第幾名？」牛茜茜斜斜瞥他，連轉頭都沒力氣。

「數學考得不太好，只考了第十五名。」

牛茜茜一聽差點吐血，掄起拳頭就往施書言身上打，「什麼叫做『只』考了第十五名？第十五名很厲害了好不好！」

「哪裡啊？賈曉玫不是全班第一嗎？我這成績連全校百名榜都進不了。」施書言想起貼在公布欄的榜單，「妳家竹馬才厲害，這次又是全校第一。」

牛茜茜翻了個白眼，還眞不枉費學校爲了歡迎他入學，特地開了間資優班供他就讀，田赫辰自入學至今從沒拿過全校第一以外的名次。

「田赫辰那隻雞……」她嘟囔道。

「妳幹麼罵人家是雞，他好歹也是鴨吧？」施書言瞇起眼睛，一臉垂涎，「而且是身價非凡的鴨，想要他坐檯可能得傾家蕩產，田赫辰就是夜晚的帝王，眾人稱之爲夜王……」

「呸呸呸！」牛茜茜一巴掌搧上施書言的臉，「我在說什麼、你在說什麼，你少用你這張嘴玷污他！」

「不然妳在說什麼雞呀、鴨的？」

「我沒跟你們說過，田赫辰當初爲什麼來讀我們學校嗎？」

施書言與賈曉玫同時搖頭。

見狀，牛茜茜整了整不存在的領帶，清了清喉嚨，沉聲說：「我，田赫辰，寧爲雞首，不爲牛後——誰！是誰打我！」

「我。」田赫辰甩了下右手，冷覷她一眼，腳下步伐未停，「模仿得眞爛。」

「田赫辰你站住！哪有打了人就跑的！」眼看田赫辰越走越遠，牛茜茜抓起書包便想追上去，「曉玫、書言，明天見，我先走了！田赫辰你給我等一下！」

高中二年級，十七歲，同時也是牛茜茜與田赫辰相識的第十七個年頭。

即使大家已經漸漸淡忘，但去年田赫辰引起的騷動可大了，連媒體都派記者過來採訪，人人都好奇爲何可以直上第一志願的資優生，竟會「紆尊降貴」選擇普通社區高中就讀？

當時，酷酷的田赫辰給記者的答案是：離家近。

牛茜茜不清楚其他人是怎麼想的，反正她絕對不相信就是了。後來她私下問過田赫辰同樣的問題，而他給了她一個難以形容的眼神，並說出那句「寧爲雞首，不爲牛後」。

牛茜茜還是不信，她總覺得田赫辰只是隨便找了個藉口搪塞她。因爲她比任何人都有自信，憑藉田赫辰傲人的智商，就算身處在競爭最激烈的優質牛群裡，他也會是最厲害的牛魔王。

哪像她，混進小雞群已是筋疲力盡，還只能當個小雞屁股……

「哈哈哈哈，第三十二名！」

「田晉辰，你笑屁笑！」正在和田媽聊天的牛茜茜察覺不對，一個箭步搶下田晉辰手上的成績單，紅起的耳根不曉得是爲了怒氣還是羞恥，抑或兩者皆有。「你怎麼可以不經過同意亂拿我的東西？」

「全班三十三個人，妳竟然考了第三十二名？」田晉辰幸災樂禍得很明顯，他等這一刻等很久了。「而且第三十三名還是缺考……等等，這麼說來，妳不就是最後一名嗎？茜茜，恭喜妳，刷新了本大爺的最低紀錄。長江後浪推前浪，我的寶座就交給妳了，哈哈哈哈。」

長江個頭！後浪個屁！她最不想自己的成績被田晉辰知道！

想當初，田晉辰在高一時考了倒數第三名，被眾人無情嘲笑，其中少不了她的一份力，田爸甚至喊他「田倒三」；如今她竟然超越了田晉辰……

怎麼辦？她現在是不是要改名叫「牛倒一」？

「怎麼啦？你們兩個到底在吵什麼？」田媽見大兒子一臉興奮，茜茜卻是委屈巴巴地捏著一張紙，便說：「茜茜，妳手裡那張紙借田媽看看。」

牛茜茜把成績單按在胸前，「田媽，不要……」

「茜茜妳就認命吧。」田晉辰樂死了，還在一旁說風涼話，「早晚大家都會知道的。」

田媽瞪了自家兒子一眼，抽走牛茜茜手裡的成績單，快速掃描一遍，面有難色地說：「茜茜，妳考試那幾天是不是身體不舒服？」

並沒有。她身體好得很，考數學那天還吃了兩份早餐。

若是問她為什麼會考出這種成績……拜託，如果知道原因，她就不會考最後一名了啊！

「媽，我就跟妳說，茜茜將來不得了吧。」

「你不說話，沒人當你是啞巴。」田媽狠狠打了田晉辰的後背，使眼色要他注意牛茜茜鬱鬱寡歡的臉色。

「奇怪，我有說錯嗎？」然而，不管是眼色或是臉色，田晉辰沒一樣看得懂，「你們也太偏心了吧，我考倒數第三被笑成那樣，茜茜考倒數第一連說都不能說？到底誰才姓田啊？」

「你們在說誰不姓田啊？」好巧不巧，田爸在此時踏入家門。

趁著田媽還沒反應過來，田晉辰一把搶走成績單，獻寶似的呈到田爸眼前。

「爸，你看，茜茜的成績單。」

「……茜茜，妳考試那天身體不舒服嗎？」田爸與田媽的反應如出一轍。

牛茜茜搖搖頭，心想那時候的確沒有身體不舒服，不過現在倒是可能有一點。

她走上前，默默拿走田爸手裡的成績單，垂頭喪氣道：「我要回家了。」

「茜茜！」田爸連忙拉住牛茜茜，他可捨不得從小疼到大的孩子就這麼離開，「人有失足，馬有亂蹄。一次考不好沒關係，下次再努力就好，妳上次不也……妳上次好像也沒考好……啊就、就算一輩子都考不好，田爸養……不對，我叫田赫辰養妳！妳以後就嫁給田赫辰！妳放心，有田爸在，那個臭小子絕對不敢虧待妳！」

幼稚園時被笑是童養媳的回憶閃過牛茜茜的心頭。先不說沒人問過她想不想嫁、田赫辰想不想娶，相似的事件竟在多年後再次上演，牛茜茜內心不免萌生疑問。

當年幼稚園裡的小朋友，沒人覺得她配得上田赫辰；多年過去，田赫辰依然優秀出眾，而她……也依然沒什麼長進，儘管如此，大家好像已經對她不抱期待，好像她就算表現得再糟也沒關係，反正有田赫辰可以給她靠。

難道在其他人眼裡，她的人生只能依附在田赫辰身上嗎？

「田世亨你給我閉嘴！茜茜，你別聽田爸胡說。」

「我哪有亂說，我說的都是眞心話。」

「田爸、田媽，謝謝你們擔心我，我沒事。」牛茜茜打起精神，勉強露出微笑，向爲了她起爭執的田家夫婦道別，「我先回家了，再見。」

說完，她抓著成績單，頭也不回地走出田家。

才帶上大門，牛茜茜轉身就看見田赫辰正好從外頭回來，他手裡提著超市的購物袋，想來是田媽使喚他去買晚餐的材料。

牛茜茜見到他，心裡沒來由地生出一股氣，繞過田赫辰便想離開。

「妳要去哪？」田赫辰拉住她。

「不要你管。」牛茜茜甩不開他的手，「你放手啦！」

「妳先說要去哪，我就放手。」

「我……」牛茜茜被問住了，這才意識到自己不想回家，但也不曉得要去哪，就如同她茫然的人生一樣，「不知道！我只是想一個人靜一靜！拜託你不要管我，就算是最後一名也有人權吧！」

興許是惱羞成怒造成腎上腺素激升，牛茜茜終於甩開了田赫辰的手。

她半跑半走地到了社區外的公車站，搭上來得最快的一班公車，二十分鐘後，隨意在一處看似熱鬧的地點下車。

今天是小週末，人來人往的街道上洋溢著歡樂的氣氛。爲了確認自己的確切位置，牛茜茜掏出手機正想打開google map，卻先看見了田赫辰傳來的訊息。

「有事隨時打給我，我去接妳。」

牛茜茜的脾氣來得快，去得也快，瞪著螢幕上的文字，罪惡感油然而生。她剛才是不是對他太凶了？笑她的人又不是田赫辰，田赫辰一點錯都沒有，他只是被遷怒而已，可是、可是……

不管怎樣，現在的她還不想回家。

牛茜茜嘆了口氣，把手機放回口袋，在街邊找了個地方坐下。

涼涼的晚風拂來，兩側的商店店門大敞，明亮的燈光與輕快的流行音樂流瀉而出，路上往來的行人好像都掛著笑容，看起來好幸福。

「他把你美化了啦，你才沒有這麼帥！」一對大學生年紀的情侶邊走邊打鬧，手上拿著一幅色彩斑斕的畫作。

牛茜茜順著他們走過來的方向看去，後知後覺地發現，有人在不遠處的空地擺攤作畫。她有點好奇，便起身上前幾步一探究竟。

畫師是一名綁著髮帶的長髮年輕男生，他正忙著替一對老夫妻繪製肖像，攤位旁邊放了幾幅供人參考的畫作，人像、動物、風景皆有，唯一的共同點是色彩俱是無比絢爛。

牛茜茜駐足看了很久，直到畫師突然抬眼看向她。

「妳喜歡我的畫嗎？」

牛茜茜嚇得整個人跳起，「蛤？」

畫師被她的反應逗樂，「不喜歡？」

「不是啦！」牛茜茜慌張死了，「我很喜歡，我覺得很漂亮。」

「妳若是喜歡，我幫妳畫一幅畫好不好？」

「咦？」牛茜茜愣住，視線落向一旁的價目表，人物畫一張要價六百元，「可是我身上只有兩百塊。」

「是我找妳當模特兒，當然不收妳錢。」畫師的笑容很陽光，很容易讓人卸下心防，「還是妳想收我錢？不好意思，哥哥有點窮耶。」

他雙手摸向褲子口袋，故意翻出空無一物的口袋內層。

牛茜茜又是一怔，嘴角失守，原本緊張的心情瞬間爲之放鬆。

畫師的名字是丁立人，之前是個環遊世界的背包客，不久前才回到台灣，雖然家人都催促他趕快找份工作安定下來，但他本人一點都不急。丁立人說，他想先花點時間紀錄家鄉人們的笑容。

丁立人一邊作畫，一邊與牛茜茜閒聊旅行趣事，他的各種奇妙經歷讓牛茜茜笑得上氣不接下氣。

「好了。」短短半小時不到，丁立人放下畫筆，滿意地轉過畫架。

看見完成的畫作，牛茜茜驚喜得說不出話來。

那是一幅少女燦爛的笑顏，用色繽紛，神態維妙維肖。

這樣的畫是怎麼畫出來的？牛茜茜的目光從畫作移到了丁立人的作畫工具上。

「妳想試試看嗎？」丁立人似乎能夠看穿牛茜茜的想法。

牛茜茜睜大了眼睛，「可以嗎？」

「當然。」丁立人爽快地答應。

他取出全新的畫紙安上畫架，讓牛茜茜坐上他的小板凳，順便解釋了一些畫具的用法。

晚間七點正是商圈人潮最多的時刻，丁立人等同於放棄了賺錢的機會，偶爾有幾組客人上前詢問，都被他小小聲地推掉了。

畫了幾筆，牛茜茜漸漸投入，並未注意到丁立人的體貼與善意。

一個小時過去，她放下筆，呼出一口大氣。

「茜茜，妳學過畫畫嗎？」丁立人站在她身後端詳著畫作。

「幼稚園的才藝班算嗎？」牛茜茜意識到這個問題可能不是稱讚，耳根突然一熱，「怎麼了？我、我是不是畫得很差？」

丁立人搖頭，「妳說不定有這方面的才華。」

才華？他是說她嗎？

望著丁立人充滿鼓勵的眼神，牛茜茜腦袋一片空白。

後來，丁立人並沒有讓牛茜茜把她畫的那幅畫帶走，而是和牛茜茜交換了畫作。

他說他很喜歡她的畫。

這句話讓牛茜茜坐在回家的公車上一直忍不住偷笑。

除了小時候被家人親戚誇獎幾句可愛、有活力之外，像這樣被人鄭重其事稱讚，好像是自她出生以來第一次。

牛茜茜深深吸了口氣，內心深處彷彿湧現出一股強烈的暖流。

不久後，公車在社區門口停下，牛茜茜蹦蹦跳跳地下車。

「……田赫辰？」

公車候車亭裡，田赫辰雙手環胸坐在長椅上，頭倚著廣告看板睡著了。

他……該不會是在等她回來吧？

✦

憑著丁立人的一句話，牛茜茜隔天立刻加入了美術社。

光海高中的美術社偏向同好會性質，社員都對繪畫懷有興趣，每個人擅長的領域則各有不同，有人偏好日系動漫，有人喜歡美式漫畫，也有人學習的是正統西畫。

從未接觸過如此多元的畫風，著實使牛茜茜感受到不小的衝擊，但更多的是無法用言語形容的興奮。她透過與不同社員的接觸，學習到許多以前不知道的知識，畫技在短時間內進步神速。

「牛茜茜！」施書言用力拍上牛茜茜的桌子。

牛茜茜嚇了一跳，畫紙上的鉛筆線條陡然歪了，「啊，我的畫……」

「我警告妳，妳不要太過分了喔！」

「過分的是你吧？」面對施書言的質問，牛茜茜跟著拍桌，目光一轉，看向一旁的賈曉玫，「曉玫，妳就這樣放任他欺負我嗎？」

「茜茜，對不起，這次我沒辦法站妳那邊。」

施書言振振有詞道：「沒錯，因爲妳實在太過分了！」

「我到底做了什麼？」牛茜茜一臉疑惑。

「現在幾點？」施書言氣勢凌人地問。

「十點啊。」牛茜茜看了一眼時鐘，「幹麼？怎麼了？」

「怎麼了？賈曉玫，她居然敢問我們怎麼了？」施書言氣得像是一頭就要噴出火來的噴火龍，「世界上就是有這種人啦，有了新興趣就不管老朋友的死活了啦，以前說好的約定都不算數，什麼第二節下課的上午茶都是狗屁……唉，賈曉玫，我看以後只有我們兩個相依爲命，牛茜茜已經不要我們了，嗚嗚嗚。」

……說來說去，就是要去福利社嘛。與好友手挽手走在前往福利社的路上，牛茜茜在心裡嘀咕。

不過，施書言說得也不算全錯，她最近確實完全沉迷於畫圖之中，下課幾乎不和他們聊天，這點是她疏忽了。牛茜茜自知理虧，決定待會買兩罐飲料補償好友。

「喔？這不是茜茜嗎？」

正當牛茜茜站在冷藏櫃前猶豫要買什麼飲料時，有人在背後喊了她的名字。

「宇倫學長，你也來福利社啊？」轉身看清來人，牛茜茜尷尬一笑，下意識往旁邊退開一步。

蔡宇倫是美術社的副社長，在社團裡很活躍，時常舉辦活動凝聚社員之間的感情，對於半途才加入美術社的牛茜茜也付出了不少關心，可是……

蔡宇倫忽然俯下身貼近，伸手去拿牛茜茜身後的飲料，一股陌生的男生氣息湧來，他的身軀幾乎就要貼在她的身上，牛茜茜連忙將雙手縮在胸前，動都不敢動。

「不好意思，我拿一下飲料。」蔡宇倫笑笑地解釋，晃了晃手上的牛奶。

牛茜茜覺得不太舒服。要拿她身後的飲料可以請她讓開，爲什麼要突然靠這麼近？

「學妹，妳想喝什麼？學長請妳。」

「不用了，我跟朋友一起結帳，謝謝學長的好意。」牛茜茜指向杵在麵包貨架旁的施書言和賈曉玫。

蔡宇倫愣了愣，似乎沒料到她有朋友作陪。

「這樣啊，那我先走了，社課見。」

等蔡宇倫離開福利社後，施書言和賈曉玫立刻上前。

「茜茜，妳有沒有怎麼樣？」

「幹，那是性騷擾吧？」

見好友紛紛為自己打抱不平，牛茜茜一方面覺得鬆了口氣，另一方面，她卻也感到不知該如何是好。

蔡宇倫的確很照顧她，時常關心她在社團是否有不適應的地方，然而也不知道是從什麼時候開始，蔡宇倫偶爾會有意無意地觸碰她。牛茜茜試圖說服自己，那只是她的錯覺、是她自我意識過剩……

但現在，施書言和賈曉玫的反應讓她知道自己的感覺並沒有錯。

「噁男多作怪！」聽完牛茜茜這陣子的遭遇，施書言快氣死了，「我們不能給他一點教訓嗎？報警、還是告訴老師都好啊！」

「我又沒有證據。」牛茜茜無奈道，「而且他也沒真的對我怎樣，老師應該不會相信我吧？」

「茜茜，委屈妳了。」賈曉玫心疼地抱住牛茜茜，「以後發生這種事，妳一定要馬上告訴我們，絕對不要一個人默默承受。」

「嗚嗚，曉玫……」

「茜茜……」

「欸欸，妳們不要丟下我啊，我也要抱抱！」施書言跟著湊過來，張開雙臂抱住兩個女生。

「你們這是在幹麼？」

「田赫辰！」施書言一見到來人，立刻放開手，轉而嬌羞地勾著不存在的耳邊碎髮，

「你要去上體育課嗎？」

「嗯。」田赫辰看著被夾在中間的牛茜茜，「發生什麼事了嗎？」

「齁，我跟你說，茜茜剛才被——」

「啊啊啊啊！」牛茜茜霍地跳起，踮腳擋住人高馬大的施書言，「沒事！田赫辰，我們一點事都沒有！」

「眞的？」田赫辰不太相信。

牛茜茜用力點頭，「眞的！」

鐘聲恰巧在此時響起，牛茜茜連忙推搡田赫辰的後背，催促他趕緊離開，「欸，上課了，你不是要上體育課嗎？你走那裡去操場，我們走這裡回教室，再見！」

話音方落，牛茜茜一把抓著施書言和賈曉玫，逃命似的跑向樓梯。

還沒抵達一樓，體力不佳的三人便氣喘吁吁地停在樓梯間休息。

「牛茜茜妳有病？妳幹麼不跟妳家竹馬講？」施書言是最先緩過來的人，他不懂牛茜茜爲何要瞞著田赫辰。

「你才奇怪，我幹麼一定要跟他說？」牛茜茜莫名地心慌，「跟他講又不能改變什麼。」

「他那麼聰明，可能會有解決辦法吧？」

「書言，茜茜畢竟是女生，雖然她和田赫辰很熟，但遇到這種事還是不好意思和男生說吧？」隱約聞到火藥味，賈曉玫連忙打圓場。

「噢，是喔，那我看起來像太監嗎？」

「你不一樣啊，你是……」

「對啦，我是gay，提醒妳們一句，gay也是男生好嗎？」施書言沒好氣地說，「真受不了妳們女生。走啦，回教室了！」

落在施書言和賈曉玫的身後，牛茜茜回頭看了眼操場的方向。

……田赫辰應該沒發現什麼吧？

✦

正午烈陽高照，不顧旁人詫異的視線，牛茜茜在人來人往的走廊上狂奔。

「田赫辰！」牛茜茜一踏進健康中心，再也按捺不住內心的擔憂，猛地大喊。

保健阿姨嚇了一大跳，手裡的碘酒差點灑在田赫辰身上。

「你跟人家打家！」牛茜茜緊張到話音分岔，她走近坐在椅子上的田赫辰，慌亂地檢視他的傷勢，「你跟誰打架？你幹麼跟人家打架？你手還好嗎？腳呢？臉呢？腦袋呢？說話啊，你是傷到喉嚨了嗎？你到底有沒有怎樣啊！」

最後，牛茜茜幾乎是捧著田赫辰的臉吶喊，音量大到他耳朵快聾了。

「妳倒是給我說話的機會。」田赫辰注視著她的眼睛，他能在其中清楚瞥見自己的倒影，「我沒事，只是一點擦傷。」

太好了。牛茜茜雙腳一軟，險些站不住。

就在幾分鐘前，她無意間聽到旁人說田赫辰打架受傷，被送到健康中心，她瞬間腦中一片空白，丟下賈曉玫他們就衝了過來。

「好了，記得這幾天傷口要保持乾燥。」

「謝謝阿姨。」

「至於妳……」阿姨從口袋裡掏出一樣東西，「這個給妳。」

牛茜茜低頭一看，訕訕地露出一個既尷尬又不失禮貌的微笑。是喉糖。阿姨給了她一顆喉糖，嗚。

相偕離開健康中心後，田赫辰與牛茜茜在走廊盡頭停下腳步。牛茜茜宛如一隻被激怒的小母雞，兩手叉腰，堵在田赫辰的身前。

「你跟誰打架？」她問話還不夠，還伸手戳他的胸膛，「幹麼打架？」

「看他不爽，不行嗎？」田赫辰冷回，居高臨下地覷著牛茜茜。

牛茜茜倒抽一口氣，踮起腳尖，抓住田赫辰的肩膀一陣搖晃，「你是誰？你不是田赫辰，田赫辰才不會說這種話，你是外星人對吧？你把田赫辰怎麼了？快把田赫辰還來！」

田赫辰任她搖晃，表情變都沒變，「我不能打架嗎？」

「當然不行！」

「就算有正當理由也不行？」

「蛤？這個嘛，好像也不是不行……」牛茜茜天人交戰了一秒，好險她足夠理智，立刻清醒過來，「行使暴力就是不對，再怎樣都不可以動手打人！」

「妳到底在氣什麼？」田赫辰的眼神從頭到尾都沒離開過牛茜茜，「只是在氣我打架嗎？」

「當然不是啊，我是怕你受傷！」

「妳覺得我會輸？」

「蛤？」牛茜茜傻住了，她壓根沒想到那裡去。「我、我就只是怕你出事而已啊！天啊，你們男生怎麼那麼幼稚？滿腦子都是輸不輸、贏不贏的。」

「妳看到了，我沒事啊。」田赫辰雙手一攤，勾起嘴角。

牛茜茜狠狠瞪他，他的唇邊有一道傷，看起來很是扎眼。

「哪裡沒事？」牛茜茜雙手環住他的脖子往下拉，近距離端詳他臉上的傷，忍不住惋惜道：「哎，好好的一張臉……」

儘管不太甘願，但牛茜茜不得不承認，田赫辰確實長得很好。

從小到大，每次兩個人一起出門遊玩，被誇獎長相好看的人總是田赫辰——拜託，她是女生耶，就沒人說她漂亮可愛，大家的目光總是輕易被田赫辰吸引，說他長得好看，腦袋又聰明云云。

「所以……」牛茜茜才開口，赫然驚覺田赫辰始終盯著她看，明亮的瞳孔倒映出她的身影。

她嚇了一跳，放開勾著他的手，視線跟著轉開。

不知爲何，她有點緊張。

爲什麼要緊張？他是田赫辰耶，都認識多久了，他們小時候還常常一起洗澡……餘光瞄了田赫辰一眼，腦袋有什麼奇怪的畫面閃過，牛茜茜瞬間被自己的浮想聯翩嚇得倒退三步。

「咳，所以，你打架的正當理由是什麼？」她臉上一紅，卻不想輸了氣勢，「欸，先說好，要是理由不夠正當，我回家一定會跟田爸田媽打小報告，到時候你就死定了！」

未料，田赫辰又不說話了。

他幹麼啊？牛茜茜渾身不自在，這傢伙不是最會辯了嗎？以前還曾經擔任辯論社的當家辯手，今天居然這麼詞窮？

「田赫……」

「我想保護自己的東西。」田赫辰終於開口答道，「如何？夠正當嗎？」

牛茜茜聽了卻是一愣，無法理解，「他搶了你的東西？還是他把你的東西弄壞了？奇怪，又不是小學生……」

田赫辰沒有回答，只是大手伸過來揉亂了她的頭髮。

等到牛茜茜好不容易阻止田赫辰作亂的手，氣呼呼地抬頭瞪向他時，就見田赫辰沐浴在陽光之下，清冷的眉眼全染上了笑意。

那一瞬間，牛茜茜有些怔忡。

「有我在，沒人可以傷害她。」

最後，田赫辰是這麼說的。

✦

下午的美術社社課是難得的校外參訪行程，目的地是美術館的世界插畫大展。爲了有效避開蔡宇倫的靠近，牛茜茜和施書言、賈曉玟認眞討論過對策，甚至進行了好幾場沙盤推演，出任色狼一角的施書言都快被打死了。

結果到了參訪當下，牛茜茜早就把這件事拋到腦後，滿腦子都想著田赫辰那句話。

「有我在，沒人可以傷害她。」

田赫辰什麼時候有了那麼寶貝的東西？

有句話說好奇心會殺死貓，牛茜茜的好奇心簡直快把她逼瘋了。她暗自盤算哪天要偷偷闖入田赫辰的房間，看看到底是什麼東西讓他如此珍惜，居然不惜和人幹架也要保護它？

「天啊，學長你怎麼受傷了？」

聽見社員驚呼聲四起，牛茜茜慢了半拍才發現蔡宇倫的慘狀。他左眼烏青，鼻梁貼著紗布，整張臉布滿大大小小的傷口，看起來頗爲怵目驚心。

「大家不要擔心，我只是不小心從樓梯跌下來，沒什麼大礙。」或許是傷口疼痛，蔡宇倫的臉色不是很好，「呃，社長，人都到齊了，可以出發了。」

不曉得是不是錯覺，牛茜茜總覺得蔡宇倫似乎刻意避開她的視線。

世界插畫大展匯集了來自各國大師級的插畫作品，牛茜茜與幾名要好的社員一同行動，一邊欣賞畫作，一邊交換心得。

對於繪畫，牛茜茜並非只抱持玩票心態。自從遇到丁立人後，她感覺自己像是打開了通往新世界的大門，重新認識了自己的可能性。就連美術社的指導老師也說，她雖然不是科班出身，但潛力無窮，而且她又肯努力，若是繼續精進專研，未來或許大有可爲。

仰望眼前那幅近乎三公尺高的大型畫作，牛茜茜心中湧起從未有過的熱情。

離開美術館後，大夥臨時起意一塊到速食店用餐。牛茜茜抽空發了則訊息，說自己不回家吃晚飯。

不到一分鐘，電話就來了。

「我去接一下電話。」牛茜茜起身離座，不想打擾到其他人的興致。

還不到下班下課的時間，速食店三樓只有美術社的社員，全聚集在鄰近窗邊的座位。牛茜茜接起電話，走到洗手間門口。

「喂，阿姨，怎麼了嗎？」

「茜茜，我今天煮了義大利麵，妳眞的不回來吃飯嗎？」王亞淳溫婉的話聲透過話筒傳了過來，「我還準備了妳上次說很好吃的烤雞翅喔。」

牛茜茜國三畢業的那年暑假，牛正舷與王亞淳再婚，由於是二婚，結婚儀式從簡，只在戶政事務所公證後，雙方家人一起到飯店用餐，便算了事。

王亞淳是個溫柔體貼的人，這一年多來，對待牛茜茜雖不能說是視如己出，但絕對稱得上十分用心。

「我說了，我是眞的有事。」牛茜茜拒絕，語氣帶著她並未察覺的斷然。

「這樣啊，抱歉，我知道了。」

聽出王亞淳話裡的失落，牛茜茜心裡突然咯噔了一下，「不是啦，阿姨，我、我的意思是，妳留一點當我明天的午餐便當，好不好？」

「啊，當然好呀！」幸好王亞淳似乎不以爲意，語氣輕快地和她閒聊了起來，「對了，茜茜，我前幾天買了一個很漂亮的便當盒，想說妳一定會喜歡，沒想到今天就能派上用場……」

半晌，與王亞淳的通話總算結束。

牛茜茜放下手機，倚在牆上，莫名感到一股深深的疲倦。

好累。王亞淳對她越好，她越覺得疲累。

牛茜茜決定去廁所洗把臉，她正要推開女廁的門，卻被人從另一側扯住手臂。她還來不及反應，就被那人摀住嘴巴，硬是將她拖進另一邊的男廁。

男廁裡四下無人，牛茜茜驚恐地望著鏡子，只見蔡宇倫將自己挾在身前，他傷痕累累的臉上滿是怒氣，眼裡有著不正常的瘋狂。

「牛茜茜，妳很會嘛？」不顧牛茜茜的掙扎，蔡宇倫將她大力壓在牆上，「竟然敢叫人來打我？」

牛茜茜嚇壞了，不明白他在說什麼，「我沒有……」

「只不過是對妳好一點，就以爲別人對妳有意思？」蔡宇倫對著她直罵，「呸！少噁心了，誰喜歡妳啊？像妳這種貨色，我還看不上眼！」

那你就放開我啊！牛茜茜只敢在心裡回嘴，她急得都快哭了。

美術社社員都在外面，蔡宇倫居然還敢做這樣的事，也罷，只要她冷靜下來，拖足時間，說不定就會有社員察覺不對勁，走進男廁查看……

誰知剛才還說看不上她的蔡宇倫，下一秒便往她身上湊過來。

「不要！」牛茜茜嚇得閉上眼睛。

砰的一聲巨響，男廁大門遭人一腳踹開。

隨後她身上一輕，箝制著她的那雙手也鬆開了，一陣激烈的肉體碰撞聲響起，不到一分鐘，便又安靜了下來。

……怎、怎麼回事？

牛茜茜悄悄睜開雙眼，看見蔡宇倫奄奄一息倒在洗手臺底下，她將目光稍稍往左移去，一個高大的身影正站在自己身前，映入眼簾的是一張全然陌生的臉。

Chapter 3

「老實說，我一直以爲妳會和吳道允在一起。」坐在咖啡廳的戶外座位，施書言推了推鼻子上那副時髦又假掰的墨鏡。

「老實說，我不是沒考慮過。」牛茜茜學他，假掰地翹起小指端起咖啡杯。

「那爲什麼不這麼做？」施書言倏地摘下墨鏡，露出一雙震驚無比的眼睛，「妳跟吳道允明明就比較配！」

「喂，施書言，我們不是說好了，不要跟茜茜講這種話嗎？」賈曉玫皺眉，語帶責備，「她有她自己的想法。」

「還不是因爲妳是田赫辰派才這樣說。」施書言想想還是不甘心，「奇怪，曉玫妳明明也說過，牛茜和吳道允在一起比較開心，不是嗎？」

「那是以前。」賈曉玫糾正他。

施書言不認同地輕嗤一聲，「現在就不一樣了嗎？」

「當然不一樣啊。」賈曉玫笑著看了看身邊的兩位好友，「我們都不一樣了。」

不知不覺，高中畢業已經六年了呢。

學生時期便十分關注時尚的施書言，現在是負責打理藝人服裝的造型師，不久前自創了墨鏡品牌，副業經營得有聲有色；成績很好的賈曉玫考上了法律系，去年通過律師高考，目前正在律師事務所任職。

至於牛茜茜嘛，她過得也還算不錯。

「說到這個，妳贏得那個插畫大獎，可以拿到多少獎金啊？」施書言好奇問道。既然是國際大獎，獎金的金額應該挺可觀的吧？

牛茜茜講了個數字，換來施書言嫌棄的眼神。

「喂，你不要那麼世俗好不好？」賈曉玫看不下去，忍不住反駁，「藝術是不能用金錢來衡量的。」

「我也是在做藝術啊，我的藝術就很歡迎大家用金錢衡量。」施書言撇撇嘴。

「你們說得都沒錯。」牛茜茜適時插話，不想讓好友爲了一點小事吵架，「我參加這個比賽本來就不是爲了獎金，我看中的是獎項帶來的商業價值。」

自從有了國際大獎加持，案子源源找上門不說，業主給的價格更是令人滿意。

藝術家也要靠金錢才能生活啊，不是嗎？

許久未見的三人在咖啡廳消磨了一整個下午，雖然時常透過網路視訊聊天，但面對面的感覺還是不一樣。牛茜茜出了一趟國才深刻體會到，原來光是陪伴在喜歡的人們身邊，呼吸相同的空氣，便是再幸福不過的事。

「對了，牛茜，妳去找過吳道允了沒？」坐上計程車前，施書言來了記回馬槍，「說不定見到他之後，妳就會回心轉意喔？」

「施書言！」先一步坐進計程車的賈曉玫氣得大喊。

「還沒。」牛茜茜被好友們逗笑，「不過，我已經跟他約見面了。」

「做得好！」施書言彈指讚賞，總算心滿意足上車。

目送計程車朝著夕陽西下處駛去，牛茜茜輕快地調轉腳步離開。

該回家了，她和田赫辰約好一起吃晚餐呢。

✦

所以，吳道允究竟是誰？

烏山高職有名的混混，這個區域的流氓老大，經常出入警察局的壞學生……牛茜茜聽了一大堆關於吳道允的謠言，儘管如此，牛茜茜仍不認爲他是壞人。

嗶——

刺耳的喇叭聲引得走出光海高中校門的學生無不循聲看向同一個方向，其中包括正和朋友聊天的牛茜茜。

「牛茜茜！」吳道允身穿烏山高職的制服，跨坐在一台復古的雲豹223上，他揮舞著手中的安全帽吸引她的注意，「牛茜茜，我又來了，嗨！」

牛茜茜連忙抓著書包衝到吳道允面前，深怕再慢個幾步，他就會再按兩聲喇叭，屆時連校長都要跑出來看了。

「你小聲一點啦！」牛茜茜著急地跺腳，「現在全校的老師和教官都盯上我了。」

「盯上妳？」吳道允興味盎然地看著她，「爲什麼？」

「還不是因爲你！」

「我？我又沒怎……」

「茜茜！」

施書言和賈曉玫跑了過來，一左一右勾住牛茜茜的手臂，戒備地盯著吳道允，很有親衛隊的架勢。

「這位同學，你又來找茜茜幹麼？」施書言氣勢凌人地問道。

吳道允沒回答，反而上下打量同爲男性的施書言，「你是她的男朋友？」

「嗯，才不是咧！」

「施書言，你嗯個屁！」牛茜茜氣得轉頭大罵。

吳道允被逗得大笑出聲，至於被當成笑話看的牛茜茜等人面面相覷，氣也不是，笑也不是。

「幹麼？你們的校規有說外校生不能來找朋友？」吳道允好不容易笑夠了，很有自覺地回歸正題。

「是沒有啦，但你騎檔車等在校門口……」牛茜茜說到一半，突然覺得哪裡怪怪的，「等一下，我們什麼時候變成朋友了？」

「別忘了是我救了妳欸！牛茜茜，妳忘恩負義啊？」

沒錯，吳道允就是那天在速食店救了牛茜茜的那個人。

他在男廁痛揍蔡宇倫一頓後，因動靜太大，終於引來美術社社員前來探看，搞不清楚狀況的他們以爲是牛茜茜和蔡宇倫遇到流氓打人，急著想打電話報警。

吳道允也不爲自己辯解，蹲下拎起蔡宇倫的衣領，不客氣地問他敢不敢讓警察過來？

自知理虧的蔡宇倫，自然不敢報警。

後來，牛茜茜並未向警方報案，而是將整件事呈報學校，全權交由校方處理。因爲吳道允跟她說，相較漫長的法律流程，惡人不見得能得到應有的懲罰，交給學校反而相對有用。

那天的最後，牛茜茜稀里糊塗和吳道允交換了聯絡方式，而接下來的每一天，吳道允都會在放學後騎著他的雲豹223來光海高中報到，重點是他來了也沒幹麼，只是找牛茜茜閒聊一兩句便閃人，無聊得很。

然而，吳道允如此無聊的舉動，看在旁人眼裡可就沒那麼簡單了。

烏山高職在附近的名聲很差，吳道允還每天騎著檔車堵在校門口，老師和教官嚇都嚇死了，以爲是壞學生來尋仇，教官忍了好幾天，今天終於忍不住把牛茜茜抓去問話，問她和吳道允究竟是什麼關係？

牛茜茜當時答不出來，如今吳道允說他們是朋友……

「呃，你說是就是吧。」反正她想不到任何一個不和吳道允當朋友的理由。

「既然是朋友的話，」吳道允突然丟了一頂安全帽給她，「上車，我帶妳出去玩。」

「不可以！」

「茜茜不能去！」

身旁的好友著急阻擋，牛茜茜抱著懷裡的安全帽，猶豫地看著坐在檔車上的吳道允，她心裡其實並不抗拒這個邀約。

「走吧？」吳道允出聲催促。

就在這時，一道隱含怒氣的嗓音在幾人身後不遠處響起。

「牛茜茜！」

大夥同時回過頭，施書言很快反應過來，大喊：「田赫辰，你快點阻止她啦！」

田赫辰在生氣。牛茜茜一眼就看出來了，而且還是非常生氣的那種。

「喔，正牌男友出現了嗎？」吳道允噙著笑意問。

牛茜茜大驚失色，「不是啦，他不是……」

「走了。」田赫辰沒讓牛茜茜把話說完，攫住她的手腕便走。

田赫辰邁開的步伐很大，牛茜茜幾乎跟不上，更別說學校外面的人行道上坑坑巴巴，不時又有長出路面的樹幹擋路，她好幾次差點跌倒。

「田赫辰放開我啦！」牛茜茜氣急敗壞地甩開他抓著自己的手。

走在前方的田赫辰這才停下，卻沒有回頭。

「奇怪耶，你生什麼氣啊？」牛茜茜揉著發疼的手腕，「莫名其妙把我拉走，我跟吳道允話都還沒說完。」

「你們有什麼話好說？」田赫辰終於轉過身，滿臉都是壓抑不住的怒火。

「蛤？他說……」要載她出去玩。牛茜茜立刻住嘴，這話講出來，田赫辰一定原地爆炸。

「不敢說？」田赫辰怒極反笑，眼神更是凌厲，「我不把妳拉走，妳現在應該坐他的車跑了吧？」

被田赫辰一語道破，牛茜茜不免心虛，然而更多的是不甘示弱的逞強。

「那、那又怎樣！」她其實有點害怕，話講出去嘴都軟了，「我就是想跟他出去，怎麼了？」

「不可以！」聞言，田赫辰簡直快氣炸了。

「爲什麼不可以！」

「我不准！」

「好笑，你不准我就不能做？你誰啊，憑什麼管我那麼多？」牛茜茜一緊張說話就不經思考，完全管不住自己的嘴，「難道我連交朋友的自由都沒有嗎？」

「朋友？」田赫辰冷笑，「我看妳是眞的沒長腦。」

沒、沒長腦？牛茜茜傻眼了，「你竟然說我沒長腦？」

「對！我就是說妳沒長腦！」田赫辰氣得口不擇言，「妳要是有長腦，就會記取教訓！蔡宇倫的事才過幾天，妳就統統忘光了，居然想上陌生男人的車……牛茜茜，妳就算沒長腦，可不可以長點心，不對，妳可不可以長大一點啊？」

田赫辰的話彷彿一連串重擊，第一下打她的左太陽穴、第二下是右太陽穴，最後是一記下巴直擊——knock down，牛茜茜的理智線跟著斷裂。

「對！你說得都對！我就是笨！我就是沒長點心！我就是長不大！那又怎樣！我有拜託你照顧我嗎？我有叫你管我嗎？我的事不用你管！」牛茜茜衝著田赫辰大吼，音量大到對面街道的人都聽得見。

放學後的校園外面都是光海高中的學生，田赫辰在校內是赫赫有名的風雲人物，身爲他青梅竹馬的牛茜茜連帶也有一點辨識度，幾乎每個人都停下腳步看田赫辰和牛茜茜吵架，甚至偷偷拿起手機錄影。

田赫辰瞪著牛茜茜，久久不說話。

牛茜茜也是。

他不該那樣說的。她心裡想著。

從小到大，他就是聰明的那個、好看的那個、懂事的那個、厲害的那個……即便如此，他還是那個從不嫌棄她的田赫辰。

……他眞的不該那樣說的。

牛茜茜必須很努力、很努力，才能不讓在眼眶打轉的淚水落下。

「隨便妳。」田赫辰撂下話，轉身離開。

✦

他們吵架了，而且鬧得全校皆知。

田赫辰完全不跟她說話，就連一個眼神都不給。

但那又怎樣？

要比冷戰，她才不會輸呢！

牛茜茜這幾天都提早出門，故意坐比平常早一班的公車到校；在學校不小心遇到了，她就目視前方，眼角餘光都不分給他；如果是被田媽召喚到田家吃點心聊天，她也會在長輩面前裝出一副若無其事的樣子，這樣才可以氣死田赫辰，哈哈哈……

不行，笑不出來。牛茜茜其實一點都笑不出來。

「唉……」

「牛茜茜，這是妳今天嘆的第三百一十五口氣。」施書言吃著餅乾，同樣也是一副死氣沉沉的樣子，「我跟曉玫都被妳嘆衰了。」

牛茜茜看了看施書言，又看了看賈曉玫，兩人臉上沒有笑意，唯一有的只是對她的擔心。她知道這兩位好友這幾天都在看她的臉色，不問也不提和田赫辰有關的話題，盡量不觸動她任何一根敏感神經。

「對不起。」牛茜茜又想嘆氣了，不過這回她及時打住，明白自己不能再這樣繼續下去，「我去美術社轉移注意力，待會上課隨便幫我找個藉口擋擋。」

她必須做點別的事才行。

非社課時間的美術社一向沒人，牛茜茜搬出畫架和畫具，卻對著空白的畫布發怔，遲遲下不了筆。

口袋裡的手機傳出震動，有人傳訊息來。

牛茜茜以為是好友要她趕快回去上課，拿出手機一看，訊息卻是吳道允傳來的。

「妳在幹麼？」

如果不是吳道允，她和田赫辰也不會吵架。

也不管是不是遷怒，牛茜茜想到他就是一股氣。

「關你屁事。」

「好凶喔。妳在上課嗎？」吳道允的文字裡隱約帶著笑意。

牛茜茜大力敲打螢幕鍵盤，「蹺課！」

「喔？真假？妳在哪？」

他問這個要幹麼？牛茜茜環顧四下無人的美術教室，心想告訴他應該無所謂吧？反正吳道允又不可能跑來學校。

「美術教室。」她傳了訊息過去。

吳道允已讀之後便不再回應。

收起手機，牛茜茜重新調整心情，沉澱心中的躁動，做了一次深呼吸，果斷下筆。

有好一段時間，牛茜茜專注於繪畫，完全聽不見外界的聲音，就連有人悄悄走進教室都不知道。

「找到妳了。」

熟悉又陌生的嗓音突然出現在耳邊，牛茜茜的心跳猛然停了一拍。

她用最快的速度轉過頭，沒想到會看見穿著光海高中制服的吳道允。

「你怎……你的衣服……」牛茜茜嚇得都結巴了，忽然覺得心臟好痛，「等、等一下，我快心臟病發了……」

「喂喂，別死啊。」吳道允連忙把牛茜茜手上的畫筆拿走，大手拍撫她的後背。「還好嗎？沒事吧？」

半晌，牛茜茜終於緩過氣來，第一件事就是指著吳道允的鼻子質問：「你怎麼知道我在這裡？我們學校的制服又是從哪來的？還有，你來這裡幹麼？」

「來找妳玩啊。」吳道允兩手一攤，「制服隨便找個人要就好，而且是妳說了妳在美術教室的，這裡也不難找啊。」

說來說去，始作俑者竟是她自己？不是啊，她是說了自己在美術教室，但她沒想到他眞的會找來啊！

偷偷瞄著吳道允身上不太合身的制服，牛茜茜很難不去臆測他口中的「隨便找個人要」，其實是勒索搶劫……應該不是，希望不是，拜託不是。

「妳在幹麼？」吳道允探頭看向她尚未完成的畫作，嫌棄地皺起眉頭，「畫畫？不是蹺課嗎？畫什麼畫？」

「我就是蹺課畫畫。」牛茜茜立刻起身擋住畫布，「不行嗎？」

「沒不行啊。」吳道允笑了，伸手拍拍牛茜茜的頭頂，「乖、寶、寶。」

「不要碰我。」牛茜茜甩過頭，不讓他碰。

「好好好，不碰、不碰。」吳道允舉手做投降狀，「小氣鬼。」

見吳道允意外到來，牛茜茜心知自己是沒辦法靜下心畫圖了，於是她著手收拾畫具，並努力無視一旁跟前跟後的大型障礙物。

「聽說妳跟妳男朋友吵架？」偏偏大型障礙物長了嘴巴會講話，「莫非是爲了我？」

「他不是我男朋友。」牛茜茜抓起畫筆，逕自走到後走廊的洗手臺，「而且我們也不是爲了你吵架。」

「嗯哼，那是爲什麼？」吳道允倚著牆看她洗筆。

「關你屁事……喂！吳道允！」突然被水濺了滿臉，牛茜茜半瞇著眼，聽見吳道允惡作劇得逞的大笑聲。

好啊，要玩是不是？牛茜茜轉大水量，將水龍頭的出水口朝吳道允所在的位置一扭，強大的水柱直接噴向吳道允的上半身。

「哇靠！」吳道允傻眼地看著濕透的上衣，「妳玩眞的啊？」

牛茜茜趾高氣揚地哼了聲，「這裡可是我的地盤。」

這個水龍頭的接頭早就鬆了，只要用點力就可以隨意扭轉出水口方向，這可是只有美術社社員才會知道的小祕密。

吳道允不僅沒生氣，還爆出大笑，「哈哈，牛茜茜妳眞的太有趣了！」

有、有趣？她哪裡有趣了？牛茜茜默默往後退開一步，「你才有病吧？」

吳道允嘴角揚起，一步步前進，逐漸把牛茜茜逼到牆角。

「吳道允，我警告你，你不要亂來喔……」

「欸，當我女朋友，好不好？」吳道允的嗓音飽含笑意。

那一瞬間，牛茜茜當機了。

不曉得過了多久，有可能是幾分鐘，也有可能是幾秒鐘，牛茜茜震驚無比的小腦袋理解了一件事——

吳道允不只有病，而且還是神經病！

✦

一個星期又三天。

這是牛茜茜與田赫辰冷戰的天數，並且仍在持續增加中。

不過，也許人生就是這樣吧，上帝讓你少了一個朋友，就會帶另一個朋友給你。牛茜茜眼神死地望著與吳道允一同在校內進行歡樂野餐的好友們，心想事情究竟爲何會變成這樣呢？

是從粉圓冰開始的嗎？還是麥當勞呢？不對，最有可能的是肉桂卷，聽說那可是要排隊三小時才能買到的人氣美食……

「你們這兩個被食物收買的叛徒！」牛茜茜霍地跳起，氣憤控訴吃得正歡的施書言和賈曉玫。

施書言正要將千層蛋糕送入口中，他停住了手，賈曉玫則直接被蛋糕嗆到。

「之前不是要我離吳道允遠一點，看看你們現在在幹麼？」牛茜茜滿肚子的忿忿不平無處宣洩，「吃吃吃，就不怕食物有毒嗎？」

賈曉玫拍拍胸口，努力想要緩過氣來，「咳、茜茜，妳、妳聽我說……」

「以前是以前，現在是現在！」施書言臉皮果然很厚，說話的時候嘴角還沾著一坨奶油，「道允人那麼好又那麼有心，幾乎天天都帶好吃的來和我們分享，他又不是我們學校的學生，簡直是冒著生命危險溜進來耶！妳不要以小人之心度君子之腹，說什麼收買？美食是我們和道允之間的友情橋樑！」

聽聽這是什麼鬼話？一口一個道允，這個壞掉的施書言可以不要了。

「茜茜，妳之前不也叫我們不要用刻板印象看待吳道允嗎？」總算緩過氣來的賈曉玫一語驚醒夢中人，「現在我們跟他變成朋友，怎麼換妳不開心了呢？」

「那、那是因爲……」牛茜茜完全被堵得死死的，眼角餘光還瞥見吳道允在偷笑，「算了！都是我的不對，算我輸！」

說不贏別人就落跑是很丟臉的行爲。

牛茜茜最不需要臉面了。她氣鼓鼓地離開野餐的角落，獨自走向操場。

「牛茜茜，等一下嘛。」

不一會，含笑的嗓音在她身後響起。

牛茜茜當然沒理會，繼續低頭往前走。

吳道允沒兩下就追了上來，信步跟在她旁邊，「妳到底在生什麼氣啊？」

「不要你管。」

「好，我不管。」吳道允的口氣像在哄孩子，「我只是想知道。」

牛茜茜翻了個白眼，「那就是在『管』。」

「這不叫『管』。我就算知道妳在生什麼氣，也不會管妳，我會讓妳自己處理。」吳道允認眞講起歪理來，居然頗有幾分說服力。「妳不需要我管，我就不會管。」

一堆管管管的，她都聽暈了，莫名有些動搖，「……是這樣嗎？」

「嗯哼。」吳道允輕笑，像是忽然想到什麼，立刻補上幾句，「啊不過，如果妳是氣我來找妳，要我以後不要出現在妳面前，可能就有點難辦了。」

「我又不是在氣你。」

「不然呢？」

「我……」牛茜茜話卡在喉嚨又吞了回去，「我不知道。」

她不是眞的在氣吳道允。

吳道允要來要走，她都不在乎，反正不要被校方發現就好；施書言他們可以跟吳道允成爲朋友更是再好不過，畢竟她一直都覺得吳道允是個好人。

既然如此，她到底爲什麼會這麼暴躁呢？

「因爲妳的青梅竹馬吧？」吳道允倒是旁觀者清，他笑了笑，兀自說道：「我猜，你們應該還沒和好？」

原來，一切都是田赫辰惹的禍？牛茜茜有點困惑，卻又好像能夠理解。

「還是不想跟我說？」

跟吳道允說，應該沒關係吧？心事悶久了，牛茜茜不可能不想找人傾訴。

但身邊其他人都太了解田赫辰和她的關係，導致她一點都不想跟他們說，相較之下，什麼都不知道的吳道允或許是個好選擇。

「吳道允，你知道嗎？一開始，我是眞的很生氣。」那天，她氣到都哭了，一個人坐在回家的公車上哭得亂七八糟。

相識十七年，她和田赫辰自然吵過架，三不五時小吵小鬧、互鬧彆扭是常有的事，但像那天那樣，對著彼此大吼大叫的情況，還是自出生以來第一次。

田赫辰從來沒跟她說過重話，就算是國二那年她不小心打翻飲料，把田赫辰好不容易完成的暑假作業毀掉那次也沒有。

大概就是因爲這樣，她受到的打擊才會那麼大。

「但現在我好像沒那麼氣了。」牛茜茜繼續說道。

一時的氣憤過去了，剩下的只有後悔。

當然，她還是很傷心，田赫辰說的話確實傷到她了，她本來一直覺得不管發生任何事，田赫辰都會站在她這邊，從沒想過有一天他會氣得當眾罵她。

牛茜茜是懂得反省的人，冷靜下來後，她幾次想過是否有更好的方式處理當時的情況、自己往後該如何改進，也想過要和田赫辰道歉。

「問題是，我忘了跟他說話的方法。」牛茜茜悶悶地說，踢著地上的雜草，「每次他一出現，我就會不知所措，目光也會不自覺地避開他，就算心裡設想了好幾百種開場白，到最後仍然一句也說不出口。」

她所有的暴躁與遷怒，都是因爲挫折與難受累積在心裡無處宣洩。

與好朋友吵架，原來是這麼痛苦的事嗎？

「吳道允，你覺得我該怎麼做？」

「哦？妳需要我的建議嗎？」

「如果你不會亂講話的話。」牛茜茜橫了他一眼。

「我的建議很簡單，妳直接去找他，把妳剛才和我說的話，從頭到尾一字不漏地告訴他，就算加油添醋也可以，講越多越好，最好哭給他看，哭得越慘，效果越好。」吳道允挑了下眉，「我敢保證，這招對他一定很管用。」

「他都可以無視我好幾天了，我哭有用嗎？」

吳道允聳聳肩，「有試有機會囉。」

「……我不敢。」比起嘗試，牛茜茜更害怕嘗試之後的結果，「要是我照著你的話做了，他還是不理我，那該怎麼辦？」

「最慘還能多慘？不就跟現在一樣嗎？」吳道允話說得輕鬆，「難不成他以後跟妳呼吸同樣的空氣都會過敏？不可能吧，又不是有病。」

「呸呸呸！你才有病，不要亂講啦！」

「聽我的，保准藥到病除。」吳道允拍拍胸膛保證，見牛茜茜仍是一臉懷疑，他忍不住仰天長嘆，「拜託，我可是放下心中忌憚，大人有大量地幫助我的假想敵耶。」

「說什麼啊，聽不懂。」

「意思就是——」吳道允彎身湊近至牛茜茜的面前，「我都不怕我幫你們和好之後，妳會被他搶走了，妳還不學聰明一點，乖乖聽我的話？」

吳道允整張臉占據了牛茜茜所有的視線，牛茜茜發現他的鼻梁旁邊有顆顏色很淺的小痣。

她略顯狼狽地向後退，「就、就說了，我跟他不是那種關係！」

「是嗎？」吳道允歪頭，扯開嘴角一笑，「那妳跟我在一起啊，好不好？」

「不好！」牛茜茜翻了個白眼，一巴掌拍向他的頭，看能不能打醒他，最好讓他不要再做夢。

未料，吳道允沒被打醒，倒是被打傻了。

「為什麼不好？」吳道允涎著臉，故意追著牛茜茜問：「好嘛、好嘛，牛茜茜，跟我在一起啦！」

牛茜茜從一步步後退，不知不覺由走變跑，到了最後，兩個人竟然在操場上演起追逐戰。

也許是將連日來的鬱悶宣洩了一波，即使與田赫辰的問題仍未解決，牛茜茜的心情仍輕鬆不少，再加上被吳道允轉移了注意力，笑容重新回到了她的臉上。

「抓到妳了！」吳道允一個大跳躍，直接從身後摟住牛茜茜。

「吳道允走開啦，你白痴……」牛茜茜扭頭正想架吳道允拐子，卻意外撞上了一道清冷的視線，定睛一看，田赫辰就站在不遠處看著她。

下一刻，田赫辰別過頭就走，牛茜茜的心彷彿墜入冰水之中。

「噢喔。」吳道允用語氣詞爲此情此景下了完美的註解。

沒錯，噢喔。

她完蛋了，徹徹底底完蛋了。

✦

她應該要跟田赫辰道歉。

雖然情況有變……而且是變得更糟，但她該做的事沒有變，牛茜茜知道，她眞的知道，可是具體到底該怎麼做啊？

「茜茜！」田媽打開門，驚喜地和牛茜茜打招呼。

牛茜茜卻是緊張得要命，「嗨，田媽，那個，田赫辰在家嗎？」

「赫辰去買東西了。」田媽趕緊讓牛茜茜進門，親暱地摟著她坐到沙發上，「妳有事找他？你們沒事先約好嗎？」

「沒有……」

都怪牛茜茜之前偽裝得太好，家中長輩沒人知道他們吵架了。

「沒關係啊，妳在這裡等。」難得可以一個人霸占牛茜茜，田媽求之不得，「茜茜，我昨晚正好烤了蛋糕，本來就想留一塊給妳，妳來了剛好可以陪田媽一起吃下午茶。」

自從牛正舷與王亞淳再婚以後，牛茜茜便不再到田家吃晚餐了。

不僅如此，現在除非出差，否則牛正舷每天都會按時回家，一家三口一同吃王亞淳準備的豐盛晚飯。

「唉，我真的好懷念妳來我們家吃飯的時光喔。」田媽語帶感慨，切了一塊蛋糕分到牛茜茜的盤子裡。「家裡都是臭男生，田晉辰瘋瘋癲癲就算了，田赫辰越大越是那副死樣子，煮得再好吃也只有你家田爸會意思意思稱讚幾句，有時候我都會忍不住覺得，是妳爸和那個阿姨把妳搶走了……啊，這些話妳可不能和妳爸說喔。」

「田媽這麼想我，我可以每天都來找妳呀。」

聞言，田媽忍不住朝牛茜茜露出憐愛的微笑。對於這個小女孩，她永遠心疼不捨。

「茜茜，那個……」田媽猶豫了一會，還是問出口了，「她對妳好不好？」

牛茜茜心領神會，立刻明白田媽口中的「她」是誰。

「亞淳阿姨對我很好，真的很好。」也許有點太好了。牛茜茜說完，心裡偷偷補上了一句，她因自己竟有這樣的想法而感到愧疚。

「那就好。」田媽沒察覺她的內心波動，只是欣慰地拍拍她的手背，「雖然妳爸再婚是好事，他下半輩子總是需要一個伴，但我跟妳媽是好朋友，不免站在她的角度思考，才會胡思亂想，擔心那個女人有沒有好好照顧妳，卻又不好意思問妳。」

「田媽，妳怎麼這麼見外？想問什麼就問啊。」牛茜茜撒嬌地靠在田媽肩上，「我跟妳之間沒有祕密。」

「是嗎？既然妳都這麼說了，我就不客氣囉。」田媽笑了笑，下一秒便戳破了牛茜茜自以爲演得很好的假象，「妳和田赫辰是怎麼回事？」

牛茜茜倏地坐直，瞪大雙眼，「田、田媽妳……」

「早就看出來啦，演技那麼差。」田媽挑眉，作勢甩開肩上的長髮，「你們兩個小鬼頭以爲能瞞得過我這個追劇狂？」

牛茜茜不得不甘拜下風，只是她一想到田赫辰，又沮喪了起來，「其實我今天來，是想跟田赫辰道歉。」

「依我看，赫辰這次氣得不輕喔。」田媽還是很了解自家兒子，「若妳不介意，要不要跟田媽說說，你們發生什麼事了？」

「我們……」

玄關傳來開門聲響，打斷了牛茜茜的話。

田赫辰提著書店的購物袋走進家門，看見客廳裡的牛茜茜，腳步頓了一下，連聲招呼都沒打，徑直走上通往二樓房間的樓梯。

完蛋了，她眞的完蛋了。牛茜茜驚慌失措地開口：「田媽，我……」

「去吧。」田媽點點頭。

在田媽的鼓勵下，牛茜茜一步步走上二樓。

田赫辰的房間是右邊數來第二間，她小時候很喜歡跑進田赫辰的房間翻他的書、玩他的玩具，有時候玩累了不想回家，還會在他的房間過夜。隨著年紀漸長，她去得也少了，過來田家多半只會在樓下活動，連二樓都很少上來。

站在田赫辰的房門口，牛茜茜曲起手指敲了兩下門板。

她用的力氣很小，也不曉得到底是要不要讓人聽見。

「田赫辰……」

房裡無人回應。

她又敲了兩下，「田赫辰，我有話想跟你說。」

接下來的時間，她重複了好幾次相同的舉動，田赫辰依舊對她不理不睬。

她有一點想放棄了。

牛茜茜背倚著門坐下，繼續有一下沒一下地敲著門板。

「田赫辰……」

她該不會要敲到天黑吧？

如果是這樣，可不可以讓她下樓吃個飯再繼續？

雖然亞淳阿姨煮的晚餐也很好吃，但她好懷念田媽的手藝啊。

「田赫……哇！」

身後的房門毫無預警地打開，牛茜茜登時向後傾倒，好死不死直接撞在田赫辰的小腿上。

「好痛！」牛茜茜一時忘了自己來的目的，衝著田赫辰便是一頓罵，「你故意的吧？明明知道我在門口，幹麼突然開門啦！」

田赫辰冷漠地居高臨下看著她，完全沒有要扶她起來的意思。

「有事嗎？」

「我……」牛茜茜語塞，慢了半拍才想起現在是什麼情況，「我是來道歉的。」

她從地上爬起來，小心翼翼地覷了眼田赫辰的表情……完蛋了，他臉上一點表情也沒有。

「對不起，我之前不該對你大吼大叫，你明明是在擔心我，我卻不知好歹地對你發脾氣。」不管如何，牛茜茜決定先道歉再說。「可、可是……那是因爲我那時候眞的覺得很受傷啊，你以前都沒凶過我，這次卻當著那麼多人的面罵我沒長腦，所以我才會一時失去理智……田赫辰，對不起啦。」

牛茜茜瞇起一隻眼，只敢用另一隻眼睛觀察田赫辰的反應。

雖然以凡人的肉眼來看，他臉上還是沒什麼表情，但依她認識田赫辰十七年的經驗判斷，他應該有聽進去她的道歉，身上的冷冽氛圍稍微淡去了些。

「還有呢？」

喔，他還會回應了！

牛茜茜趕緊趁勝追擊，「還有吳道允！我跟他眞的沒什麼！」

「那他爲什麼會出現在我們學校？」

「吳道允就愛耍白痴啊！他不知道從哪弄來一件我們學校的制服，老是假扮光海的學生溜進來，每次來都還會帶一些食物，施書言和賈曉玟那兩個沒原則的吃貨沒幾天就被收買了。」自以爲解除警戒的牛茜茜講得正開心，沒留意田赫辰的臉色再度沉下，「不過，吳道允不是壞人，他只是看起來像混混，人還是很好的，而且也是他勸我來跟你道歉……」

「他勸妳來跟我道歉？」田赫辰向來平穩的語調突然提高了一點點。

光是這一點點，便足以讓牛茜茜從天堂被打回地獄。

她不知道自己說錯了什麼，心中一陣慌亂，囁嚅道：「嗯，他、他看我很難過，就問我原因，我……」

「牛茜茜，我本來以爲妳只是笨而已，沒想到不是。」田赫辰打斷她的話，嘴角揚起冷笑，「妳不只笨，還蠢。」

牛茜茜愣住了，怒火在胸中燃起。

「你爲什麼又這樣說我！」她之前就跟田赫辰說過，不准再這樣說她！

「因爲妳蠢到看不出來吳道允抱著什麼心思！」

「我知道！」牛茜茜不甘示弱。

「妳知道？」田赫辰冷嗤一聲，「如果妳知道……」

「我知道吳道允喜歡我！」牛茜茜不滿田赫辰老是把自己當成白痴，「他還問我要不要跟他交往！」

這一次換田赫辰愣住了，「那妳還……」

「我早就拒絕他了。」即便心裡的不爽突破天際，牛茜茜仍試著冷靜下來，向田赫辰解釋自己的想法，「但我不會因爲吳道允喜歡我，就不和他做朋友，吳道允是好人，跟他相處起來很開心，就這樣，沒有更多了。」

田赫辰長久未發一語。牛茜茜猜不透田赫辰的心思，她已經把該說的話都說了，只能乾站在原地。

「妳以為他的想法跟妳一樣嗎？」半晌，田赫辰終於出聲，嗓音和以往不同，帶著一絲危險的意味。

「我……」牛茜茜沒有察覺，她以為田赫辰又要說些討人厭的話激怒她，好不容易按捺下去的怒氣再度湧上，「當然！不然——」

田赫辰強行攫住她的手臂走進房間，用力甩上門，牛茜茜還來不及站穩腳步，就被他推倒在床上。

下一秒，田赫辰俯下身貼著她，一手緊緊抓著她的兩隻手腕。

「田赫辰，你走開！」牛茜茜想要掙脫，無奈男女在力氣上的差距實在太大，「放手，你弄痛我了……」

「妳真的知道他想對妳做什麼嗎？」

田赫辰似乎聽不見她的控訴，深沉的眼神盯著她不放。

……好可怕，這樣的田赫辰好可怕，牛茜茜不由得一縮。

「茜茜，快點長大吧，不要再那麼天真了。」

「田赫——唔！」

牛茜茜未完的話湮沒於唇舌之間，她的唇被田赫辰魯莽的貼近磕出血來，兩人都是第一次接吻，沒人知道該怎麼做，只能出於本能行動，氣息逐漸紊亂……

啪的一聲，牛茜茜的手終於掙脫田赫辰的箝制，打了他一巴掌。

她急促地喘息，眼淚不停往下掉。

而田赫辰只是沉默不語。

牛茜茜大力推開他，頭也不回地跑出他的房間。

她曾經想像過自己的初吻會發生在什麼時候、什麼地點，以及跟什麼樣的對象，無論哪一種組合都是美好的、浪漫的，她從未想過自己的初吻竟會充滿怒氣和恐懼。

她的初吻有著淚水的鹹味，混合著一絲鮮血的鐵鏽味。

Chapter4

「我明天要去找吳道允。」

吃飽喝足後，牛茜茜的一句話讓餐桌上愉悅的氣氛驀地低落了下來——更正確來說，是田赫辰的心情低落了下來。

他把碗盤放進水槽，背對著餐桌問道：「可以不要去嗎？」

牛茜茜低頭回訊息，「不行，我跟他約好了。」

「你們一直都有聯絡？」

「嗯。」牛茜茜仍盯著手機螢幕，「他不久前在海邊開了間重機咖啡廳，聽說那裡的景色美到不行。你記得嗎？開咖啡廳是他長久以來的夢想，沒想到這麼快就實現了，我一定得去恭喜他才行。」

「如果我叫妳不要去呢？」田赫辰彷彿沒聽到她剛才說的話。

牛茜茜安靜了一會，「……我還是會去。」

「爲什麼？」

「吳道允是我的朋友。」牛茜茜放下手機，扭頭看向田赫辰。

而田赫辰早就轉過身，盯著她看了不知多久。

「吳道允是我的朋友。」牛茜茜堅定地重複，同時起身準備回房，「都這麼多年了，我不會認爲你們必須成爲朋友，但你好歹也該放下對他的偏見吧？而且你們明明有一陣子關係還滿好的……」

田赫辰從後面拉住她的手腕，不讓她進房。

「放開我。」牛茜茜只是平靜開口。

「不要去。」田赫辰並未聽從，「當初如果不是他，妳就不會離開……」

「你錯了。」牛茜茜沒有想到田赫辰會把她的離開歸咎到吳道允身上，「不論如何，我都會離開。」

田赫辰一怔，像是一下子失去了力氣，站在原地一動不動。

牛茜茜輕而易舉地抽回手，「晚安。」

田赫辰冷不防再次拉住她，將牛茜茜圈在牆壁與他之間，低頭凝視著她。

這讓他們同時想起了那一天。

初吻，眼淚，以及不小心磕撞出的鮮血。

「你不會這麼做的。」牛茜茜冷靜地望進他的眼裡。

田赫辰爲那天的事深感後悔，他不可能重蹈覆轍，她相信他，而且……牛茜茜嘆了口氣。

雖然田赫辰如此忌憚吳道允，但也不是從來沒有其他人出現在他的身邊啊。

「你，不是也有羅元綺嗎？」

✦

田赫辰談戀愛了，對象是校花羅元綺。

就在他對牛茜茜做出那種事的幾天之後。

這個消息瞬間轟動全校，人人都在嗑天菜男神與校花的神仙戀情，根本沒人在乎田赫辰和他平凡無奇的青梅竹馬到底和好了沒。

「欸欸，牛茜，羅元綺眞的很漂亮嗎？」

「我不知道，不要問我。」牛茜茜埋頭作畫。

施書言一副吃瓜吃到大便的樣子，「幹麼?你們還沒和好喔?」

「……一輩子都不會和好了。」沒錯，她要跟田赫辰絕交!牛茜茜想破了腦袋，也找不出幫田赫辰開脫的理由。

不管是他對她做出的那種事也好，或是他突然和別人交往也罷，田赫辰一連串的舉動，不只讓牛茜茜感到困惑，更多的是失望與心寒。

他明明就不是那樣的人……是嗎？

牛茜茜已經不那麼肯定了，她感覺自己好像不認識田赫辰了。

「賈曉玫去集訓好無聊喔，都沒人陪我聊天，只剩下一個被拋棄的苦情小媳婦……」施書言挑釁地回應牛茜茜的怒視，「欸，妳都不會想去看看，到底是多漂亮的女生才能把妳擠下田赫辰身邊的位置嗎？」

「並、不、想！」牛茜茜氣得咬牙切齒，啪的一聲放下手裡的畫筆，「還有，我從來就沒有在他的身邊！」

「最好是。」施書言嗤之以鼻，安靜一秒後又立刻心癢難耐，「哎喲，牛茜，走啦，我們去看看羅元綺長什麼鬼樣子啦，一眼就好，嗯？一眼就好，我保證！」

牛茜茜不可能不好奇，畢竟認識田赫辰那麼久，他從來沒提過自己喜歡什麼樣的女生，如今突然閃電戀愛，她當然想知道對方究竟是何方神聖。

「就一眼喔。」她撇撇嘴，不甘不願地豎起一根手指。

「Yes！牛茜我最愛妳了！」

光海高中的升學率雖然普普通通，音樂班卻是遠近馳名，任何排得上號的國內外大賽都能見到音樂班學生的參與，光海高中一半的好名聲幾乎可說都是音樂班打造出來的。

羅元綺就是音樂班的學生，主修小提琴，副修鋼琴，聽說是某上市公司CEO的千金小姐，家境優渥，前陣子在表演中心舉辦了個人獨奏會。

「施書言，你到底看到了沒啊？」

「還沒啦，妳是瞎了？沒看到人那麼多喔？」施書言怒瞪了一圈四周的人群，「一群愛湊熱鬧的傢伙，丟臉！」

……敢情他是在罵自己？

牛茜茜傻眼地看了好友一眼，默默退出人群之外。

由於田赫辰與羅元綺的戀愛消息鬧得沸沸揚揚，音樂班的團練教室外面聚集了許多與施書言一樣八卦的學生，不為別的，只為一睹擄獲男神的仙女風采。

難以言喻的沮喪再次襲來，牛茜茜蹲在附近的牆邊休息。

天空好藍，白雲好白，她的人生怎麼會走到現在這個地步……

「牛茜茜？」

誰叫她啊？牛茜茜轉頭望過去。

約莫六、七個女生站在不遠處盯著她看，牛茜茜的目光被站在最前方的女生所吸引……

身材高眺，體態纖瘦，五官古典又不失現代美，烏黑長髮披肩，如雪般白皙的肌膚在陽光底下竟然還會反光。

好漂亮，她、她是仙女嗎？

牛茜茜被震驚到了，一時喪失言語能力。

「妳就是牛茜茜吧？」仙女問道，居然連聲音都彷佛黃鶯出谷。

「我……」牛茜茜慌張起身，模樣不免有點狼狽，「對，我是牛茜茜。」

得到肯定的回覆，仙女不說話，視線在牛茜茜身上來回打量。

「好像也不怎麼樣。」仙女右邊的女生嘖了聲。

「普通人。」左邊的女生點頭搭腔。

「跟元綺差得太遠了。」另一個女生做下結論。

「妳們小聲一點，當人家不存在啊？」仙女皺眉制止身邊的好友，揚起笑容往牛茜茜走近，「妳好，我是羅元綺。」

「妳、妳就是羅元綺？」聞言，牛茜茜大驚失色。近看羅元綺更美了……她是不是沒有毛孔啊？

羅元綺似乎很習慣旁人驚豔的目光，態度落落大方，「聽說妳是赫辰的青梅竹馬，我一直很想認識妳，但赫辰不知為何一直不介紹我們認識……」

「應該是覺得很丟臉吧？」

「畢竟看起來真的沒什麼好介紹的。」

牛茜茜沒瞎，聽力也好得很，她清楚地看見那群女生戲謔的笑容，聽見她們嘲諷的話語，她沒有生氣，反而很想找個地洞鑽下去。

但她明明沒做錯事，為什麼會覺得羞恥呢？

「牛茜！」施書言這時才找了過來，「妳怎麼跑來這裡……羅元綺！牛茜，妳遇到人家怎麼不跟我說？幹麼？妳怎麼了？」

牛茜茜緊緊抓著施書言的衣袖，「我們趕快回教室。」

「為什麼？妳要好好跟人家打好關係啊，以後都是一家人……」

「笑死，誰跟她是一家人。」

「就是說啊，又不是有血緣關係的親戚。」

施書言瞪大雙眼，先看了看前面的這群女生，再低頭看了看牛茜茜，和一般反應遲鈍的直男不同，平時看了不少宮鬥劇的施書言一下子理解當下是什麼情況。

「喂，臭三八，閉上妳們的臭嘴！」施書言大手按著牛茜茜緊抓著自己衣袖的手，「羅元綺，管管妳的朋友，妳就這麼放任她們亂講話嗎？」

「看吧，就說不要這樣，惹別人生氣了啦。」羅元綺蹙起秀眉責備好友，又向施書言道歉，「對不起，我朋友只是開玩笑，她們沒有惡意。」

「沒有惡意個大頭鬼，當著別人的面就敢說得那麼難聽，誰知道妳們背後是怎麼說的？」施書言個性直，忍不住替牛茜茜出頭，「我看妳們是不知道牛茜和田赫辰關係有多好，她要是到田赫辰那裡告狀，小心女朋友的位置還沒坐熱，妳就會變冷宮棄婦了！」

此話一出，幾個女生臉上立刻浮現幾分忌憚。

身爲當事人的羅元綺倒是處變不驚，「所以，你的意思是我要好好伺候牛茜茜，以免她一個不爽，利用青梅竹馬的身分向赫辰搬弄是非，是嗎？」

施書言一聽，總覺得這話哪裡怪怪的，卻又說不出來。

不管了，現在這種時候，氣勢最重要，氣勢不能輸！

於是他挺起胸膛，「沒錯！我就是這個意思！」

「這位同學，我並不想挑撥赫辰和他朋友之間的感情。可是，你不覺得這樣很奇怪嗎？」羅元綺口齒清晰，一字一句說得分明，「身爲女朋友，我居然得擔心所謂的『青梅竹馬』在男朋友面前亂說話，站在女朋友的立場，我很難不對這種人產生防備吧？」

「蛤？我……」施書言登時啞口無言。他、他不是那個意思啊！羅元綺故意扭曲他的話，把牛茜茜塑造成一個愛挑撥離間的賤人了嗎？

「就是說啊，青梅竹馬而已，有什麼了不起的？」

「我看她是想當小三，卻沒想到自己連小三都不夠格。」

「黏在別人旁邊那麼多年也夠本了吧，難看。」

「妳們！」施書言急了。

牛茜茜又一次扯住他的衣袖，「施書言，我們趕快走了啦。」

「可是她們……」

「我說走了！快點！」牛茜茜提高音量，拉著施書言掉頭就走。

羅元綺的那群朋友卻沒有放過她，反而更加陰陽怪氣地高聲嘲笑。

「換作是我，我也不想承認有這樣的青梅竹馬。」

「什麼青梅竹馬，根本只是甩不掉的金魚大便。」

「哈哈哈哈，笑死我了，金魚大便！」

……金魚大便？

從沒想過自己在別人眼中看來竟是如此不堪，牛茜茜忍住眼淚，一步步逃離那些不友善的視線。

✦

夏日園遊會是期末考前的最後一場大型活動，光海高中各班與各個社團都必須籌備攤位或活動，牛茜茜所在的二年五班自然也不例外，全班投票決定經營日式居酒屋，販賣炸物和飲料。

至於美術社則是要舉辦小型畫展，每個社員都要展出一幅以「我的寶物」爲題的作品。

放學後的美術社，牛茜茜將臉頰貼在畫紙上，不只是靈感，她覺得自己的靈魂也枯竭了，「我的寶物是什麼啊……」

其他社員要不畫家人、寵物，要不就是畫珍愛的收藏品，基於種種複雜因素，牛茜茜並不想畫家人，她也沒養寵物，至於收藏品……活到現在，牛茜茜才發現自己竟然連個興趣愛好都沒有。

好失敗，她的人生好失敗。

「哇！」有人忽然對著她的耳邊大叫，蓄意嚇唬她。

「嗨，吳道允。」牛茜茜只是抬手揮了下，人還是趴在畫紙上動也不動。

「居然沒被嚇到，眞不好玩。」吳道允覺得沒趣。

「不好意思，我沒心情陪你玩。」

「玩就是玩，哪需要心情？」

「因爲我現在很忙……」牛茜茜懶洋洋地坐起身，驚訝看見吳道允臉上大大小小的傷口，「你、你怎麼受傷了？該不會又和人打架？」

「是他們來找我打架。」吳道允眨了下右眼，「我陪他們練練拳。」

「痛不痛啊？」牛茜茜忍不住皺眉。

「痛，痛死了。」吳道允說著，把臉湊到牛茜茜面前，「……幫我呼呼。」

牛茜茜一愣，往他的頭打了下去，「白痴。」

吳道允可能有被虐狂，被打了笑得更開心。他隨手抓了把椅子坐到牛茜茜旁邊，歪頭看著空白的畫紙。

「我看妳也不忙啊，一筆都沒動，剛才不是還趴在紙上休息嗎？」

「那是因爲我畫不出來。」牛茜茜白他一眼，想到殘酷的現實，不由得深深嘆了口氣，「這幅畫下星期就要交了。」

愣。

「喔，那祝妳好運，反正我幫不上忙。」

「……還眞是謝謝你喔。」牛茜茜發現自己眞的拿他沒轍，也不理他，兀自對著畫紙發

「妳覺得妳今天畫得出來嗎？」吳道允百無聊賴地轉動椅子。

「我哪知道。」牛茜茜都快煩死了，「不過應該不行吧，唉。」

「那我載妳出去玩。」

牛茜茜懷疑自己聽錯了，「蛤？」

「畫不出來就不要畫了啊，坐在這裡發呆有比較好嗎？」吳道允推開椅子起身，扭扭脖子，「走，哥哥帶妳出去玩，妳心情好了，靈感說不定就來了。」

……好像有點道理欸。

眼下沒有施書言和賈曉玫阻止，與她決裂的田赫辰更不可能出現在這裡，牛茜茜只能自己決定該怎麼選擇。

去？不去？這是個問題。

「我去！」她早就想去了！

吳道允神不知鬼不覺偷溜進光海高中數十次，牛茜茜總算得知他的潛入地點，原來是垃圾回收場附近的圍牆，由於年久失修，硬是比其他地方矮了一截，但因其位處偏僻，校方遲遲未做修復。

「我辦不到。」跨坐在圍牆上，牛茜茜覺得自己一輩子都得住在上面了，「眞的太高了啦。」

就算比其他的圍牆矮又怎麼樣，對她來說一樣很高啊！上來的時候還有石頭墊腳，下去居然要用跳的……牛茜茜想到就雙腿一陣軟麻。

「大小姐，妳就跳吧。」吳道允在圍牆下方等她。

牛茜茜雙手緊扒著牆緣，「不要，我會死掉。」

「人不會那麼容易死的。」吳道允笑了，她老是可以輕易逗笑他。「別怕，我一定會接住妳。」

吳道允張開雙臂，對著牛茜茜點了點頭。

牛茜茜猶豫半晌，終於深吸了口氣，閉上眼睛，鬆開雙手往下一躍。

「看，安全降落。」貼著吳道允溫暖的胸膛，牛茜茜聽見他帶著寬慰之意的嗓音，忽然覺得害羞起來。

她裝作若無其事地推開吳道允，「你的車子停在哪？」

除此之外，她還得假裝沒聽見他得意的笑聲。

吳道允的雲豹223停在一處廢棄工寮，牛茜茜接過他遞來的安全帽，扶著他的肩膀第一次坐上檔車。

「我突然想到一件事。」檔車在道路快速行進，迎著強勁的風，牛茜茜幾乎快聽不見自己說話的聲音，「我剛才從校門走出去就好了，幹麼跟你一起翻牆啊！」

吳道允一頓，差點笑死。

他一路上騎車在笑，停紅燈也笑，就連抵達目的地都還在笑，氣得牛茜茜拿安全帽砸他。

「笑夠了沒！」

「我都沒發現……」吳道允笑得上氣不接下氣，「牛茜茜，妳是天生喜劇人嗎？怎麼可以這麼好笑啊？」

「你以爲我願意啊？」牛茜茜沒好氣地回，她早已分不清「好笑」到底是不是種稱讚，「笑笑笑，就只會笑！」

「好好好，我不笑了。」吳道允大手按上她的後腦勺，半推著牛茜茜往前走，「不要生氣了啦，哥哥請妳吃好吃的。」

「哼！不好吃就找你算帳！」

吳道允帶牛茜茜來的是一處小型傳統夜市，主要客群爲附近居民，能在這種夜市生存下來的攤位，多半經過了當地居民的味蕾考驗，美味程度自然不同凡響。

牛茜茜一連吃了好幾樣小吃，每一樣都讓她發出眞心的讚嘆。

「沒想到你挺懂吃的嘛。」牛茜茜一手拿著烤玉米，另一手拿著印度拉茶，十分滿意，「不錯，原諒你了。」

「謝娘娘開恩。」吳道允手上也拿著不少食物，當然，都是替牛茜茜拿的。「就說了包妳滿意，還有什麼想吃、想玩的嗎？不要客氣，今天統統我請客，讓妳一站玩到爽。」

「休想我會放過你！我想想……」牛茜茜環顧四周，很快發現新目標，「欸欸，那裡有射氣球！我要玩！」

一局十發子彈，三局三十發全中可以換一隻大型娃娃。

牛茜茜對射擊一向很有自信，畢竟她以前可是令攤商聞風喪膽的「娃娃射手」，每次來夜市至少都會抱一隻娃娃回家。

「吳道允，要不要來比賽？」牛茜茜拿起BB槍，熟練地掂了掂重量。

「妳跟我比？」吳道允不清楚牛茜茜的厲害，「開玩笑？」

「試試就知道。」

「這麼跩。」吳道允跟著拿起槍，「要不要哥哥單手讓妳？」

牛茜茜沒理他，「輸的人有什麼懲罰？」

「懲罰沒意思。」吳道允唇角一勾，不曉得想到了什麼詭計，「贏的人可以無條件要求輸的人替自己完成一件事，如何？」

牛茜茜想想也不吃虧，便一口答應，「好！就這麼說定了！」

三局結束，牛茜茜三十發全中。

吳道允稍微遜色，失誤兩發。

走回停車場的路上，吳道允抱著大大的松鼠玩偶，臉色不是很好。

「輸了不開心啊？」牛茜茜一邊吃著熱狗，一邊得意地調侃他，「哎喲，輸不起耶，吳道允，是不是男人啊？」

吳道允伸手捏住牛茜茜的臉頰，「妳呀，眞是人可不貌相。」

「痛痛痛，放開我！」

「嘖，我的計畫都被妳打亂了。」吳道允鬆開手，輸了面子是其次，他在乎的是那場賭約，「說吧，妳想讓我做什麼？」

「哪有這麼快就想到的？先欠著，等我想到了再跟你說。」

回家路上，坐在吳道允的檔車後座，牛茜茜抱著松鼠玩偶，清涼的晚風吹得她舒服地眯起了眼睛，她不自覺泛起微笑，心中的鬱悶早已消失無蹤。

要不是吳道允今天帶她來夜市玩一遭，她都忘了以前她還會去田家吃晚餐的時候，田媽偶爾犯懶不想煮飯，便會和田爸帶著他們三個小蘿蔔頭一起到夜市覓食。

想當然耳，吃飽喝足後就是孩子們的玩樂時光，打彈珠、套圈圈、撈金魚，其中也少不了射氣球。

牛茜茜並不是一開始就這麼厲害。在那一段還抓不到要領、玩遊戲都是繳學費的時期，她常常因爲贏不到想要的獎品，從夜市一路哭哭啼啼回家，看得田爸田媽心疼極了。

某次，牛茜茜在攤位上一眼相中了一隻現在看來平凡無奇的熊娃娃，她發了瘋似的想要那隻娃娃，還把平常買零食的零用錢全省下來，只爲了每次去夜市時，能去玩幾局遊戲，爭取把娃娃帶回家。

但是，熊娃娃並沒有等她。

那天晚上，小小年紀的牛茜茜發現攤位少了熟悉的熊娃娃，她的世界瞬間轉爲黑白，吃什麼都索然無味，玩什麼都興致缺缺，老是掛念著熊娃娃去了哪個人的家裡……這樣的情況一連持續了好幾天，就在田爸田媽考慮上哪找一隻替代品買給她時，有人比他們快了一步。

牛茜茜永遠忘不了，田赫辰突然按響她家門鈴，懷裡抱著一隻一模一樣的熊娃娃，臉上一副明明迫不及待給她驚喜，卻又裝作若無其事的模樣。

……她終於想到要畫什麼了。

眾所期待的園遊會終於到來，全校學生衝勁滿滿地準備攤位，牛茜茜班上自然也不例外。班上同學分工合作，備料的備料，布置的布置，大夥忙進忙出，活像童年的扮家家酒現實版本。

「茜，妳不是還要去布展嗎？」賈曉玫注意到牛茜茜還在班上幫忙排桌椅，趕緊提醒她，「這裡交給我，妳快去美術社！」

牛茜茜點點頭，感激地抱了賈曉玫一下才離開。

光海高中的園遊會向來開放外校人士入場，不只學生家長，鄰近學校的學生和附近居民也會來玩，算是地方上的小小盛事，牛茜茜也邀了吳道允過來。

牛茜茜抵達美術社時，大部分的社員已經將自己的展區布置完畢，幾個要好的社員見她現在才來，紛紛出手相助。

「我以前就一直覺得……」社長小草看著牛茜茜的畫作，眼裡有著顯而易見的驚嘆，「茜茜，妳是我們社裡最不設限的人了。」

「啊？」牛茜茜一愣，聽不懂這句話算不算是稱讚，「可能、可能是因爲我比較晚才接觸繪畫吧？」

「才不是呢。妳看，妳每一幅畫的體裁都不一樣，且都在水準之上，看得出來妳很努力練習。」小草從小學習美術，從她口中講出來的讚美格外具有分量，「而且這些作品充分展現出妳在繪畫方面的才華，這種天賦不是努力就可以擁有的。」

牛茜茜又驚又喜，放在身側的手激動地握成了拳頭，「謝謝社長！」

這是第二次有人說她有才華了。

當初丁立人的稱讚還有可能是客套話，但向來很少誇獎別人的美術社社長不一樣……她好開心，她是不是能把這樣的讚美當眞呢？

「啊，對了。」返回工作崗位前，小草指著展區中央的畫作，「我最喜歡的是那幅《我的寶物》，很可愛、很溫暖。」

那是一幅以粉色調爲基礎的粉彩畫，笑得看不見眼睛的小女孩抱著和自己差不多大的熊娃娃，四周盡是繽紛的花海與星星，主題平實卻富有童趣。

牛茜茜自己也很喜歡這幅作品。

「哼，居然不是畫松鼠？」

聽見熟悉的聲音，牛茜茜驚訝地轉頭，卻見到一個和平時不太一樣的吳道允，「啊，你今天沒穿光海的制服？」

「難得可以大搖大擺進來，幹麼還要偷偷摸摸？」吳道允歪歪頭，身上是簡單的白T恤和破洞牛仔褲，模樣很是清爽，「怎麼？是不是我穿便服的樣子太帥，妳終於迷上我了？早說嘛，哥哥的雙臂仍然敞開歡迎……」

「好了啦，大帥哥。」牛茜茜立刻打臉他的自作多情，算算時間，園遊會差不多要開始了。

「爲了報答上次你帶我去玩，這次輪到姊姊帶你飛啦！」

「哎喲，話可是妳說的喔？」吳道允又被她逗笑，「不好玩找妳算帳。」

牛茜茜拍拍自己的左胸，「哼哼，包在我身上！」

儘管並未穿著烏山高職的制服，吳道允走在光海高中的校園裡也相當引人注目，不少女生都先是被他的外貌吸引，心花怒放地看了他老半天，才想起他是那個混混高中的壞學生，表情變化之精彩，令人嘆爲觀止。

這讓牛茜茜爲吳道允感到不平。

「不過就是一件制服而已，反應未免差太多了吧。」走在吳道允的身邊，牛茜茜忍不住嘟囔。

看看，才說完，那邊又一個！牛茜茜立刻一眼瞪過去。

見狀，吳道允不禁笑了，看著牛茜茜的眼神變得溫柔。

「別生氣啦，想看就讓他們看吧。」吳道允伸手就把化身小鬥牛的牛茜茜撈了回來，「我早就習慣了。」

「這種事怎麼可以習慣！」

「等妳因爲制服在外面受盡委屈，回到學校發現就連自己學校的師長都看不起妳的時候，妳就會明白世界上很多人都是如此膚淺。」吳道允拍拍仍是一臉氣鼓鼓的牛茜茜，「謝謝妳，打從一開始就沒用刻板印象看待我。」

一改平時的不正經，此時的吳道允嘴邊雖然噙著微笑，語氣卻很眞摯。

沒料到他會說這樣的話，牛茜茜一愣，耳根莫名發燙了起來，她別過眼睛，支吾道：「肉麻死了。快點走啦，帶你去我們班找施書言他們。」

「是，遵命。」

二年五班分成四組人馬分批上工，牛茜茜與好友是最後一組，與施書言他們會合後，一行人有一、兩個小時可以到處逛逛。

經過這段時間的「美食外交」，施書言和賈曉玫早就和吳道允混熟了，尤其是施書言，他愛吳道允愛得半死，一口一個老公叫得可親熱了。

「老公，試試看這個。」施書言叉著一顆吹涼的章魚燒遞過去。

吳道允毫不抗拒地張嘴，「嗯，好吃。」

「呵呵呵。」施書言開心地發出嬌笑。

牛茜茜與賈曉玫在一旁看得眼神死。

熱鬧的校園無處不是歡聲笑語，幾個人一邊吃一邊玩，鬼屋、砸水球、打香腸都玩了個遍，肚子也被食物塡得飽飽的。正午陽光炙熱，他們買了杯冰涼的飲料，隨意在中庭找了位子休息。

「等一下好像會有表演耶。」賈曉玫看著前方草皮上的椅子和音響猜測，「會不會是音樂班啊？」

牛茜茜和施書言對看一眼，「該不會是……」

不好的直覺總是特別準。

沒過多久，前來中庭等待演出的觀眾越來越多，音樂班的學生們也陸陸續續出現，坐在設置好的椅子上爲樂器調音。

羅元綺到場的時候，四周的男生群起騷動，就連吳道允都吹了聲響亮的口哨，被牛茜茜和施書言狠狠一瞪，後者甚至捏著「老公」的耳朵轉了一大圈。

音樂班統一穿著白色服飾，羅元綺一身飄逸的白長洋裝，與她的小提琴一起現身，仙氣飄飄，彷彿女神降臨。

「真漂亮。」牛茜茜盯著羅元綺看，不得不承認她確實美貌。

吳道允聽見牛茜茜的嘀咕，忍不住笑了出來，悄悄湊到她的耳邊說：「妳也很漂亮。」耳朵一陣麻，牛茜茜縮了下肩膀，驚訝地扭頭看向吳道允。

吳道允挑了挑眉，「幹麼？不服來辯。」

牛茜茜決定不予理會，她不想在這裡跟他吵，尤其此刻她其實害羞得幾乎說不出話。

幸好，音樂班的表演很快開始了。

音樂班演出的曲目是著名作曲家韋瓦第的〈四季〉，曲風輕快且平易近人，十分適合在園遊會演出。這組樂章是以小提琴爲主的協奏曲，羅元綺毫不意外成爲全場焦點。

……不愧是配得上田赫辰的女生。

自從田赫辰與羅元綺交往以來，牛茜茜就沒聽過一句說他倆不配的評語，兩人無論是外貌或是聰明才智都很相襯，聽說就連師長都很看好。

不知不覺，牛茜茜的心思早已不在表演上。

她想起幼稚園時，她被笑是田赫辰的童養媳，那些嘲笑她的小朋友還覺得她不夠格；拿到期中考最後一名那次，她從田家人好意的安慰中得知，他們都認定了她這一生就只能依靠田赫辰；然後是最近，羅元綺的好友說她是田赫辰甩也甩不掉的金魚大便……

或許吧。

和她成爲青梅竹馬，或許是田赫辰人生中最倒楣的事，也是與他最不相襯的事。

「我去一下廁所。」牛茜茜找了個藉口離開，她不想繼續待在這裡了。

「要不要陪妳去？」賈曉玫問她。

牛茜茜搖搖頭，說她一個人就可以。

當她正準備離開中庭時，意外瞥見田赫辰站在人群後方，目不轉睛地看著演出。

心口像是被什麼重重撞了一下，牛茜茜一時慌張，匆忙轉身跑開。

……奇怪，她幹麼逃跑啊？

男朋友來看女朋友的表演很正常啊！她又沒有偷偷割斷羅元綺的小提琴琴弦，幹麼心虛成這樣？真要說的話，做了虧心事的人是羅元綺才對吧！

「唉，反正我就是金魚大便。」牛茜茜的腳步慢了下來，小小聲嘀咕。

本來是想一個人靜一靜，然而走在處處都是笑聲的校園裡，她只覺更加孤單。

人總是會在陷入低落時，去向最能讓自己放鬆的地方，等牛茜茜發覺的時候，她距離美術社只有幾步之遙。

美術社的畫展是開放式的展覽，並沒有安排社員顧展，大多數的學生和訪客不是在逛園遊會，就是在中庭欣賞音樂班演出，位於偏遠角落的美術教室裡，只有寥寥數人。

這樣也好，牛茜茜現在最需要的就是這種地方。

「咦？」剛走進美術教室，牛茜茜突然快步跑向自己的展區。

一束小小的花束靜靜地躺在展臺上，黃玫瑰參雜著橙色滿天星，周圍點綴白色的滿天星和軟蓬蓬的棉花。

牛茜茜翻看花束，並未發現帶著署名的卡片。

既然花束放在她的展區，那應該就是送給她的吧？

就算是有人不小心放錯位置，她也要當作花束是她的了喔……牛茜茜小心翼翼地捧起花束，方才的憂鬱一下子被拋到腦後。

可是，送花給她的人到底是誰？牛茜茜一邊走回中庭，一邊思索。

吳道允？不可能，他剛才一直和她在一起，沒時間做這件事。

賈曉玫和施書言？賈曉玫的說謊功力最差了，一定會自己自爆，至於施書言才不會把錢花在她的身上。

田爸田媽這週去員工旅遊了，爸爸和亞淳阿姨好像也說有事要出門，既然如此，可能的人選還有……田晉辰？

牛茜茜差點大笑出聲，全世界最不可能送她花的就是田晉辰。

除此之外，就只剩下一個人了。

「不可能吧……」她自言自語道。

「啊！下面的人小心——」

牛茜茜根本來不及躲開，從二樓掉下來的大桶直接砸在她的肩上，桶裡的熱水澆得她的半邊身子幾乎濕透，幸好熱水並不是太燙，否則後果不堪設想。

失手弄掉大桶的兩個學妹嚇死了，急急忙忙帶著牛茜茜到健康中心，向她再三道歉，其中一個學妹甚至嚇得當場哭出來。

「我沒事啦，妳們不要再道歉了。」牛茜茜被道歉得都不好意思了。

「可是，學姊……」

「好了、好了，學姊都沒怪妳們了，還想讓人穿著濕衣服多久啊？本來沒事都要感冒了。」保健阿姨拿著一套乾淨的制服過來，順便把那兩個學妹趕出去，「走走走，留給學姊一點私人空間。」

她們怯怯對視一眼，又和牛茜茜道了一次歉才終於離開。

保健阿姨將制服放到床尾，替她拉上簾子後也出去了。

等到整個空間剩下自己一個人，牛茜茜才真正放鬆下來。

「嚇死我了……」她閉上眼，摀著胸口，感覺心臟撲通狂跳。

事情發生得太快，牛茜茜反應不及，再加上兩個小學妹不斷道歉，她便下意識裝出一副沒事的樣子，但其實她餘悸猶存。

牛茜茜做了好幾次深呼吸，直到心跳漸緩後，才拿過床上的乾淨制服，準備更衣。

她剛解開扣子、脫掉身上的濕衣，簾子突然被人一把拉開。

「茜茜！」

「田赫辰，你……」牛茜茜驚訝地看向來人，趕緊把褪下的衣服又攏回原位，「你怎麼會過來——哇！」

田赫辰大步走上前來，直接扯開她身上的制服。

肩膀靠近鎖骨的位置被大桶撞出一塊瘀腫，附近的肌膚也染上了一大片淺紅色。

「誰弄的？」他厲聲問。

「我、我沒事啦。」牛茜茜扯回衣服，「她們也是不小心……」

「妳聽不懂嗎！我問妳是誰弄的！」田赫辰暴躁地大吼。

牛茜茜一下子被激怒了，這陣子發生的一切在腦海閃過，她不懂他現在憑什麼發瘋？

「就跟你說了沒事！」比大聲是不是？她可以吼得比他更大聲，「你凶什麼凶啊？」

「還不是因爲妳……」

「我怎麼了？我又怎麼了？」牛茜茜趁勢追擊，「你可不可以不要每次都擺出一副我是白痴、我照顧不了自己的樣子啊？」

田赫辰瞪著她，說不出一句反駁的話。

「出去，我要換衣服了。」牛茜茜扭過頭不看他。

經過彷彿一個世紀那麼長的沉默後，田赫辰的嗓音低低響起，「會痛嗎？」

什麼？牛茜茜心中莫名一揪。

她遲疑地回過頭，卻發現吳道允不知何時站在了簾子外面。

「同學，你的女朋友在找你喔。」不顧田赫辰瞬間沉下的臉色，吳道允半帶挑釁地挑眉，「還不走嗎？說不定她等一下就找來這裡了。」

現下這種情況，無論是誰看了都會誤會吧？

更何況是羅元綺，他的女朋友。

牛茜茜第一次發現那三個字是這麼刺耳。

這代表田赫辰該在意的是羅元綺的感受，而不是她的。

果然，田赫辰聽完吳道允的話，二話不說便離開了，甚至連看也沒看她一眼。

……沒錯，這才是田赫辰身爲別人男朋友該有的舉動。

「茜茜。」吳道允的聲音喚回她飛遠的思緒，「等妳換好衣服，我送妳回家。」

知會過施書言和賈曉玫後，牛茜茜得到導師的許可，提前離開園遊會。

坐在吳道允的雲豹後座，兩人難得一路安靜，一句話都沒說。

「會痛嗎？」停紅燈時，吳道允輕聲問道。

牛茜茜想起田赫辰也問了她同樣的問題。

「不會。」她搖搖頭。

「那就好。」吳道允放心了，打算就這麼結束話題。

「你怎麼知道我在健康中心？」

吳道允沉默一會，「……直覺。」

「最好是。」牛茜茜沒錯過他身體一瞬間的僵硬，但也不打算追問，「謝謝你。」

「謝我什麼？」綠燈了，吳道允換檔起步。

呼呼的風聲再次塡滿他們之間的沉默。

謝他什麼？很多很多啊……

「謝謝你，總是在我需要的時候出現。」牛茜茜靠在吳道允的肩上，輕聲在他的耳邊訴說。

不知爲何，吳道允並沒有回應她。

把牛茜茜送回家，微笑和她道別，說好了下次見，看著她進了家門，吳道允臉上的笑容才終於卸下。

……他是怎麼知道牛茜茜在健康中心的？

沒錯，他靠的是直覺，他沒有說謊。

但吳道允絕對不會告訴牛茜茜，他其實是跟著田赫辰才找到她的。

那時，本來還與羅元綺待在一塊的田赫辰，像是從旁人口中聽見了什麼消息，突然臉色大變，心急如焚地拔腿跑開，不顧羅元綺在後面喊他。

直覺告訴吳道允，那一定和牛茜茜有關。

於是他跟了上去，果不其然在保健中心裡見到了牛茜茜。

回想方才牛茜茜的舉動，吳道允的耳朵仍覺一陣熱。

「唉。」他忍不住將額頭抵在檔車龍頭上，「……好遜。」

他沒有錯，他只是做了一個情敵該做的事。

僅此而已。

Chapter 5

坐在前往北海岸的公車上，略帶鹹味的風從開了一點縫隙的窗戶流洩而入，用最溫柔的方式提醒乘客，海邊就快到了。

轉過彎道，波光粼粼的大海彷彿畫軸在眼前展開。陽光過於刺眼，牛茜茜瞇起眼睛，想起今天早餐餐桌上的沉默，心情多少有些複雜。

「妳還是要去見吳道允？」離家前的最後一刻，田赫辰仍不放棄地問道。

當時的她嘆了口氣，「我沒有不去的理由。」

不僅沒有不去的理由，她還非常、非常想見吳道允。

也許是讀懂牛茜茜心裡的想法，田赫辰臉色更沉了。

「妳不是沒有不去的理由，而是妳回來的理由就是爲了他吧？」丟下這句話，田赫辰氣沖沖地出門上班。

……老實說，田赫辰說的也不算錯吧？

望著窗外的美景，牛茜茜想起曾有一名少年載著她在濱海公路上一路馳騁，那時的他們笑得好開心。

那名少年與她分享了他的生活、他的童年，以及他的夢想。

某方面來說，他和她很相像。

或許就是因爲如此，他們才會那麼契合吧？

到站提示廣播在車內響起，牛茜茜抬眼看了前方的跑馬燈，按下下車鈴，起身準備在下一站下車。

公車放慢速度，駛近路邊的候車亭。

「牛茜茜！」車門才剛開啓，便聽見帶笑的嗓音迫不及待呼喊她的名字。

等在門前的男人燦爛笑開，那張臉與記憶裡的少年重合在一起，明明不太一樣，卻也一模一樣。

「吳道允！」牛茜茜也笑了。

她跳下階梯，同時跳進吳道允雙臂大張的懷抱裡。

「好久不見。」他說。

牛茜茜不由得回想起過去，那時她坐在從紐約飛往加州的飛機上，望著窗外四萬英呎高空的藍天白雲，想像若是飛機失事，她最後一句話想說什麼，又想要留給誰？

她的話總是很多，一句話是不可能說完的，也不可能只對一個人說。

但無論如何，牛茜茜的遺言清單裡一定有吳道允的一席之地。

「我回來了。」她閉上眼睛，唇邊漾起安心的微笑。

對牛茜茜而言，吳道允就是如此重要的人啊。

✦

暑假開始了。

牛茜茜在學校網站上查了期末考成績，終於擺脫倒數第一的夢魘，稍稍進步了五名，幅度不大，但至少不會再被田晉辰恥笑。

即將升上高三，班上很多本來沒補習的同學都到補習班報名上課，就連那個從來沒考過第二名的田赫辰都去了，王亞淳不免也問她要不要去補習。

牛茜茜想也不想便拒絕了。

這一拒絕可不得了，田爸、田媽，包括靠著衝刺班考上大學的田晉辰統統都跑來牛茜茜面前說服一波，試圖改變她的想法。

明明要考試的人是她，周圍的人卻比她還著急。

只不過，比起窩在補習班埋頭苦讀，高中生涯的最後一個暑假，牛茜茜有其他更想做的事。

「立人哥！」牛茜茜一眼就看見人群裡的丁立人，趕緊扛著肩上滿滿當當的一袋畫具，蹦蹦跳跳地跑了過去。

「茜茜，好久不見。」丁立人以一條紮染髮帶束住長髮，臉上的陽光笑容一點都沒變，「今天可是妳第一天開工，昨晚有沒有睡好呀？」

「當然！我昨晚九點就去床上躺平了。」牛茜茜說著，目光早已興奮地轉向四周，「立人哥，我們要在哪裡擺攤啊？我等不及了！」

沒錯，這整整兩個月的暑假，牛茜茜將與丁立人一起在街頭擺攤作畫。

夏日的港邊商圈到處都是逛街遊玩的人潮，丁立人和牛茜茜才陳設好裝備不久，已經有遊客在一旁觀望。

「立人哥，我手在抖耶。」牛茜茜在丁立人身邊小小聲地說道。

「哈哈，妳很快就會習慣的。」丁立人擺出價格牌，順便拿了一個小立牌給她，「喏，這是妳的。加油喔，實習小畫家。」

牛茜茜低頭一看，只見小立牌上用繽紛的顏料寫著：「實習小畫家，每人兩百」。

牛茜茜內心湧上一股難言的激動，精神抖擻答應：「是！我會加油的！」

她比丁立人晚一步迎來第一位客人。

那是個被爺爺奶奶帶出來玩的小男孩，正處於牙牙學語的年紀，活力旺盛得坐不住小板凳，最後還是得勞煩大人把他抱在腿上。

「不如我幫你們畫一張三個人的肖像吧？」見狀，牛茜茜提議，「價錢一樣收兩百元，好不好？」

小男孩的奶奶連忙推辭，「這怎麼好意思？」

「不會啦，反正我本來就是來學習的嘛。」牛茜茜回頭看了一眼正在幫一對情侶作畫的丁立人，「老闆，我說得對吧？」

「是，說得眞好。」丁立人笑了，替牛茜茜想了一個更好的方案，「如果對成品滿意的話，到時再給她一點小費就好。」

聽丁立人這麼說，這組客人才終於答應。

有了爺爺奶奶陪著，小男孩總算安分不少，不過小孩子的耐心有限，牛茜茜依然未敢掉以輕心，時時提醒自己加快速度。

現場替客人畫肖像與獨自作畫的差別很大，沒有太多時間構思，或是反覆重來。約莫半小時後，牛茜茜放下畫筆，小心翼翼地將畫架轉過去。

「希望你們會喜歡。」她的聲音有著明顯的緊張。

等待評價的時間彷彿一世紀那麼久，坐在小板凳上的爺爺奶奶先是一陣沉默，接著一齊露出開心的笑容。

「哇！眞的太好看了。」奶奶搗嘴笑得羞赧，「這是我嗎？是不是把我畫得太年輕了？老公你看，小不點也畫得好可愛啊。」

「原本想說是實習畫家，沒抱什麼期待，沒想到畫得眞好。」爺爺從皮夾裡取出一疊少說有五、六百多元的鈔票遞過來，「謝謝妳呀，小畫家。」

牛茜茜驚喜非常，「謝謝你們！」

送走了第一組客人，牛茜茜信心大增。

不只她對自己有了信心，在旁觀望許久的遊客們更是如此。他們本來都對牛茜茜的畫技抱持懷疑態度，如今看見成果超乎預期，兩百元的價格根本CP值爆表。

第二組客人立刻上座，第三組、第四組也是無縫接軌，物美價廉的牛茜茜生意一度超越了丁立人。

「茜茜，我們先去吃飯吧。」結束上午的行程，丁立人得空架起陽傘，正午的豔陽可不是開玩笑的，「補充水分，好好休息一下再繼續。」

僅帶走貴重物品，兩人一邊在港區閒晃，一邊商量要去哪間餐廳吃午餐。

「這間咖啡廳有午間套餐耶！」看板上寫著的菜色不錯，價位也還可以，牛茜茜正準備轉頭呼喚丁立人，「立人哥，我們……」

「牛茜茜。」

咦？牛茜茜一愣，這個聲音怎麼那麼熟悉……

「吳道允！」牛茜茜驚訝地指著吳道允身上的咖啡廳制服和圍裙，「你又搶了誰的衣服？」

吳道允差點沒笑死，指著她剛才看著的咖啡廳看板解釋，「我在這裡打工啦。還有，什麼搶人家衣服，老子這輩子還沒搶過別人的東西，妳不要亂講話害我被開除。」

「茜茜。」此時丁立人走了過來，「妳的朋友嗎？」

牛茜茜點點頭，「立人哥，跟你介紹一下，這是吳道允。」

「你好，丁立人。」丁立人把手伸向吳道允。

「嗨。」吳道允握住丁立人的人搖了搖，不用猜也知道他和牛茜茜出現在咖啡廳門口的原因。「你們要吃午餐嗎？我可以用員工折扣幫你們打折，怎麼樣？」

牛茜茜與丁立人對看一眼，理所當然地同意了。

這間咖啡廳提供的午間套餐意外地好吃，清爽的沙拉配上用料豐富的焗烤千層麵，再送一杯冰涼的美式咖啡，原本的價格就很划算，再加上吳道允的員工折扣，眞的是打折打到骨折的程度。

「天啊，我可以每天都來吃嗎？」當過背包客的人都有一顆愛撿便宜的心，丁立人也不例外，他抓著刀叉，雙眼放光，「道允，你應該每天都有班吧？告訴我是這樣沒錯，拜託！」

「放心好了，我整個暑假都會在這裡等你……喂，牛茜茜，妳幹麼那個臉啊？」吳道允蹙眉看向牛茜茜吐舌的怪表情，視線移到桌上的玻璃杯，「天啊，妳該不會不敢喝咖啡吧？」

「嗯，給我水……」牛茜茜接過丁立人遞來的白開水，狠狠灌了一大口，「苦死了！怎麼會有人喜歡喝這種東西！」

見狀，吳道允和丁立人搖了搖頭，同聲嘆了口氣。

「小朋友。」

「小孩子就是小孩子。」

「你們就很成熟？」牛茜茜傻眼，而且丁立人講她就算了，「吳道允你憑什麼說我啊？」

「嘖嘖，這妳就不懂了。」吳道允搖搖食指，「懂得品嚐咖啡的人，才是成熟的大人。順帶一提，妳的那杯咖啡是我沖的。」

「是喔，難怪那麼難喝。」

「妳欠揍是不是？」

「怎樣？想打我是嗎？」牛茜茜哼了一聲，故意指著右臉頰，「來來來，打準一點，打這裡啦，怕你喔！」

吳道允掄起襯衫袖子，「我看妳是眞的皮在癢……」

「噗哧。」

牛茜茜和吳道允一齊轉頭，看向努力憋笑的丁立人。

「不好意思，你們繼續……噗……」丁立人憋笑憋到肩膀都在抖了，最後還是撐不下去，「哈哈哈，你們兩個怎麼那麼可愛。」

「可愛?吳道允明明就是可惡吧?」

「喂，那妳是說自己可愛嗎?」

「不行嗎?」牛茜茜嘟起嘴，抬手戳自己的臉頰，「我的確滿可愛的啊。」

「哇，牛茜茜，臉皮變厚不少喔。」吳道允故作驚訝，又突然對她拋了個媚眼，「不過，我喜歡。」

「嘔，不好意思，我要吐了。」

「哈哈哈哈。」丁立人快被他們的一搭一唱笑死。

自此之後，有了吳道允做為後援，牛茜茜與丁立人在港區的擺攤更是如虎添翼，吳道允時不時就會從店裡拿些飲料和小點心作爲補給品，拿得多了也會送給客人做點小公關，順便替咖啡廳做宣傳。有一次，午後大雨來得又快又急，咖啡廳老闆很好心地讓他們在店裡替客人作畫，臨時辦了一場小型素描會。

由於當天客人的反應實在太好，畫作上傳至社群網站後大受歡迎，咖啡廳老闆嗅到商機，與他們談起新的合作模式，往後只要遇到下雨天，丁立人與牛茜茜便會轉戰店裡替客人畫似顏繪。

這樣的安排讓不少客人心心念念雨天的來臨，對於咖啡廳和街頭畫家而言，簡直是絕佳的雙贏局面。

然而，如此緊湊的工作行程也讓牛茜茜累壞了，每天回家洗完澡頭一沾枕就呼呼大睡，有時甚至連澡都來不及洗，想著先休息一下就好，卻往往一覺到天亮。

即使如此，牛茜茜依然樂此不疲。

「茜茜、茜茜。」吳道允輕輕搖著趴在桌上睡著的牛茜茜。

「嗯？我睡著了嗎？」牛茜茜睜開眼皮，迷糊地張望了下早已打烊的咖啡廳，「幾點了？你好了嗎？」

「嗯，我下班了。」看著她疲倦的模樣，吳道允歉疚地皺起眉，「抱歉，說好要送妳回家，反倒讓妳等那麼久。」

負責收班的同事臨時有事，平時受到諸多照顧的吳道允自然義不容辭地幫忙，但這就苦了忙了一天的牛茜茜了。

「三八，我們之間客氣什麼啊？」牛茜茜打了個呵欠，拍拍吳道允的後背，「快點走吧，我想回家睡覺了。」

牛茜茜半瞇著眼走出店外，沒看見身後的吳道允那心疼的目光。

回家路上，早已習慣乘坐檔車的牛茜茜靠在吳道允的背上小憩，好一會沒出聲，吳道允擔心她會眞的睡著。

「茜茜？」停紅燈時，他試探性地喚了她一聲。

「嗯？」牛茜茜倒是馬上就回答了。

「我還以爲妳睡著了。」吳道允鬆了口氣，「睡著很危險，不小心就會像滾西瓜一樣掉下去喔。」

牛茜茜一聽就笑了，「什麼滾西瓜啊？」

「小時候我媽騎機車載我時都這樣說啊，要是在機車上睡著就會像滾西瓜一樣，咕嚕咕嚕滾下去。」吳道允嗓音含笑，抓起牛茜茜本來抓著椅墊的手，放到他的腰間，「抓好，我不允許妳坐我的車出事。」

或許是常打架的緣故，吳道允身上都是結實的肌肉，不論是他的後背，或是腰……手心底下富有彈性的觸感好奇怪，牛茜茜的耳朵似乎又熱了起來。

「我、我好像是第一次聽你講小時候的事。」

「是喔？不過本來就沒什麼好講的。」紅燈轉綠，吳道允熟練地放離合器，換檔加速，動作一氣呵成。

風聲太大，牛茜茜湊近他的耳邊說：「講講看嘛。」

吳道允瞄了一眼後照鏡，唇角微勾。

「我剛上小學一年級那年，爸媽就離婚了，我跟著我爸。」吳道允目視前方，語氣十分輕鬆，「雖然是這樣，但我爸不太理我，所以我常常偷跑去找我媽。偏偏我媽也要工作，沒時間陪我，只好把我寄放在小舅的修車廠，妳也知道我這個人呢，天生討人喜歡，沒多久一幫修車師傅全成了我的乾爸、乾阿伯、乾阿公，而我也在那裡培養出對車的興趣……對了，這台雲豹可是我求了老半天才從我小舅那要來的，他花了很多時間整理，給我鑰匙的時候心不甘情不願的。怎樣？是不是很漂亮？」

「嗯，真的超好看。」牛茜茜由衷道，她沒想過這台復古檔車有這段由來。

「我講完了，現在輪到妳了。」

「什麼？」牛茜茜一愣。其實她不是沒聽清楚，而是下意識想避開這個話題。

「裝傻啊？換妳講小時候的事啊。」吳道允不明白她的心思，帶著笑意的催促隨風傳來，「只有我一個人講也太不公平了吧？」

牛茜茜囁嚅道：「我沒什麼好講的啊……」

「欸，我剛才也這麼說，妳還不是逼我講。」

「我哪有逼你！」牛茜茜自知理虧，但她就是說不出口，「反、反正，我就是不講！不講不講不講！怎樣？你能拿我怎麼辦？」

「那我就把妳丟在路邊。」

「吳道允你敢！」

「喂喂，妳不要亂來，不要搖我的頭！」

兩人一路吵鬧著，不一會便回到牛家門口。

吳道允熄掉引擎，牛茜茜扶著他的肩膀跳下車，她脫下安全帽後，才發現車身側邊的置物袋不見了。

「喂，吳道允，袋子呢？」她之前都是把安全帽放回置物袋的。

吳道允聳聳肩，「沒帶。」

「那這個要放哪？」牛茜茜舉著安全帽，一臉疑惑。

「既然沒地方放，就交給妳保管囉。」

牛茜茜傻眼，「蛤？」

「蛤什麼蛤？反正那頂安全帽除了妳也沒人戴過。」看著牛茜茜臉上浮現出驚訝，吳道允的唇角始終保持上揚的弧度，「以後它是妳的了，記得每天都要帶著。」

暈黃朦朧的燈光下，牛茜茜終於清楚看見了藏在吳道允笑容裡的溫柔。

她無法控制地感到心慌。

以及，難以否認的心動。

「吳道允……」

身後傳來聲響，隔壁田家的大門隨之敞開，田赫辰提著兩個大袋子走了出來。

三人看了彼此一眼，默不作聲。直到田赫辰丟完垃圾，再次關上家門爲止，始終無人開口說話。

牛茜茜唯一記得的是自己胸口雜亂的心跳聲，其餘的，她全都忘了。

✦

拜社群網路的發達所賜，牛茜茜與丁立人的生意越來越廣爲人知，近日上門的客人不乏光海高中的學生，有幾個學妹畫完肖像還會要求和他們合照留念。

好，問題來了。

丁立人長得帥、想跟他合照是情理之內，可是她們爲什麼也想跟她一起拍啊？

「難不成……」牛茜茜蹙眉，越想越覺得人心險惡，「是要拿去避邪？」

正好送來補給品的吳道允翻了個大白眼，「亂想什麼？當然是看妳可愛啊。」

「噁，你不要講這種話啦。」牛茜茜一臉嫌棄。

「哪種話？」吳道允兩手勾著圍裙背帶，歪了歪頭，「實話？」

牛茜茜不說了，打醒他比較快。

兩人隨意又聊了幾句閒話，吳道允只停留一會便回咖啡廳上班。

望著吳道允逐漸走遠的背影，牛茜茜心裡有很多很多的感謝。

雖然有了丁立人的帶領和協助，牛茜茜人生第一次擺攤作畫根本像開了外掛一樣順利，即使如此，她還是很有心理壓力，畢竟她必須自己面對客人，在有限的時間內完成一幅讓客人滿意的畫作。

相較於丁立人如同導師般的存在，吳道允之於牛茜茜而言，不只是朋友，更像是心靈支柱。

自從吳道允將安全帽交給她「保管」以後，他倆每天都一起上下班，平添不少相處時間，而牛茜茜也是這時才知道，原來吳道允會選擇在咖啡廳打工是有理由的。

「開一間咖啡廳是我的夢想。」那晚，吳道允一邊騎車一邊說道。

牛茜茜在後照鏡裡看見的他，眼神閃著光芒。

……夢想啊。

每個人都有夢想嗎？她的夢想又是什麼呢？

牛茜茜替客人畫肖像的時候，總是會詢問客人的職業做為閒聊的起頭，客人的答案形形色色，幾乎少有重複。

大多數客人也會問牛茜茜：妳的夢想是當畫家嗎？

而她總是回答不出來，只能傻笑著說自己不知道。

「現在不知道也沒關係啊。」聽完牛茜茜的苦惱後，丁立人給了她一個意想不到的答案，「夢想可是很重要的，慢慢找也不要緊。」

「可是，我已經要升高三了耶？」自己還有時間慢慢找嗎？牛茜茜想起正在補習班衝刺的同學們，嘆了一口氣，「我再不決定好未來的路，大學怎麼辦？」

「大學隨時都可以讀，而且就算不讀大學也沒關係。」丁立人率性一笑，「茜茜，妳知道我出國轉了一圈後，唯一後悔的是什麼嗎？那就是我太早決定我的未來，也太晚出來看看這個世界了。」

一下太早、一下太晚的，立人哥到底在說什麼啦？而且，不讀大學怎麼可能沒關係？牛茜茜無法理解丁立人所言。

「……我不懂你的意思。」

「嗯，這麼說好了。」丁立人想了一陣，再次開口，「妳看得出來，我以前是想當公務員的人嗎？」

牛茜茜立刻大叫：「你！公務員！怎麼可能！」

「很神奇吧？但這是眞的。」丁立人自己也覺得好笑，「當時我的夢想就是捧著不會破的鐵飯碗過一輩子。天曉得我會交到一個愛亂跑的女朋友，畢業後爲愛一起飛出國，不幸分手了，只好一個人流浪，迷迷糊糊流浪了一圈，終於明白自己熱愛的生活是什麼模樣，而這樣的我也得到了一個結論——當妳所知的世界太小，妳也會以爲自己只能如此，但妳其實還有更多的可能性與選擇。」

牛茜茜還是不懂，丁立人這席話，像是給很厲害的人的建議，例如丁立人自己，而不是她。

畢竟，她可是牛茜茜耶，那個沒人看好、必須靠田赫辰養的牛茜茜……

「茜茜。」一眼看穿牛茜茜內心的妄自菲薄，丁立人不再繞圈，「若是讓我給妳一個建議，我會希望妳出國看看，世界這麼大，妳很有潛力，妳不該把自己侷限在這裡。」

丁立人說的那些都不是牛茜茜習慣聽到的話，她不曉得該作何反應，甚至有點害怕，「我……可以嗎？」

「只要妳覺得妳可以。」丁立人點頭。

這番談話在牛茜茜腦中久久徘徊不去，畫畫的時候想，吃午餐的時候想，連吳道允忙裡偷閒跑來跟她聊天的時候也還在想，有時候思緒不小心飄得太遠，她已經開始想像自己人在曼哈頓的港邊看夕陽。

……她眞的可以擁有那樣的未來嗎？

「牛茜茜？」

聽見這個甜美的嗓音，牛茜茜的背脊倏然一僵，她緩緩抬起頭，見到羅元綺出現在攤位前。

而且，和田赫辰一起。

「我聽朋友說，這裡的肖像畫很受歡迎，沒想到繪師竟然是妳。」羅元綺勾著田赫辰的手臂，一副甜蜜小情侶的樣子。

雖然沒有證據，但牛茜茜覺得羅元綺一定早就知道繪師是她。

懶得去思考羅元綺此舉有何用意，牛茜茜只是看著神情漠然、像是不認識她似的田赫辰，他幹麼啊？爲什麼要對她擺這種臉？

「田赫辰，你不用補習嗎？」難以壓抑心中的不滿，她故意衝著他質問。

「今天是星期日，當然不用補習。」羅元綺一臉好笑地替田赫辰回答。

牛茜茜一愣，她忙得不知今夕是何夕，早就忘了今天是假日。

既然是假日，情侶出來約會很正常，她無話可說，不過就算田赫辰蹺課好了，她也沒資格說什麼。

「喔。」牛茜茜的表情和語氣一樣平板，「那你們是來畫肖像畫的嗎？」

羅元綺看向田赫辰，徵詢他的意願，「要嗎？」

「想畫就畫吧。」田赫辰盯著牛茜茜，終於開口說了第一句話。

……她以爲他不會想畫的。

牛茜茜面不改色，指著前方的小板凳，「那麻煩你們坐到那邊。」

擺攤至今已一個多月，牛茜茜畫過的客人將近百名，包括許多對情侶，卻少有人像田赫辰與羅元綺顏値那麼高，坐在小板凳上也像是在拍婚紗照，頻頻引來路人圍觀。

只見羅元綺依偎在田赫辰的肩膀上，兩人低聲交談，也不曉得田赫辰說了什麼，逗得她不時甜笑。

強忍住心裡莫名的不適，牛茜茜加快下筆的速度，只求早點畫完早點送客。只是她才抬眼望去，田赫辰正好瞥向羅元綺，嘴角勾起一抹輕笑，她手裡的筆突地停頓了一下。

原來，田赫辰也會露出這種表情啊？

牛茜茜不知爲何有些難受，她垂下眼，想想這也是理所當然，他和羅元綺正在談戀愛呢。

認識田赫辰那麼多年，她似乎從沒想過自己和他若是各自有了喜歡的對象，他們之間的關係會不會產生變化；若是以前的她，應該會斬釘截鐵地認爲他們之間的關係才沒有那麼脆弱。

但事實證明，沒有什麼是一輩子不會變的。

「好了。」半晌，牛茜茜轉過畫架，讓田赫辰和羅元綺檢視成品。

「還、還不錯吧……」大概是成品出乎意料地好看，羅元綺一時間竟有點不知所措，「赫辰，你覺得呢？」

彷彿沒聽見羅元綺的問話似的，田赫辰只是一語不發地盯著牛茜茜。

看什麼看？看屁啊。牛茜茜被看得莫名其妙，也不想多做反應。

「收您兩百元。」牛茜茜拆下畫作，公事公辦地交到羅元綺手上，「若是滿意的話，歡迎在小費箱裡給我們一點鼓勵。」

不曉得是不是想在田赫辰面前做公關，又或者羅元綺本來就出手大方，她在小費箱裡放了爲數不少的打賞金。

望著他們的背影走遠，牛茜茜總算鬆了口氣。

「剛才的客人是誰啊？」丁立人好奇地湊過來，他之前就注意到牛茜茜這邊氣氛詭異，「感覺不像是妳的朋友。」

聞言，牛茜茜怔了怔，卻不想反駁。

「嗯，不是朋友。」她轉身整理畫具。

羅元綺的確不是她的朋友，但田赫辰呢？

「前男友？」

「蛤？」牛茜茜霍地否認，「不是啦！立人哥你亂講什麼？」

「怎麼？猜錯了嗎？」丁立人一臉可惜地嘖了聲，「我還以爲是現任女友帶著男友來給前女友下馬威，讓妳看看他們現在有多幸福，請妳不要再來打擾了呢。」

……這話怎麼明明不對，卻又好像哪裡說對了？

「反正不是啦！他才不是我——啊！」牛茜茜匆忙轉身，沒注意到有人站在自己後面，畫筆上的顏料全沾到對方身上，「對、對不起！」

好死不死，那還是一件白色的衣服。

「幹！這我新買的欸！」

牛茜茜急著道歉，「對不起，我……」

「妳他媽有沒有長眼睛啊！」

「抱歉，我妹妹不是故意的。」丁立人見狀況不對，上前將牛茜茜拉到身後，禮貌道歉，「真的很抱歉，看先生是打算送洗或是買一件新的都可以，費用我們會支付，請不要過度責怪她。」

「買一件新的？笑死人了，這件衣服可是限量版，從國外買回來的，現在被你們搞成這樣，你要從哪裡生一件一樣的衣服還我？」

有眼睛的人都看得出那件廉價白T是出自夜市或批發市場，然而丁立人見多了故意來找攤商麻煩的地痞流氓，明白這種人的目的無非就是要錢，況且這裡來往遊客多，四周又沒有監視器，硬吵下去沒有好處。

「不然您開個價，我照價賠償。」

「喔?這可是你說的。我告訴你,這件衣服是美國空運來台的限量版,不多不少就五千。」

「……明明就是你故意撞我的。」牛茜茜突然冒出一句。

「茜茜!」丁立人暗自叫糟。

「妳說什麼?」找碴的男子火氣又上來了,「妳現在是說我敲詐是不是?」

「本來就是!攤位劃分得那麼清楚,周圍又擺著畫架,一般人根本不會走到我後面,你不是故意的是什麼?」牛茜茜不懂何謂息事寧人,她從丁立人身後站出來,一心只想據理力爭,「立人哥,絕對不可以給他錢!」

見牛茜茜勇敢發聲,圍觀的民眾紛紛出聲助陣。

「對啊,就他一個人走進去也太奇怪。」

「那件衣服根本是醜到限量吧,就算給我錢,我也不要穿。」

眼看到手的鴨子一下子飛了,男子頓時惱羞成怒,舉起手就想往牛茜茜臉上揮下。

丁立人反應很快,他想也不想便推開牛茜茜,自己卻來不及閃避,那一掌使他重心不穩跌在地上,頭部撞到了一旁的木箱。

「立人哥!」牛茜茜驚叫,周圍掀起一片混亂。

「欸欸動手了,趕快報警!」

男子聽見有人要報警,著急了起來,嘴裡不忘嚷嚷著:「要不要賠錢!要不要!」

牛茜茜扶著頭暈目眩的丁立人,慌亂得不知如何是好。

此時,有人拍了拍男子的肩膀,男子下意識回過頭,隨即被那人重重打了一拳。

「吳道允！」牛茜茜驚叫。

吳道允一派輕鬆地走近男子，揪著他的衣領又是一記重拳揮落，男子被打得蜷縮在地上。

「有手有腳，缺錢就正正當當地賺。」吳道允說著又補踹了男子一腳，「少在這裡丟人現眼。」

男子掙扎著從地上爬起，畏畏縮縮地夾著尾巴逃了。

「茜茜、立人哥，你們沒事吧？」吳道允連忙接手攙扶丁立人。

丁立人的暈眩稍微緩解了些，「我沒事。」

「吳道允，你……」牛茜茜正想問吳道允打人會不會惹上麻煩、他們現在是不是該落跑，但話還沒說完，卻見已經離開的田赫辰和羅元綺又回來了。

田赫辰看著她的眼神莫名冰冷。

也許是察覺情況不對，羅元綺緊張地扯了扯田赫辰的手臂，「看樣子應該沒事了，赫辰，我們走吧。」

沒想到田赫辰甩開羅元綺，徑直朝牛茜茜走了過來，站定在她的身前，沒頭沒腦地問道：「這就是妳想要的嗎？」

當下，牛茜茜只覺喉嚨一陣發乾，「我不懂你的意思。」

「我本來以爲妳終於找到想做的事了，既然如此，就算不去補習班念書也沒關係，結果……」田赫辰輕蔑地笑了笑，清冷的目光緊迫地盯著她不放，「妳只是想和他一起鬼混而已。」

「喂，你亂講什麼啊？」

「吳道允，算了。」牛茜茜搖搖頭，不讓吳道允替自己出頭。

又來了。這次是這樣，上次園遊會的時候也是。

每次發生什麼事，田赫辰總是在第一時間就先責怪她。

……他以前明明不是這樣的啊。

牛茜茜鼻頭一酸，表情卻很平靜。

「對，我就是不讀書跑來鬼混，不行嗎？我就是想跟吳道允一起玩，不行嗎？我想做什麼就做什麼，有問題嗎？」牛茜茜毫不畏懼地迎向田赫辰越來越憤怒的眼神，「就算這樣，那又關你什麼事？」

這件事不是一句誤會就可以帶過，問題出在他的態度，他根本打從心底不相信她，田赫辰究竟憑什麼這麼說她？

就憑「青梅竹馬」這種不堪一擊的脆弱關係？

牛茜茜不著痕跡地瞥了一眼站在田赫辰身後不遠處的羅元綺，想起當初在他房間裡的那個吻，覺得一切更荒謬可笑了。

她用力眨去不爭氣的淚意。

這一次，她是真的受夠了。

「我的事不需要你插手，請你以後不要再來管我。」牛茜茜直視著田赫辰，語氣是前所未有的堅決。

再見了，金魚。

金魚大便要斷開金魚，去過自己的人生了。

✦

「他以爲他是誰啊？每次都跑來對我指手畫腳，好像全世界都以他爲中心，只要他發號施令，我就非得聽令行事，在他眼裡，我就是生活無法自理的白痴，需要他的照顧，讓他很累。奇怪，既然那麼累，那就不要管我啊？我有叫他管我嗎？沒有！是他自己老愛來多管閒事，想到我之前還去跟他道歉就有氣，他根本……」

「茜茜，妳這些話已經說一天了。」把車停在牛茜茜的家門前，吳道允故作疲倦地用手撐著頭。

「啊？」牛茜茜一愣，意識到自己失態了，「抱歉，你一定覺得很煩吧？」

「煩是不煩。」吳道允摸摸她的腦袋，「就是有點嫉妒。」

牛茜茜皺眉，「嫉妒什麼？」

「能這樣被妳掛在嘴上。」吳道允說著，傾身靠近站在檔車旁的牛茜茜，誇張地嘟起嘴巴，「我也想被妳掛在嘴上，用嘴。」

「有病啊。」牛茜茜一掌打偏他的頭。

吳道允不以爲意，笑嘻嘻地坐直身子，有一下沒一下地玩著牛茜茜的背包背帶。

「妳眞的打算跟田赫辰絕交？」

「不然呢？他今天眞的太過分了，他……」發現自己一開口又要停不下來，牛茜茜嘆出一口悶氣，「反正就是這樣，我不要理他了。」

「喔？一言既出，駟馬難追？」

聽出吳道允話裡的調笑，牛茜茜有點不悅，「你不相信？」

「相信我，我比任何人都還要希望妳說到做到。」

牛茜茜不是白痴，她當然懂吳道允的意思。

他說得、做得都那麼明顯，她怎麼可能不懂？

她不是在裝傻，而是在裝瞎。

「茜茜，我……」

吳道允話沒說完，牛家大門突然砰的一聲打開。

一臉驚慌的牛正舷扶著臉色蒼白的王亞淳走了出來，王亞淳神情痛苦地坐進停在前院的轎車。

「爸！阿姨怎麼了？」牛茜茜嚇了一跳，急忙跑過去。

「茜茜？」牛正舷根本沒注意到女兒回來了，「阿姨身體不舒服，我現在送阿姨去醫院，妳自己在家注意安全，知道嗎？」

「阿姨沒事吧？」見蜷縮在副駕駛座上的王亞淳額頭全是冷汗，牛茜茜心焦如焚，「要不然我也一起……」

「沒關係，妳在家就好。」牛正舷沒等她說完便拒絕了她，他匆匆坐進駕駛座，「我待會再打給妳。」

望著逐漸遠去的車尾燈，牛茜茜呆立在原地。

不知爲何，她有種被拋下的感覺。

而且，她有預感這次不是錯覺。

這間咖啡廳鄰近海邊，店裡擺著數台復古重機，不規則的窗戶鑲嵌於磚牆之中，望出去便是海天一色的美麗景致，海風拂面而來，一陣陣浪濤聲入耳，再配上滿室的咖啡香，世界上還有比這裡更舒適的地方嗎？

「好好喝。」牛茜茜放下咖啡杯，真誠地表達感想。

「是不是不比美國的咖啡差？不對，我該問妳這個問題嗎？」吳道允說到一半笑了，顯然想起了往事，「當初嫌咖啡苦，抱怨喝咖啡像在喝中藥的牛茜茜，懂得什麼是好咖啡？」

「喂！」牛茜茜不服氣，「我長大了好不好？」

當初十七歲的少女不懂，如今二十三歲的她早已懂得咖啡的酸苦滋味。

獨自在異鄉奮鬥，課業壓力壓得她喘不過氣，多少挑燈夜戰的日子逼迫她必須借助咖啡因的力量，從入口像被逼著喝下毒藥，到逐漸能夠品嘗出其中的層次變化，每天一杯咖啡不知不覺成了她的習慣。

有些改變不得不為，卻不見得是壞事。

「這裡好美。」牛茜茜撐著下巴，望著海鳥飛在蔚藍的天空，「吳道允，你真的實現你的夢想了呢。」

「只是第一步而已。」

「什麼意思？」

「以前總以爲開咖啡廳就是實現夢想，但人生可不會在開業那天就宣告破關，能夠讓夢想持續多久才是眞正的挑戰。」吳道允示意她看向空蕩蕩的咖啡廳，「妳看，客人那麼少，能撐多久還不知道呢。」

「哎，剛開始而已嘛。」牛茜茜終究是樂觀派的信徒，她抓起手機拍了好幾張照片，「我等一下就把這些照片傳上社群網路，說不定明天這裡就會大爆滿，你脖子最好洗乾淨等著！」

「什麼洗脖子，妳根本是想找人來跟我幹架吧？」吳道允笑得不行，她永遠可以輕易逗笑他，「先說好，我已經收山了，妳以後可不要再招惹什麼奇奇怪怪的人。」

聞言，牛茜茜可憐兮兮地放下手機，「幹麼？你不來救我了嗎？」

「去，再遠都去。」吳道允早認清自己被她吃得死死的，「只是可能會被打成豬頭，妳捨得？」

「嗯哼，反正我沒事就好。」

「哇！去一趟美國就學壞了啊！」吳道允傻眼地看著對他扮鬼臉的牛茜茜，又是好氣又是好笑。

玩笑歸玩笑，他們彼此都明白，不管對方出了什麼事、不管那是在多遠的遠方，他們一定都會第一個爲對方而來。

吳道允永遠不會忘記，檔車奔馳在高速公路上那天，那倚靠在他身上的重量，以及一點一點在背上擴散的溫熱濕意。

「妳還會回美國嗎？」吳道允問，即便時常與牛茜茜視訊，但此刻看著她坐在自己面前，心中的感受還是很不一樣。「或者，就此留在台灣？」

他沒有說出口的是，他很想她，希望她可以留下來。

牛茜茜垂眸，一邊搖晃杯裡的咖啡，一邊沉吟，「不知道呢。」

她不知道要不要留下來的原因很多，而吳道允恰好懂她的不知道。

他一直都懂她，比這個世界上的任何一個人都懂。

「茜茜，我的承諾一直都有效。」他說，迎上她茫然的眼神。

只要她願意，吳道允不介意一直等下去。

✦

王亞淳懷孕了，而且已經四個多月了。

只不過王亞淳體質偏弱，又身爲高齡產婦，胎象始終不太穩定，所以沒有在第一時間告訴牛茜茜。

前往醫院探望王亞淳的時候，牛茜茜表現出一副很能理解的模樣，要她不需要感到抱歉，放心好好安胎，寶寶才是最重要的……

牛茜茜沒有說謊，她的確能理解王亞淳的想法，但同時也無法否認，她感覺自己被當成了外人。

有好幾個夜晚，牛茜茜因爲突然的呼吸困難從夢中驚醒，想要擦去額上的涔涔冷汗，卻赫然摸到自己滿臉是淚。

過一陣子就會好了吧？她只是一時難以接受而已，再過一陣子……

眞的，會好起來嗎？

暑假結束，牛茜茜回到學校，見到好久不見的賈曉玫與施書言，前者整個暑假待在補習班，全身膚色白了一個色階；後者恰恰相反，跑去綠島打工換宿，明明曬成一塊焦炭，還堅稱自己膚色健美，誰講他黑，他就跟誰拍桌。

一個暑假未見，三人的話匣子一打開就完全停不下來，從賈曉玫在補習班被男生搭訕，施書言和外國背包客的無緣戀曲，以及牛茜茜與吳道允究竟算不算曖昧等等，全都囊括在他們的話題裡。

「不過，茜，妳看起來好累喔。」從看到牛茜茜的第一眼，賈曉玫就覺得好友的情況不太對，「妳黑眼圈好重，是不是沒睡好？」

「我就覺得牛茜哪裡不一樣，原來是變成熊貓茜了。」

「什麼熊貓……」牛茜茜把施書言桌上的鏡子搶過來照，鏡子裡的自己眼下果然掛著濃重的黑眼圈，「好像眞的有點嚴重。」

「怎麼啦？」賈曉玫關心地問，「是不是發生什麼事了？」

施書言則挑眉，「該不會是吳道允讓妳沒辦法睡？」

「呸呸呸，你少亂講！」牛茜茜白了他一眼，猶豫半晌，終於決定說出口，「其實也沒什麼……阿姨，就是我的繼母，她懷孕了。」

「懷孕？」賈曉玫驚呼，「茜茜，妳要當姊姊了嗎？」

「哇靠，這樣妳和妳弟弟還是妹妹不就差了……十八歲？」施書言不敢相信地掰著指頭計算，「欸，牛茜，等寶寶出生以後，妳要不要假裝寶寶是妳生的，我們帶寶寶一起出去玩，一定超好笑！」

「茜，恭喜妳呀！」

賈曉玟和施書言沒注意到牛茜茜的眼神逐漸轉爲黯淡。

是啊，像他們那樣才是迎接一個新生命該有的正常反應吧？

有問題的人是她才對。

「啊，這跟妳的黑眼圈有什麼關係？」施書言突然發現問題的癥結點，越想越覺得奇怪，「妳是擔心寶寶會很吵嗎？可是寶寶又還沒出生，要吵也不是現在吵啊？」

「蛤？沒、沒有啦，我就是太興奮了，所以才……」牛茜茜既慌張又心虛，急忙轉移話題，「對了！我要代表學校參加這次的美術比賽喔！」

「美術比賽？」賈曉玟一聽，眉頭皺了起來，「爲什麼？我們都高三了，不是應該專心念書嗎？」

「高三又怎樣？」施書言翻了個大白眼，「誰說高三一定只能念書？」

「嗯，美術老師也說讓高三生參賽是有點不那麼合適。」牛茜茜明白賈曉玟的擔憂，「但這個國際大賽四年才舉辦一次，機會難得，再加上她知道我課業成績不好，更建議我應該試著參加，若是能得到不錯的名次，或許可以申請上前幾志願。」

簡單來說就是，分數不夠，得獎來湊。

以牛茜茜的資質，就算現在拚命努力念書，進步依然有限，想要考好學測可不是一朝一夕之功，倒不如抓住機會往她擅長的領域發展。

但牛茜茜不想讓其他人知道的是，她之所以答應參賽，其實不為成績，也不為其他，她只是迫切地想找到一件能轉移注意力的事情來做罷了。

「這麼說也對。」賈曉玫想了想，認同這是個好主意，「但妳可能會很辛苦，又要準備模擬考，又要畫圖，有需要幫忙的地方一定要跟我說，知道嗎？」

「嗚，果然曉玫最好了！」牛茜茜一陣感動，熊撲賈曉玫。

「你們又排擠我！我也要抱抱！」

「施書言你走開啦，你壓到我的手了啦！」

就在他們三個人抱成一團時，三年五班的教室外來了一名稀客。

「牛茜茜外找！」

誰啊？牛茜茜好奇地往外看，不看還好，一看見那張冷臉，她好不容易變好的心情瞬間又低落了下來。

「那不是田赫辰嗎？」施書言也發現了，「他來幹麼？」

「不知道。」牛茜茜推開施書言，起身往教室外面走去，「待會你們要是看到我連眨三下眼睛，記得馬上來救我喔。」

「蛤？什麼連眨三下眼睛？他是要來殺妳是不是？」

牛茜茜當然是開玩笑的，雖然她與田赫辰的關係惡化到堪稱歷史冰點，但也沒糟到田赫辰要來謀殺她的程度……應該吧？

牛茜茜走出教室，田赫辰就站在走廊上等她。

「有事嗎？」她盡可能用平靜的語氣開口。

田赫辰遞給她一個信封，「美術老師要我把這個給妳。」

「這是什麼？」牛茜茜順手拆開，信封裡放著一張設計陽春的邀請函，「臨行餐會？」

「每年代表學校參加比賽的學生都會受邀出席。」見她一臉困惑，田赫辰順口解釋完後，突然又補了一句，「聽說妳要參加美術比賽？」

聞言，牛茜茜抬眼看向田赫辰。

不是說好了，以後她的事都不關他的事嗎？

「是啊，至少老師是這麼說的。」牛茜茜故意瞇起眼睛笑了笑，「不過在你眼裡，我可能只是去『鬼混』一下吧？」

田赫辰當然聽出了她話裡不加掩飾的嘲諷，他嘆了口氣，「茜茜，我們談一談。」

「怎麼？又想教訓我了嗎？」牛茜茜瞬間板起臉，「一不用，二謝謝，三不需要。再次聲明，我的事情不需要你來插手。」

「阿姨懷孕了吧？」田赫辰冷不防說，殺得牛茜茜措手不及。

「你怎麼知……」廢話，鄰居之間是能隱瞞多少事？牛茜茜深吸口氣，努力裝作若無其事，「對啊，她懷孕了，怎樣？」

偏偏田赫辰無視她的裝模作樣，單刀直入問：「妳沒事吧？」

牛茜茜一怔，不明白心口猛然竄起的酸澀是怎麼回事。

那才不是感動。

她只是不知為何，突然有一點想哭而已。

「沒事啊！我爲什麼會有事！懷孕是喜事，有什麼好有事的。」不好，鼻頭好酸，她眞的快哭了。

牛茜茜忽然想到那一天，很久以前的那一天，在得知爸爸即將再婚後，她一邊大哭一邊吃韓式炸雞的那一天……

那一天，田赫辰安靜地陪在她身邊，自始至終一句話也沒說。

「茜茜……」

「我說了我沒事！」牛茜茜心慌意亂，一心只想把田赫辰趕走，她不想在田赫辰面前落淚，「你趕快回去啦，邀請函我拿到了，謝謝，慢走不……」

她話還沒說完，就被田赫辰一把拉入懷中。

聞見他身上熟悉又陌生的氣息，牛茜茜的腦袋頓時一片空白。

✦

後來，那天在教室外的走廊上，牛茜茜倏地回過神來，一把將抱住她的田赫辰大力推開，隨後飛也似的逃回教室。

只不過她逃得再快，也沒有謠言傳得快。

謠言傳播的速度堪比病毒，變種的速度亦如是。

事發沒幾天，全校已經開始流傳「田赫辰搞大牛茜茜肚子，兩人在教室外上演世紀大和解」這種但凡有點智商都不會輕易相信的謠言。

偏偏八卦流傳需要的不是智商，而是一顆顆看熱鬧不怕事大的心。

牛茜茜根本懶得解釋，畢竟沒人在乎眞相，他們只想看到血流成河。

「茜茜，可以麻煩妳幫我端湯嗎？」晚餐時間，王亞淳把一盤菜放上餐桌後，手扶著痠軟的腰部，「抱歉，我的腰不太舒服。」

坐在餐椅上玩手機的牛茜茜應聲就要站起，只是她手機都還沒放下，就見本來還在客廳看新聞的爸爸滿臉著急地衝到餐桌旁邊。

「妳哪裡不舒服？看看妳，煮菜煮得滿頭大汗，快坐下來休息。」牛正舷連忙扶著王亞淳坐下，「就跟妳說叫外送就好了嘛，累到寶寶怎麼辦？」

「你太誇張了啦，不過是煮個晚餐。」

「哪會啊？」牛正舷彎下身，對著王亞淳仍不算大的孕肚說話，「寶寶你說，媽媽的神經是不是太大條了呀？」

王亞淳忍俊不禁，輕打了牛正舷一下，兩人相視而笑。

……好一幅家庭和樂的畫面。

牛茜茜假裝自己一點都不像個隱形人，乖巧地走進廚房端湯。

而後的晚餐時間和往常並無二致，牛正舷和王亞淳說個不停，只有王亞淳偶爾詢問幾句牛茜茜在學校的狀況，牛家父女基本上不怎麼交流。

牛茜茜並不認爲自己和爸爸關係不好，他們只是不太會聊天而已。

從她小時候就是這樣，牛正舷忙於工作，父女倆一直不是很親，然而以前兩人之間的相處也不至於冷淡至此，眞要追究兩人是什麼時候開始不聊天的……

應該是她被告知爸爸即將再婚之後吧？

「茜茜，知道了嗎？」牛正舷扒完最後一口飯，轉頭對牛茜茜叮囑，「以後妳放學要早一點回家。」

「啊？」牛茜茜一怔，「爲什麼？」

「什麼爲什麼？我剛才說了那麼多，妳都當耳邊風？不是我在說，妳這個毛病怎麼從小到大都改不過來？」牛正舷眉頭緊鎖，手上的碗筷跟著放下，「我問妳，妳每天看著阿姨下班還要爲我們操持家裡的大小事，懷孕了也要煮飯打掃，沒一刻能夠好好休息，妳的心裡都沒有一點感覺嗎？阿姨對妳那麼好，妳都不會想要多幫幫她的忙嗎？」

「老公，好了啦，你說這些幹麼？」王亞淳有些尷尬，「我又不需要茜茜感謝我……」

「她就應該感謝妳！妳替她做了那麼多，我從沒聽她跟妳說過一聲謝謝，怎麼可以因爲是一家人，就把別人的付出當成理所當然！」

「我沒有把阿姨的付出當成理所當然！但是，很抱歉，我也沒辦法早點回家，因爲我要代表學校參加美術比賽，最近都得留在學校畫畫。」牛茜茜幾乎是一口氣把話說完，她看也不看牛正舷一眼，逕自轉頭向王亞淳道歉，「阿姨，對不起，幫不上妳的忙。」

「沒關係啦，妳別在意妳爸說的話。」比起這個，王亞淳更擔心另一件事，「可是，茜茜，妳不是要考學測了嗎？學校怎麼還讓妳去參加美術比賽？」

「學測？」牛正舷此時才一副恍然大悟的樣子，「茜茜已經高三了嗎？」

牛茜茜不知該氣還是該笑，這是一個父親該說的話？連女兒高三了都不知道，他該不會以爲她還在上幼稚園吧？

「反正我成績不好，要是比賽能得獎，申請大學比較有利。」

「成績不好就去補習啊。」牛正舷說得簡單，「改天我跟其他人打聽一下，看哪間補習班……」

「我吃飽了。」牛茜茜倏地推開椅子起身，「阿姨，謝謝妳的晚餐。」

看，她還會道謝，才沒有把別人的付出當成理所當然。

牛正舷猛然垮下的臉色很嚇人，牛茜茜假裝沒看到。

她才走出餐廳，便聽見牛正舷用力拍桌，阿姨忙不迭地安撫他。她腳步頓了一下，依然頭也不回地回到位於二樓的房間。

關上房門，牛茜茜吁出一口長氣。

她其實並不常惹牛正舷生氣。以往的晚餐時間，她多半都選擇安安靜靜地吃飯，需要應答的時候也不會含糊，她不想破壞餐桌上的氣氛，因爲她很明白自己的定位，如果這就是他們想要的一家和樂，她很樂意配合演出。

雖然偶爾……眞的只是偶爾，她會突然覺得很累。

也許今天就是這種時候。

田媽曾說過，晚餐是凝聚家人情感的重要時刻，然而她早就失去這樣的時刻很久了。

尤其自從王亞淳懷孕以後，牛茜茜感覺自己越來越像是個借住在別人家的外人，他們一家三口——包含肚子裡尚未出生的寶寶——才是一家人，而她不是。

等寶寶出生，她就會變成一個人了吧？

到了那時，她該怎麼辦？

牛茜茜屈膝抱著自己，無意間瞥見並肩坐在衣櫃上的兩隻娃娃。

不久前才加入的松鼠娃娃坐在右邊，抱著一顆橡樹果，雙頰鼓鼓的，露出兩顆大大的門牙，模樣很是可愛。

牛茜茜忽然想起吳道允今天傳訊息過來，說他不打算上大學了，他寧願把時間花在精進咖啡技術，也不要浪費時間去學一堆以後用不到的學科。他打算好好利用高中的最後一年。

雖然不曉得是怎麼個利用法，但牛茜茜第一時間便祝賀了吳道允，不只出於身爲朋友的無條件支持，更因爲她很羨慕他，不但有想做的事，也知道該怎麼去做，更具備無畏前行的勇氣。

哪像她，根本不曉得未來該何去何從。

牛茜茜的膝蓋抵著下巴，視線移向左邊的熊娃娃。

與嶄新的松鼠娃娃比起來，熊娃娃顯得陳舊，橢圓形的鼻子被日光曬得泛白，脖子上的蝴蝶結早就不翼而飛，原本抱著的大愛心也掉了，只能放在旁邊，唯一不變的是它那對小巧可愛的豆豆眼。

她不由得回憶起田赫辰送來熊娃娃的那天。

那時正逢梅雨季，陰雨連綿數日，田赫辰跑來家裡按門鈴的時候，才剛下完一場大雨不久，而當時的她只顧著檢查娃娃有沒有淋濕，現在想想，那天身上被雨淋得濕透的，其實是田赫辰啊……

想起田赫辰當時被她的眞情換絕情氣得一口氣快要上不來，牛茜茜噗嗤笑出聲來，只是才笑了一聲，她又笑不出來了。

……所以，他爲什麼要抱她呢？

他怎麼知道她很難受？她明明什麼也沒跟他說。

事實上，他們已經很久很久沒有好好說話了。

「田赫辰大笨蛋。」牛茜茜低下頭，把臉埋進膝蓋裡。

她好想念那些年在田家度過的晚餐時光。

想念田媽媲美大廚的手藝，想念田爸總是替她挾第一口菜，想念田晉辰跟她搶雞腿，想念在田家餐桌上不論開心或難過都不需要掩飾，還有……

牛茜茜不得不承認，她好想好想田赫辰。

✦

高三生的日常既平凡又緊湊，時常得迎來一堆大小考試，牛茜茜不得不抓緊時間，一有空就往美術教室跑，可以說是全心投入在這次的比賽。

偶爾，吳道允會趁著打工之餘溜進學校，帶著從咖啡廳搜刮來的慰勞品陪她畫畫，兩人一邊講些有的沒的，藉此爲她放鬆緊繃的心情。

幸好，努力向來不會背叛人，美術老師看過她未完成的作品後，大大讚許了一番，令牛茜茜信心倍增。

再過幾天，她的作品便能宣告完成。

「牛茜，妳收書包幹麼？要回家了？」施書言忙著喝飲料，壓根沒聽到牛茜茜方才說的話，「怎麼了？妳家裡有事？」

「茜剛剛說了，她要請公假去吃飯。」賈曉玫翻著單字卡，她最近得了少背一個單字就懷疑自己會落榜的病，「之前說過的，那個學校餐會。」

「啊！就是讓妳懷了田赫辰小孩的餐會？」施書言一說完就被牛茜茜暴打，他這張嘴就是欠教訓。「好了啦，不要打了，我錯了！」

「看你還敢不敢亂說！」

「我又沒說錯……不是啦，我是想問去的人有誰啦？」

「受邀的都是今年代表學校出賽的學生。」牛茜茜沒跟施書言計較，她邊回答邊背起書包，美術老師等一下會開車載她一起去餐廳，「除了我參加的美術比賽，其他還有科展、國語文競賽之類的。」

「蛤，音樂班該不會也會去吧？」

「去啊。」牛茜茜隨口答道。而且是三個年級三個班都去呢。

「那妳還敢去？」

「爲什麼不敢？我又沒做虧心事。」牛茜茜知道施書言擔心她可能會因爲謠言而被校花護衛隊蓋布袋，但她做人坦蕩蕩，沒什麼好怕的。「我先走囉，明天見。」

餐會的地點是一間歐式喜宴會館，一樓大廳的電子看板俗氣地亮起「歡迎光海高中」的字樣，牛茜茜和幾名一同參賽的學弟妹跟在美術老師身後，走上通往二樓的階梯。

放眼望去，宴會廳已坐了半滿，熱鬧的談話聲此起彼落。做爲本次美展的代表，牛茜茜與學弟妹分開，按照指示來到宴會廳最前方的主桌。

椅子還沒拉開，牛茜茜就聽見有人叫她。

「牛茜茜？」

回頭望去，只見羅元綺與田赫辰雙雙站在她的身後，羅元綺神情驚訝中隱含戒備，田赫辰看著她的眼神少了前陣子的疏離，反而像是有很多話想對她說的樣子。

牛茜茜不自在地別過目光，隨便打過招呼便轉頭坐下。

不只桌位是安排好的，座位也是，屬於她的杯盤上擺著一張小牌子，上頭寫著：美術比賽代表。坐在她對面的羅元綺是音樂班代表，田赫辰則是科展代表。

老實說，這樣的座位安排差勁透了。

牛茜茜只要一抬眼就會看見羅元綺和田赫辰卿卿我我……好啦，卿卿我我是誇大了，但羅元綺一直黏著田赫辰是事實，談戀愛歸談戀愛，有必要這麼黏踢踢嗎？沒看田赫辰都不理妳啊？

……咦？田赫辰不理羅元綺？

牛茜茜正覺得奇怪，宴會廳燈光卻在此時暗下，舞臺上的司儀邀請師長輪番上臺致詞，祝福學生能在比賽旗開得勝、爲校爭光，最後在校長帶領全場共同舉杯後，餐會正式開始。

牛茜茜本來還有一點在意對面的那對情侶，但隨著豐盛的餐點一道道上桌，蓬勃的食慾一下子蓋過了那點心思。

拜託，美食當前，有什麼事情都待會再說！

牛茜茜本來正開開心心地啃著牛小排，卻注意到田赫辰竟然一改往常的清冷，與旁邊的校長有說有笑，她放下手中的食物，不自覺盯著他們看。

她其實很少見到田赫辰對外人露出笑容。

田赫辰天生冷臉，寡言少笑，偏偏他又長得好看，而顯然長得好看讓大家都願意對他多幾分寬容，於是從小到大沒人要他針對這一點改進，反倒覺得他這樣很有個性。

看慣了田赫辰的清冷，牛茜茜沒想到他也有社交的一面。

不過想想也對啦，人家校長可是爲了他特地開闢了資優班，簡直媲美古代君王爲美人獻殷勤，田赫辰陪笑聊天也是應該的……她冷不防想起施書言的夜王論，一時沒忍住便笑出聲來。

好巧不巧，她笑出來時正值全場安靜的時候。

牛茜茜一抬頭，就見整桌的人全都往她看來。

「……抱歉。」牛茜茜面紅耳赤。

校長不以爲意，笑著向她搭話：「對了，聽說牛同學是赫辰的青梅竹馬？」

「蛤？」牛茜茜很緊張，下意識就想解釋，「我跟他……」

「嗯，茜茜和我從出生就認識了。」不料田赫辰竟主動把話接了過去，「不瞞您說，我當初會選擇光海就讀，也是爲了她。」

此話一出，在場所有人都愣住了，包括牛茜茜。

……他、他有病啊？

全世界都知道田赫辰讀光海是因爲離家近，幹麼硬推到她身上啊？

「喔？這麼說來，我還得感謝牛同學，謝謝她把這麼優秀的田赫辰帶來光海高中囉？」

校長半開玩笑地說，對著牛茜茜舉起杯子，「來，牛同學，校長敬妳一杯。」

牛茜茜慌亂回敬，差點弄灑了飲料。

光海高中的升學表現一向普通，校長十分期盼資優班能在今年學測交出亮眼的成績單。餐桌上有眼睛的人都看得出來，校長簡直可以算是田赫辰的小粉絲，而身爲一個稱職的粉絲，好奇田赫辰的過去也是理所當然的事。

「牛同學，赫辰小時候有沒有欺負過妳啊？」校長笑呵呵地發問。

「蛤？呃，沒有……」

「校長，都是茜茜欺負我。」

「我哪有！」牛茜茜驚呆，這傢伙又想亂說什麼？

「小學二年級，妳貪玩掉進水溝，我好不容易下去把妳從水溝裡推上岸，要妳去找大人來救我，結果呢？」田赫辰看了她一眼。

結果，她回家看到田媽準備的點心，立刻忘了還在水溝裡等待救援的田赫辰，一邊吃餅乾一邊看卡通，好不愜意。

「小學四年級我們同班，妳聽說學校地下室有殭屍，不敢一個人去打掃，拖著我陪妳過去，結果呢？」田赫辰繼續補刀。

結果，她被風聲嚇到逃跑，跑就算了，她還用掃把將地下室大門抵著，不理會他在裡面敲門，只顧著在外面哭著向他道歉……敢情他是被當成活人獻祭的祭品？

「還有，國一升國二的暑假，妳不想去暑期輔導，假裝自己身體不舒服，之後引發了什麼慘事，妳統統忘記了嗎？」

「不是啊！那次明明就是你硬要闖入我的房間，我才會不小心把你的手指夾斷——」眾人的抽氣聲有志一同地響起，牛茜茜馬上發現自己說錯話了，「你、你們不要誤會，沒有眞的夾斷啦，就是挫傷！瘀青！有點嚴重的那種……」

「喔，那妳記得有一次，妳突然喜歡上某個偶像明星……」

「不准說！」牛茜茜幾乎想挖個地洞鑽進去了。她承認就是了！她從小就帶衰田赫辰！這樣行了吧！拜託，不要再說了，嗚嗚嗚……

可惜天不從茜茜願，由於牛茜茜和田赫辰的童年過往實在太有趣，導致後半場的餐桌話題全繞著他倆打轉，畢竟沒人能想得到高冷男神也有剋星，還被對方剋得死死的。

最重要的是，這可是男神本人透露的第一手消息，聽到的人根本賺死，回去跟朋友大肆宣揚一番得多有面子。

「看來你們的童年過得很精采啊。」餐會即將結束，校長粉絲聽得心滿意足。

「的確。」田赫辰難得說了這麼多話，眼裡竟仍隱含笑意，「多虧了她，我的童年才能這麼多采多姿。」

旁人聽到這句話，都覺得這是田赫辰對她的正面稱讚，然而聽在牛茜茜耳裡卻並非如此。

童年是童年，現在是現在。

現在的她不去田家、不和他碰面，這陣子除了吵架，他們再也沒有一次超過三分鐘的對話，她早就不在他的生活圈裡，但即使沒有她，他的生活仍然過得精彩絕倫。

現在尚且如此，更別說未來了。

她只是他的過去，只適合拿來當成餐桌上的談資。意識到這一點，牛茜茜忽然覺得很難受。

「我去洗手間。」她低聲拋下一句，便起身離開。

上完廁所，站在鏡子前，牛茜茜並不是很想回座。反正餐會快結束了，她多在洗手間待一會也沒關係。

身後的廁所隔間傳來沖水聲，牛茜茜從鏡中看見羅元綺推門走了出來。

牛茜茜不打算開口打招呼什麼的，那很多餘，互不對盤的兩人只要安安靜靜地不礙到彼此的路就好了。

偏偏羅元綺不懂這個道理。

「難得被這麼多人關注，妳應該很開心吧？」羅元綺對著鏡子仔細整理頭髮，將儀容調整至完美狀態。「我替赫辰把話跟妳說清楚，他只是看妳沒來過這種場合，怕妳被冷落，才好心把話題帶到妳身上，希望妳不要誤會了。」

誤會？誤會什麼？牛茜茜狐疑地看向鏡裡的她。

「都講這麼清楚了還不懂？」羅元綺漂亮的臉蛋浮現微笑，「他對妳的這番好意，單純出自於關懷一個沒見過世面的童年玩伴，僅此而已，沒別的意思。」

牛茜茜一點都不覺得田赫辰幫了她什麼。

只不過，在羅元綺的話裡，她倒是清楚聽出了另一層意思。

「妳在吃醋？」牛茜茜開門見山，懶得學她拐彎抹角。

羅元綺被她的話噎住，彷彿受到莫大污辱似的睜大眼睛，「少不要臉了，誰吃妳的醋！」

「喔，不是就不是，妳可能只是檸檬汁喝多了吧？」牛茜茜斜斜瞥了洗手臺上的免費漱口水一眼，「漱漱口吧，省得講話酸溜溜的。」

與其在洗手間裡和討厭鬼獨處，牛茜茜寧願回去面對田赫辰。

她才轉身，就聽身後傳來一聲尖叫。

「牛茜茜——」

牛茜茜紮在腦後的馬尾被人向後一扯，她嚇了一跳，三兩下便甩開羅元綺，「妳發什麼瘋啊！」

「算我拜託妳，拜託妳不要再纏著田赫辰了！」

「我才沒有纏著他！」

「那他爲什麼當著大家的面在教室走廊上抱妳！」羅元綺情緒激動，美麗的容顏看上去竟有幾分猙獰，「如果不是妳纏著他，他幹麼去找妳？妳繼母懷孕關他什麼事啊！妳不知道現在大家說得多難聽嗎？」

「妳怎麼會知道我繼母懷孕？」牛茜茜腦中空白一片，「田赫辰告訴妳的？」

他跟羅元綺說了什麼？他爲什麼會跟她說？他怎麼可以……

「他只是同情妳而已。」羅元綺瞪著牛茜茜，努力不讓自己的聲音出現哽咽，「妳不是他的家人、也不是情人，說穿了，青梅竹馬根本什麼也不是……牛茜茜妳搞清楚，我才是他的女朋友，拜託妳識相一點，別再介入我們之間！」

牛茜茜眨了眨眼睛，忽然有點恍惚，也有點想笑。

羅元綺憑什麼哭？現在該哭的人不該是她嗎？

自從田赫辰和羅元綺交往後，她沒有主動找過田赫辰，這樣也算纏著他嗎？她連田晉辰的生日派對都沒出席，只因爲聽說羅元綺也會到場，這樣還不夠識相？

至於青梅竹馬什麼也不是……這點她比任何人都清楚，不必外人一再提醒。

牛茜茜深吸了口氣，「我再說一次，是他自己來找我的。」

「一定是妳在他面前裝可憐，否則他幹麼去找妳？」羅元綺說著，突然換了種語氣，聽起來既溫柔又悲戚，「牛茜茜，長大一點，青梅竹馬的遊戲結束了，你們終究有各自的人生，不要再把現實生活當成扮家家酒了。」

長大一點。這句話田赫辰也跟她說過。

牛茜茜眞的不懂，到底什麼叫做長大一點？

不管她多努力想要做點什麼或不做點什麼，大家好像都還是能挑出錯來。

她已經盡量不哭不吵不鬧了，難道這樣還不夠「長大」嗎？

好啊，既然如此，那她就把事情鬧大！

「對，我纏著他。」牛茜茜眸光一沉，笑盈盈地開口。

「什、什麼？」

「我在田赫辰面前裝可憐，我說我不能沒有他，我叫他抱我、吻我，我還叫他跟妳分手。怎麼？他還沒跟妳提嗎？」看見羅元綺臉色瞬間刷白，牛茜茜並不打算就此住嘴，「自己管不住男朋友還敢吵，丟不丟臉？」

「原來就是妳……」

這句話是什麼意思？

牛茜茜來不及思考，一個巴掌忽而響亮地打在她的臉上。

幾乎是下意識的反應，牛茜茜也回了羅元綺一個耳光。

羅元綺整個人都傻了，細皮嫩肉的白皙臉頰立即浮現嚇人的五指印，別說被人甩耳光，她從小到大都被人捧在手心裡呵護，連爸媽都不曾打過她。

下一刻，羅元綺摀著臉，大哭著衝出洗手間。

直到洗手間安靜下來，牛茜茜才終於恢復理智，看向鏡子裡的自己。

或許是她在暑假曬黑了，即便挨了羅元綺一巴掌，她臉上看起來也毫無異樣，只感到熱辣發疼。

牛茜茜回想起自己方才說的話……她是瘋了吧？

沒錯，她是真的氣瘋了。

比起羅元綺一而再再而三的示威，牛茜茜其實更氣田赫辰，竟然把她的事告訴一個外人——啊，或許對田赫辰而言，現在她才是外人？

思及此，牛茜茜居然笑出來了，與此同時，斗大的淚珠毫無預警地滾落，她抬手用最快的速度抹去。

她不能哭，待會還得坐美術老師的車回去呢。對著鏡子確認看不出哭過的痕跡後，牛茜茜走出洗手間。

「出來了、出來了。」

「怎麼可以打人呢？」

只見一群人聚集在洗手間前方的空地，牛茜茜還沒反應過來，下一眼便看見躲在田赫辰懷裡嚎啕大哭的羅元綺。

然後，她與田赫辰對上目光。

她看不懂他的眼神。

現在的她已經看不懂他在想什麼了。

✦

一夕之間，牛茜茜淪爲眾人口中「愛不到就讓情敵毀容的神經病」。

身爲音樂班的女神，羅元綺在輿論占盡了上風，再加上牛茜茜與田赫辰先前的傳聞，第三者的標籤一下子就成了牛茜茜身上甩不掉的狗皮膏藥。

走在路上會有人嘲笑她癩蛤蟆想吃天鵝肉，說想送她鏡子，要她回家照照自己長什麼樣，哪來的臉插足神仙情侶的美好戀情？

爲了保護她，施書言三不五時就和人在走廊上吵架，個性溫柔的賈曉玫也曾在廁所和一群女生起爭執，其中最嚴重的一次，雙方鬧到學務處差點打電話叫家長。

至於田赫辰，他找了她好幾回，牛茜茜都沒有理他。

不管是在學校、還是在家裡，她無視田赫辰無視得很徹底。

她不是生他的氣，沒什麼好生氣的，她會落到這個局面，一部分是她自己惹出來的，她不理田赫辰只是因爲……

不知道，也許她只是不想再解釋而已。

「才幾天不見，妳怎麼把自己搞成這樣？」吳道允見到憔悴的牛茜茜，立刻從檔車上跳下來，「沒吃飯還是沒睡覺？還是又有人講妳壞話？不行，我去找那個人算帳！」

「好了啦，你少誇張了。」牛茜茜懨懨地擋下吳道允。

吳道允心疼地看著她濃重的黑眼圈，「妳打算躺著隨便人罵嗎？」

「不然呢？」牛茜茜故作輕鬆地聳聳肩，「反正我現在又要畫圖又要念書，累都累死了，才沒時間理他們。」

「最好是。」吳道允嘆了口氣，抬手輕碰了下她的臉，「小騙子。」

「哎喲，眞的啦！」牛茜茜拍掉他的手，有些僵硬地轉移話題，「你不是說要帶我去一個很厲害的地方散心嗎？話那麼多，到底是要不要出發啊？」

「去去去，當然去。」吳道允拿起她的安全帽卻沒有遞過去，「可是妳看起來要死不活的，我怕妳會承受不住……嘖，要不我今天先送妳回家休息？」

「不要，你說好帶我去的。」

「但妳看起來很累，改天……」

「就說了我不要回家！」牛茜茜突然失控大喊。她不想回家，不想留在這裡，她只想逃得遠遠的……

「茜茜，妳眞的沒事嗎？」

「什麼……」牛茜茜抬起眸，看見吳道允眼中浮現擔憂，這才察覺自己反應有多激動……怎麼辦？她是不是快要崩潰了？

每天在學校裡被人指指點點的感覺不好受，她不是眞的無所謂，怎麼可能無所謂？她只是裝作無所謂，面對那些不友善的眼光，牛茜茜數不清有多少次想在走廊上當場爆炸。

「我沒事，我只是……有點累。」牛茜茜閉了閉眼，內心湧上一股難堪的情緒，「你說得對，我應該回家休息。奇怪，我、我的手機呢？」

牛茜茜慌張地翻找口袋和書包，卻怎麼也找不著手機。

「茜茜，冷靜一點，妳仔細想想，是不是忘在教室裡了？」

「教室……啊，我好像放在美術教室！」話音未落，牛茜茜便急急忙忙轉身跑回學校。

「我陪妳去。」吳道允不管自己仍穿著別校的制服，大步跟了上去。

放學後的校園空無一人，斜陽打在他們身上拉出兩道長影，牛茜茜三步併作兩步跑在前方，吳道允緊追在後。

美術教室位於四樓，除了美術社社員以外，平時少有人出沒，手機忘在那兒其實不用太擔心被人拿走，但此時牛茜茜早就慌得無法思考。

一抵達美術教室，牛茜茜從門框上取下備用鑰匙打開門，卻在看清門內的景象後，呆站在門口動彈不得。

「怎麼了？爲什麼不進去？」

吳道允跟著看進門內，隨後立刻將牛茜茜拉進懷裡，緊緊抱著她不放。

美術教室亂成一團，原本擺在桌上的東西全被掃到地上，畫具、模型道具、畫架……都不在它們該在的位置，而擺在角落的畫作卻大都安然無恙，僅有一幅並未倖免於難。

那幅畫作的畫布遭人狠狠割開，除了密密麻麻的美工刀刀痕，突兀的紅黑色顏料雜亂地遍布其上，這兩個顏色的顏料罐就扔在一旁的地上。

那是牛茜茜尚未完成的參賽作品。

「該死……」吳道允低聲咒罵，懷裡的女孩全身顫抖得厲害，他能感覺到自己胸前的制服漸漸濡濕。

牛茜茜哭了，卻沒有發出一點聲音。

Chapter 7

天色轉爲靛藍，暈黃的路燈點亮回程路，吳道允催下油門，聽見後座的牛茜茜開心地大叫，她雙手高舉，勁風穿過張開的指間。

吳道允悄悄勾起嘴角，注意到前方有彎路，他伸手向後拍拍椅墊，「坐好，不然掉下去，小心我一定會負責喔。」

牛茜茜一聽，立刻乖乖抓好把手，逗得吳道允哈哈大笑。

她總是可以輕易讓他笑。

「對了，我都忘了問，他最近怎樣？」吳道允察覺後座的牛茜茜因聽不清而往自己貼近，他索性放聲大喊：「田赫辰！我問他最近過得怎樣？」

「嚇死我了，那麼大聲幹麼啦！」牛茜茜一掌打下去，果不其然又聽見這個被虐狂的笑聲，她無奈地翻了翻白眼。「應該還可以吧？感覺他工作滿忙的，常常回家還在處理公事。」

「他沒跟妳說他在忙什麼？」

「沒啊。」牛茜茜笑了一聲，「他大概覺得跟我說也沒用。」

的確，她回國兩個星期了，也住在田赫辰家兩個星期了，田赫辰就連一次都沒提過他工作上的事。

她只知道他在一間家電公司擔任主管，至於其他工作細節，像是最近在忙什麼專案、是不是遇到什麼麻煩等等，他從未和她聊起。

「……白痴。」吳道允不由得低罵。

牛茜茜沒聽清，「什麼？」

「我說！田赫辰大白痴！」吳道允大吼。

牛茜茜先是一怔，接著露出笑容，也跟著大吼：「沒錯！田赫辰大白痴！」

「田赫辰大白痴！」

「田赫辰大白痴！」

一聲比一聲響亮的「田赫辰大白痴」響徹在夜晚的公路上，他倆幾乎要笑出眼淚來，路旁的景致從大海換成樹林，再過一會，又變成了都市的霓虹招牌。

吳道允把車停在捷運站附近，牛茜茜輕巧地跳下車。

「謝謝你送我回來。」

「我應該直接送妳回家的。」吳道允接過安全帽，表情有些哀怨。

「那是田赫辰的家。」牛茜茜糾正他的用詞，皺起鼻子搖搖頭，「他看到你可能會想殺了你，不好。」

吳道允挑眉，「對他不好，還是對我不好？」

「……都不好！」牛茜茜認眞想了一下才回答，一臉沒轍地推了下他的肩膀，「拜託，我那麼愛你，你不要這麼計較好不好？」

她很愛他嗎？

吳道允看著這個和六年前相比已然成熟許多的小女人，她燦爛笑容依舊，眼中卻多了堅毅與自信。

「下次見？」吳道允唇角微揚。

「嗯。下次見。」牛茜茜說完，忍不住挑剔吳道允看她的神情，「齁唷，你不要一副我好像會突然消失的樣子嘛，我哪次沒有先告訴你一聲就走？不對，你明明還有去機場送我進海關呀……」

「牛茜茜？」

聽見那道陌生又帶著幾分熟悉的甜美嗓音叫自己的名字，牛茜茜遲疑了一下，緩緩轉過身，只見一名穿著時尚的女生站在不遠處看著她，妝容簡約，依然氣質出眾。

「……羅元綺？」

「好久不見。」見牛茜茜一眼認出自己，羅元綺嫣然一笑，「其實也沒什麼事，只是看到眼熟的人，就想確認一下。妳出國後，應該過得不錯吧？」

「還可以。」牛茜茜點點頭，本想禮貌性地寒暄幾句，無奈腦袋一片空白，「……謝謝關心。」

「很開心聽見妳這麼說。」羅元綺似乎真的只是來打招呼，「那就不打擾，我先走了。」

「拜拜。」牛茜茜毫不猶豫揮手道別，同時心想，美女就是美女，過了那麼多年，羅元綺還是那麼漂亮。

「對了。」羅元綺走了幾步，突然回眸看過來，那一眼的動人風姿簡直能秒殺全天下的男人心。

牛茜茜不是男人，但她的小心臟也爲她的美貌怦然心動。

「對不起。」羅元綺輕聲說道，晚風拂動她的長髮，「這句話，我一直很想當面跟妳說。」

✦

牛茜茜忘了自己是怎麼回家的。

事實上，她的記憶消失了整整兩天。

據施書言與賈曉玫所述，在那兩天裡，她照吃照喝照睡，與人對談無礙，上、下課都很正常，幾乎察覺不出異樣，但他們事後也說，那兩天跟她相處的時候，確實有股說不出來的違和感。

全世界只有吳道允知道她經歷了什麼。

喔不，還有校方。

美術教室的慘況隔天就被其他社員發現並通報，由於茲事體大，校方立刻調閱監視器查看，她相信兇手一定有被拍到，然而基於某種不知名的原因，校方始終不願給她一個確切的答覆。

「茜茜，妳要幹麼？」放學後的美術教室裡，吳道允一個箭步擋在牛茜茜身前。

牛茜茜推開他，執意搬出角落的畫架，「我要重畫，不然就來不及了。」

「但是……」自從那日以後，吳道允排開了打工，每天都來接牛茜茜下課，他明白她受到的打擊有多大。「妳可以嗎?」

她可以嗎?對於此時的牛茜茜而言,這眞是個奢侈的問題。

「若是不畫了,我不知道自己活著還有什麼意義。」這句話或許重了一點,卻是牛茜茜的眞心話。

如果還想上大學,就必須得參賽、拿下名次,這是她當初下定的決心。牛茜茜很了解自己,就算現在放棄畫圖、專心準備考試,她也不見得有辦法獲得好成績。過去不可能重來,但她會努力追上未來。

吳道允向來直線思考,他沒想那麼多,他擔心的是牛茜茜的身心狀況,「可是……」

「讓她畫吧。」

牛茜茜和吳道允同時愣住了,齊齊扭頭看向不知爲何竟出現在美術教室門口的田赫辰。

「你來這裡幹麼?」牛茜茜率先反應過來,語氣滿是防備。

「沒幹麼。」田赫辰一臉平靜,「只是想來看看妳。」

「你看到了,我還活得好好的。」她冷冷說完,轉身準備畫具,「你趕快回去,否則你的女朋友又要覺得委屈了。」

「我們分手了。」

牛茜茜呆了幾秒,「……什麼?」

「我說,我們分手了。」

「爲什麼?」

「妳確定妳有時間聽我分享戀愛故事?」田赫辰拿出手機,作勢看了一眼行事曆,「妳只剩下兩個星期不到了。」

「誰稀罕聽你的戀愛故事……」她只是隨便問問好嗎？牛茜茜見他還杵在門口不走，心裡莫名生出一股氣，「你趕快走啦！你不用補習嗎？」

「不用。」

「蛤？」

「我退掉了。」田赫辰說得輕描淡寫，「反正補習班教的我都會。」

那你當初幹麼去？牛茜茜本來想這麼回嘴，好在她及時想到之前曾聽施書言說過，羅元綺和田赫辰上的是同一間補習班。

既然他本來就不需要補習，那他報名補習班肯定只有一個理由，那就是陪女朋友，現在兩人分手了，不去補習班也在情理之內。

好吧，解決了一個問題，第二個問題又來了——

「你人都看到了怎麼還不走？」吳道允和牛茜茜想到了同一個點上，他搶先一步替牛茜茜說出心裡的疑問，「你這趟過來應該還有別的目的吧？」

雖然吳道允的口氣還算平靜，表情卻是臭得不行。

他打從一開始就看田赫辰不順眼，畢竟他平時最討厭的就是這種自以爲是的小白臉，再加上先前的種種過節，吳道允很難對田赫辰擺出好臉色。

當然，田赫辰也是。

兩個人看對方的眼神都像看蟲子一樣。

「女朋友沒了才想到要來關心『以前』的朋友。」吳道允刻意強調「以前」兩個字，輕蔑地笑了一聲，「眞是有情有義。」

田赫辰冷冷瞪他，「輪不到你來插嘴。」

「這位大哥，我是不知道你活在哪個時區啦，不過……」吳道允假裝同情地搖了搖頭，「醒醒吧，世界已經不一樣了。」

聞言，田赫辰下頜微微一緊，彷彿被戳到痛處，「這不是你說了算。」

「我又沒說是我。」吳道允聳聳肩，「做決定的人從來不是我。」

「那你就閉嘴。」

「沒辦法，我就是看不慣有人臉皮比我更厚。」

「比你死纏爛打好。」

「人家又沒嫌我，哪像你現在才來演浪子回頭？」

「就算沒嫌你，你也是沒名沒分，勸你別再白費力氣。」

「不好意思，老子什麼都沒有，力氣最多。」

「多不多不知道，但看得出什麼都沒有，尤其是腦子。」

「你這個人嘴也太——」

「你們可不可以閉嘴啊！」牛茜茜覺得自己快被吵死了，「要吵出去外面吵！要打架也出去……等一下，不行，不能打架。」

要是跟吳道允打架，田赫辰應該會被打死吧？

牛茜茜暗暗分析兩人的戰力，一個是成天待在書桌前的模範生，一個是曾經到處和人打架的小混混，一旦打起來輸贏不是很明顯嗎？

「喂，看到沒？她怕你輸啦。」吳道允故意戳破牛茜茜的小心思，一點都不給田赫辰留面子，同時忍不住嘴角揚起。

田赫辰有腦袋有眼睛，自然明白牛茜茜是怎麼想的，氣到差點內傷。

「輸贏試過才知道。」這句話幾乎是從他的牙縫裡迸出來。

「喔？要打是不是？來啊，怕你不成？」吳道允扭了扭脖子，一副躍躍欲試的樣子。

只見田赫辰一言不發丟下書包，吳道允大步一跨跟著走出教室，牛茜茜整個人都傻了。現在是怎樣？沒人把她的話當一回事就是了？

「我叫你們不准打架！」牛茜茜放聲大吼，終於讓兩個大男生回過頭來，她指著其中一個的鼻子大喊，「你！吳道允！不幫我扛畫架、不陪我畫畫想去哪裡？還不快點滾回來！」

率先被點名的吳道允眼神放光，喜孜孜地跑了回去。

「是是是，誰稀罕打架啊？我馬上回去幫妳扛畫架。」進教室前，他不忘扭頭給留在原地的田赫辰一記勝利的微笑。

牛茜茜當然沒忘了另一個人，「至於你，田赫辰……」

田赫辰原本黑了大半的臉又亮起希望。

「要走要留隨你便。」牛茜茜瞥他一眼，隨即收回目光，「反正你的事跟我沒關係。」

田赫辰究竟爲何而來，和羅元綺分手的原因又是什麼……她不知道，也不想知道。現在的她已經沒心思管了。

「不好意思，請問你把這裡當自習室嗎？」

「不好意思，請問這裡是烏山高職嗎？」

吳道允與田赫辰狠狠瞪對方一眼，同時收回視線。

牛茜茜則在一旁無可奈何地嘆了口氣，手中的畫筆絲毫未停。類似的情況在放學後的美術教室裡重複上演數日，牛茜茜畫圖，吳道允隨伺在旁，田赫辰則是捧著參考書複習。

牛茜茜心想，三人明明各做各的事，卻不能說是各據一方，因爲現場很明顯就是她和吳道允一國，田赫辰獨自埋頭苦讀，活像是被霸凌的小可憐——

不對，他哪裡可憐！是田赫辰自己硬要待在這裡的，他明明可以選擇離開！

「茜茜來，張嘴，啊——」

「啊——」牛茜茜嘴一張開，充滿濃郁奶香的餅乾便被送入她的嘴裡，「好好吃！完全入口即化，這是咖啡廳出的新品嗎？」

「好吃吧？這可是最近的人氣商品。」不打算上大學的吳道允把一半的上課時間都花在咖啡廳打工，每天都從店裡帶點心來餵食牛茜茜。「老闆說，等我畢業就讓我升正職，到時妳再和立人哥一起來。」

「好啊！對了，說到立人哥，他最近正在準備畫展，等他畫展開幕那天，我們一起去……幹麼？」一罐飲料突然出現在眼前，牛茜茜抬頭看向田赫辰，「這是……給我的嗎？」

「嗯。」田赫辰挑眉，「妳不是在吃餅乾嗎？」

言下之意是讓她配著吃。

牛茜茜面有難色，她並不是想故意刁難田赫辰，她這個人就是這樣，再氣也氣不過幾天，她早就沒那麼氣他了。

問題在於，那罐飲料是……

「她不喝咖啡。」吳道允替牛茜茜把話說完，他一把搶過田赫辰手中冰涼的飲料罐，「我替她接收了，謝啦。」

果不其然，田赫辰的臉色立刻沉了下來。他不在乎吳道允搶走那罐飲料，如果可以讓吳道允喝到吐，就算要他買一百罐都行。

「妳不喝咖啡？」田赫辰的語調微微上揚。

牛茜茜不知爲何有點心虛，「呃，對、對啊……」

「怎麼？你不知道？」吳道允故作驚訝，他逮到機會就想酸一下田赫辰，「哇靠，這位大哥，你不是茜茜的青梅竹馬嗎？認識快十八年了，你怎麼會連這種小事都不知道？天啊，你該不會連茜茜對芒果和蝦子過敏都不曉得吧？」

「吳道允，好了啦。」牛茜茜連忙插話。

「我、知、道！」田赫辰眞的很想揍他。

要是目光會殺人，他肯定已經殺了吳道允千千萬萬遍。

說到牛茜茜的過敏史，她並不是一開始就對蝦子和芒果過敏，相反的，她以前愛死這兩樣食物了。

時間回到小學五年級的暑假，牛茜茜和田家人一起到泰國度假，幾個小孩子都是第一次出國，每天睜開眼便往海裡或泳池裡衝，一整天玩下來，體力消耗得快，食欲自然也不容小覷。

而泰國最有名的無非就是好吃又便宜的水果和海鮮，不管是芒果糯米飯、燒烤泰國蝦、鮮果拼盤、海鮮沙拉……只要有機會吃，幾個孩子一定吃到肚子飽得動彈不得，才甘願放下餐具。

某天晚上，牛茜茜一個人在自助餐嗑掉了滿滿一桶泰國蝦與五、六盤芒果切盤，當天晚上突然引發過敏反應，全身紅癢，眼皮腫成兩倍大，被緊急送往急診室。

從此之後，她便對蝦子和芒果敬謝不敏。

思及此，牛茜茜突然瞄了一眼田赫辰，好巧不巧，田赫辰也看向她。

田赫辰半句不吭，眼神射出黑暗死光——

妳敢說就死定了。

他的眼神似乎就是這個意思。

牛茜茜忍俊不禁，噗哧笑了出來，田赫辰一定跟她想到了同一件事。

那天被送到急診室後，醫師指示牛茜茜必須留院觀察，田爸本來打算帶田家兄弟回飯店，留田媽陪她在醫院過夜，然而田赫辰不知發什麼瘋，死活都不肯跟爸爸回去，硬是要陪在牛茜茜身邊。

田爸拗不過小兒子，只好帶走了昏昏欲睡的大兒子。

當天晚上，牛茜茜半夢半醒之間，隱約感覺到有人抓著她的手不放。她迷迷糊糊睜開眼睛，竟然看見田赫辰坐在她床邊默默垂淚，把她驚訝得不知該裝睡還是大笑……

好啦，她其實笑出來了。

田赫辰聽見笑聲才發現她醒了，他傻住了，眼淚要掉不掉地懸在眼眶邊上，等到他終於反應過來，整張臉瞬間爆紅，一溜煙地逃出病房。要是被吳道允知道這件往事，田赫辰等於直接送頭，Game Over。

「笑？還笑？」田赫辰伸手揉亂牛茜茜的頭髮。

牛茜茜一邊躲，一邊忍不住哈哈大笑，「哈哈哈，就很好笑啊。」

見她笑得如此開心，田赫辰的眼神逐漸溫柔，唇角微揚，「看妳下次還敢不敢貪吃。」

老實說，當時他真的很害怕。平時牛茜茜就像是隻野猴子，活蹦亂跳、精力旺盛，就算得了重感冒也可以吃兩碗飯，田赫辰從不曉得一個健康的人竟會在一瞬間變得那麼虛弱。即便事隔多年，他仍然忘不了牛茜茜躺在病床上的樣子，看起來好弱小、好單薄，彷彿下一秒便會消失不見……

「好了啦，一直摸摸摸，到底要摸多久？」吳道允不悅地撥開田赫辰的手，「模範生趕快回去念書，把這裡當可愛動物區啊？」

田赫辰懶得回嘴，只是橫他一眼，轉身回座。

「欸，吳道允你講清楚喔，你說誰是動物？」牛茜茜正想跳起來臭罵他一頓，豈料吳道允放在胸前口袋裡的手機恰好響起。

吳道允看了一眼來電顯示後連忙接起，對著話筒接連說了幾句「是」、「好」、「我知道了」，沒多久便結束通話。

然後他先是看了看牛茜茜，再看了看根本不鳥他的田赫辰，煩躁地嘆了口大氣。

「幹麼啦？」牛茜茜莫名其妙，有些擔心地皺起眉頭，「又有人找你打架？」

「妳傻喔，哪來那麼多架可以打？」吳道允被她的表情逗笑，他明明很不開心的，

「……老闆臨時請我幫他代班。」

什麼嘛，還以爲出了什麼大事。牛茜茜鬆了口氣，問道：「你要去？」

「沒辦法拒絕啊。」吳道允無奈道。老闆對他那麼好，不幫忙也太不講義氣。

「那你就去啊。」

「不是啊，這樣誰送妳回家？」

「欸欸不好意思，這位先生，請問你現在是在小看我嗎？在你還沒出現之前，我也是個獨立自主會搭公車的人好嗎？」

「重點不是這個，是——」吳道允一句話堵在喉頭，目光瞟向始終沒看過來一眼的田赫辰。

說實話，他剛才眞的很不爽。

吳道允不懂上一秒自己分明才因爲咖啡占了上風，都還來不及多酸田赫辰幾句，怎麼下一秒牛茜茜和田赫辰就突然一起笑了，而他卻像個局外人呆站在一旁，根本不曉得自己錯過了什麼！

那是只屬於他們兩個人的默契，只要交換一記眼神，一抹微笑，一句甚至不需要前言後語的話，就能讓旁人被劃分在他們的世界之外。

「喂，你話幹麼不說完，重點是什麼？」牛茜茜戳著他的肩膀。

「重點就是——」吳道允心想，既然牛茜茜一無所覺，那他更不能說破，說了反而會壞事。「沒事啦！到家打給我。」

「哼，才不要咧。」

好不容易送走吳道允，牛茜茜重新坐回座位上畫畫。畫作已然接近收尾階段，她的心情也平復得差不多了，下筆顯得十分游刃有餘，不像上個星期，焦躁得只差沒有邊畫邊哭。

牛茜茜換了支畫筆，正準備修飾細節時，突然聽見田赫辰出聲。

「我不知道妳不能喝咖啡。」

「蛤？」牛茜茜猛一轉頭，發現田赫辰不知何時坐到了自己旁邊，眼睛盯著畫作看。幸好他看的是畫作，而不是她，這讓她不至於太心慌意亂。「其、其實也不是不能喝啦，就是不喜歡。」

「我會記住的。」

「是喔，隨便你。」不懂他說這話是什麼意思，牛茜茜只能虛應幾聲，轉頭繼續畫畫。

田赫辰似乎沒打算回到他本來的位子。

牛茜茜可以感覺到他的視線隨著她手中的畫筆移動，一下子左，一下子右。在安靜的美術教室裡，田赫辰的存在感變得好強，牛茜茜很難不去在意，她的右半身僵硬到不行。

「那個……」牛茜茜忍不住開口，打破令人尷尬的沉默。

「嗯？」

「你、你跟羅元綺爲什麼分手啊？」話才出口，她就後悔了。

牛茜茜不是不好奇，但認眞想想，她其實也不是那麼想知道……哎喲，反正那種心情很複雜啦，她也搞不懂自己究竟想不想知道。

「算了，你不要說，我……」

「不是妳叫我跟她分手的嗎？」豈料，田赫辰竟給出一個意外的答案。

「我哪有——」不對，她有！牛茜茜瞪大眼，倏地想起和羅元綺在廁所互賞耳光的那一段，但、但那是有理由的啊。「說來說去，還不是因爲你！」

「沒錯，都是因爲我。」

牛茜茜又愣住了，「什麼？」

田赫辰苦笑了一下，「如果不是我，我們就不會變成這樣了吧。」

人是一種奇怪的動物，一旦事態發展不合心意，往往就會想追本溯源找出原因，但人與人之間的相處，有時候本來就很難有所謂的誰對誰錯，簡單來說，就是一個巴掌拍不響吧？這一點，牛茜茜竟比考試永遠第一名的田赫辰更早明白。

她別過頭，重新拿起畫筆沾取白色顏料。

「也許，我們終究會變成現在這樣。」牛茜茜說話的語氣和她的筆觸一樣輕柔，「不是羅元綺，也會有另一個女生。雖然她可能不會像羅元綺一樣討人厭，但你懂的，我們不可能一直和以前一樣。」

「爲什麼不可能？要不是我……」

「因爲我不想。」牛茜茜停下筆，突兀的白點出現在畫作上，「田赫辰，我不想我們一直和以前一樣。」

不是因爲羅元綺，不是因爲吳道允，也不是因爲任何人。

是因爲她。

她不想再和以前一樣了。

牛茜茜緊緊握著手中的畫筆，裝出一副專心作畫的模樣，始終不敢看向田赫辰。

✦

「老地方等妳。」

一看見訊息，牛茜茜飛也似的抓起書包衝出教室。

昨天是比賽交件的截止日，牛茜茜趕在前一天將畫作交給美術老師，順利與其他學弟妹的作品共同送至主辦單位。

卸下心中大石後，吳道允說好要帶她去那個上次沒去成的地方，聽說那裡超級美，牛茜茜早就迫不及待一探究竟。

小心翼翼避開師長的耳目，牛茜茜跑過走廊和操場，直達垃圾回收場附近的圍牆，吳道允已經站在圍牆邊朝她招手。

「你怎麼進來了？」牛茜茜環顧左右，「不是說好在工寮等嗎？」

「要是沒有我，妳出得來嗎？」吳道允雙手扶上牛茜茜的腰間，一把將她推上牆，「好了，快點上去。」

雖有吳道允在牆下支撐，牛茜茜仍費了一番力氣才坐上牆頭，大氣都還來不及喘，卻瞥見有個意想不到的人竟然等在牆外，嚇得她險些摔回牆內。

「田、田赫辰？」

「什麼？田赫辰？」牆內的吳道允跟著驚呼，以最快的速度翻身上牆，「喂，你怎麼會在這裡？」

「嗨。」當事人田赫辰倒是自在，一雙清冷的目光看向坐在牆上的牛茜茜，「茜茜，妳不下來嗎？」

蹺課被抓到，而且還是和吳道允一起，牛茜茜十分心虛。

下去？不下去？這是一個問題。

「呃，我……」

「茜茜妳別動，我現在就下去幫妳——」

沒想到，吳道允話都還沒說完，牆下的田赫辰一個箭步上前，雙臂一張，輕而易舉地將牛茜茜給抱了下來。

整個過程不到三秒，牛茜茜完全來不及反應，只注意到田赫辰後頸的細細絨毛，以及嗅聞到他身上清新自然的香氣。

那是她曾經熟悉的味道。

牛茜茜踩在穩固的地面上，卻覺得腳下彷彿踩著輕飄飄的雲朵，她嚥了嚥唾沫，心跳不由得微微加速。

「田赫辰！」吳道允跳下牆，氣急敗壞地隔開他們，「你爲什麼會在這裡？」

「安靜一點，這可不是隔音牆。」相較於另外兩人的一驚一乍，田赫辰神態一派輕鬆，「你們不是要出去玩嗎？加一，我也要去。」

「你、你也要去？」牛茜茜懷疑自己的耳朵……不對，她就連自己的眼睛也不相信了，眼前這個人眞的是田赫辰嗎？

「不好意思，我騎車，你會嗎？」吳道允才不管他是田赫辰、還是占了田赫辰軀殼的外星生物，總之半途殺出來的程咬金都得滾。

「不會。」田赫辰承認得很乾脆，「但我們可以一起搭車。」

「我有車不騎，爲什麼要跟你一起搭車？」

「吳道允，那個地方搭公車到不了嗎？」

「牛茜茜！」吳道允傻眼至極，扭頭瞪向滿臉心虛的牛茜茜。

「呃，我想說他都出來了，不讓他去好像也不好意思……」

「不好意思個頭啦，怎麼出來就怎麼回去，誰管他啊！」見田赫辰神色自若地裝無辜，吳道允心頭那把火更是噌地竄起，「田赫辰，我給你三秒，好好滾回學校當你的模範生，不然我就親手把你送回……」

嗶——

尖銳的哨聲從學校圍牆內傳來，教官過來了！

三人迅速對看一眼，下一秒，田赫辰和吳道允同時抓住牛茜茜的手臂，一左一右朝不同的方向就想跑，痛得牛茜茜驚叫出聲。

「放手！」

「你才放手！」

嗶——

哨聲更近了，局面僵持不下。

牛茜茜卡在中間，看了看互不相讓的兩個大男生，心裡迅速權衡利弊。

「你們都給我放手！」她大力甩開他們的手，深吸了口氣，指向右邊的道路，「往那邊跑。」

吳道允不可置信地瞠目。

反之，田赫辰的眼神瞬間亮了。

嗶——

「愣著幹麼？跑啊！」牛茜茜一聲令下，帶頭往前衝。

田赫辰唇角一勾，邁開步伐追上；落在最後的吳道允低聲暗罵，迫不得已跟了上去。

隱約聽見教官的哨聲一直緊追在後，三人匆匆跑進小巷，穿過附近的住宅區。牛茜茜不擅長跑步，跑到一半就快不行了，就在她幾乎喘不過氣時，田赫辰一手按上她的背部，穩穩撐住了她。

最後，他們在距離學校兩站地的公車站停下。

「都是你！」吳道允緩過氣來的第一件事，便是抓住田赫辰的衣領咆哮，「要不是你硬賴著不走，我們哪需要逃跑啊？」

田赫辰昂著下巴，不慌不惱，「沒辦法，我想跟你們一起去。」

和田赫辰一點都不搭的形容詞突然從吳道允的腦中冒了出來。

坦率、溫順、可愛。

「你——」吳道允嚇了一跳，連忙撤開手，「你他媽有病啊！」

「反正事情都變成這樣了，那就一起去嘛，嗯？」見狀，牛茜茜趕緊打圓場，「吳道允，好不好？」

「妳……我……啊！隨便啦！」吳道允宣告放棄，再堅持下去也沒用，他知道自己一定拗不過牛茜茜。

三人在原地臨時查了公車路線，得知一個好消息和一個壞消息。

好消息是搭乘公車確實可以抵達目的地，壞消息則是和騎車比起來，乘車車程加上換乘，花費的時間足足一倍有餘。

因此吳道允的臉更臭了，搭上公車後獨自坐在雙人座的靠窗位置，雙手環胸、閉目養神，死活不肯說話。

公車搖搖晃晃，牛茜茜眨了眨眼，睡意不知不覺襲來。

「妳可以靠著我睡。」身旁的田赫辰忽地開口。

牛茜茜瞬間醒了大半，「不要。」

「爲什麼？」田赫辰側頭看她，「因爲不想和以前一樣？」

「我……」牛茜茜一時語塞，不過很快便調適過來，「這招沒用，你不要以爲我不知道你在激我。」

換作以前，她確實很可能會被激得立刻靠在田赫辰的肩膀上，最後落入睡也不是、不睡也不是的懊悔地獄。

但現在不一樣了。

田赫辰定定看著牛茜茜，隨後輕笑一聲，別開目光。

「嗯，妳眞的和以前不一樣了。」

看不清田赫辰的表情，但牛茜茜能聽出他一點都不開心。

兩個小時後，趕在三人屁股坐爛之前，公車總算抵達了目的地。

牛茜茜蹦蹦跳跳地趕著第一個下車，她從半個小時前看見窗外的景色後便迫不及待；田赫辰則是跟在她的身後，隨時準備拉住過度興奮的她。

至於吳道允，糟糕的情緒在這兩個小時裡已經消化得差不多，誰先下車又有什麼關係呢？他的心胸本來就很寬大，如同眼前那片寬闊無際的海洋。

「哇！」迎向波光粼粼的碧藍大海，牛茜茜發自內心地驚嘆。光是看還不夠，她想也不想便脫下鞋襪，赤腳踩上鬆軟的沙灘，宛如脫韁野馬般往大海奔去。

「茜茜！」田赫辰根本來不及攔她。

就在此時，一道頎長身影從另一側追了出去。

吳道允捲起褲管、脫掉鞋子，三步併作兩步追上跑在前方的牛茜茜，甚至一把將她攔腰抱起，直衝向浪花不斷捲過來的海岸邊線。

清脆的咯咯笑聲夾雜著海風吹送過來，惹得田赫辰忍不住暗罵一聲，接著他也用最快的速度褪去鞋襪，踩著他們的腳印追過去。

吳道允將牛茜茜拋入海中，頓時水花四濺，不甘示弱的牛茜茜潛入海裡想反擊，不料她握住的卻是田赫辰的腳踝，她用力一拉，田赫辰重心不穩撲跌入水。而下一秒，在旁邊幸災樂禍的吳道允便成了這對青梅竹馬的攻擊目標。

穹頂之下，碧海之上，正值青春的少年少女笑得張揚，潑灑於空中的水珠被陽光反射得如同耀眼星辰，一波波的浪捲帶走先前的隔閡，他們放肆喧鬧歡笑，與浪淘合奏出最悅耳的篇章。

吳道允說，這座形狀如半月的海灣是他兒時的祕密基地，附近一處小漁村是他媽媽的故鄉，那時不比現在，鮮少人知道看似平凡無奇的小村落裡竟藏著如斯美景。

對年幼的吳道允來說，這座海灣就是他的遊樂場，每次來外婆家就一定會過來玩，他也不穿什麼泳褲，全身脫個精光便能下水玩到天黑。

事隔多年，如今的半月灣已然成爲熱門景點，若嘗試裸泳必定會被警察抓走。

「再說，我身材這麼好，實在不能讓人白看。」吳道允半躺在沙灘上，濕透的上衣早已被他脫下丟到一旁。

「臭美。」說是這麼說，牛茜茜瞥了一眼，心裡倒是認同。

「提醒你，現在沒人。」田赫辰冷淡的嗓音在陽光下也沒變得溫暖多少，「你要是眞的想脫，沒人攔你。」

「怕你啊？」吳道允轉頭看他，「唉，我是擔心有人看了我傲人的裸體，會深受打擊，進而對自己失去自信……」

「太小就別脫了。」

「小你媽，你才小牙籤！」吳道允霍地站起，精壯的身材在陽光底下閃閃發光，「好啊，要脫是不是？來比啊！現在就來比誰大，敢不敢？」

事關男性尊嚴，吳道允直接扯開褲頭。

牛茜茜本來以爲田赫辰不會理會這麼幼稚的挑釁，沒想到他竟也跟著從沙灘上起身，半透明的制服襯衫貼伏在身上，水珠順著結實的身體線條滑落，他的雙手放上窄瘦的腰間，制服褲上的金扣一下子被解開……

牛茜茜看得喉嚨發乾，眼神都直了。

突然，一道洶湧的海濤撲上岸，驚得牛茜茜陡然回過神。

「喂！你們當我不存在啊！」這兩個大笨蛋居然眞的打算在她面前裸體嗎？牛茜茜亡羊補牢地作勢阻止，「男女授受不親！成何體統！懂不懂禮貌，人家我可是淑女……」

「淑女？」

「淑女？」

他倆異口同聲道，表情說有多困惑就有多困惑。

啪的一聲，牛茜茜聽見理智線斷掉的聲音，「好啊，脫啊！你們要脫是不是？那我也脫，脫光光算了！反正我又不是淑女！」

牛茜茜說著就要脫下小背心，兩個大男生驚愕地看著她白皙平滑的腰腹，俱是耳根一熱，連忙開口阻止。

「茜茜不要！」

「妳冷靜一點！」

在這短短的一瞬間，他們忘卻新仇舊恨，聯合同盟，一人一邊抓住牛茜茜的手臂，就怕她暴走起來脫光衣服。

「放開我！讓我脫！反正我不是淑女！」

「對，妳不是淑女！」吳道允急慌了，「妳是、是……」

「妳是仙女！」田赫辰話一講出口，差點想咬舌自盡。

仙女?他這輩子第一次說這種昧著良心的話！

說時遲那時快，受封仙女稱號的牛茜茜倏地停下動作，目光輪流在他倆臉上掃視，「……眞的？」

兩個大男生嚥了嚥口水，一致點頭，「眞的！」

三人面面相覷，空氣突然安靜。

「噗哧。」

田赫辰與吳道允對看一眼，還沒來得及搞清楚狀況，牛茜茜便爆出一陣驚天動地的大笑。

「哈哈哈哈……仙女……」牛茜茜笑得眼淚都飆出來了，「竟然說我是仙女?我阿祖可能都不敢這麼誇我，你們不怕說謊下地獄嗎？」

「妳！」吳道允差點虛脫，「誰叫妳說要脫光光。」

「幹麼?你害羞啊？」牛茜茜嘻嘻哈哈地逗弄吳道允，架起拐子往他身上撞，「你不是號稱身經百戰嗎?啊，一定是因爲你沒看過像我一樣美麗漂亮可愛大方又人見人愛的小仙女，對吧？」

其實方才她也不是眞的生氣，好啦，是有一點點生氣，一點點而已。她自然曉得自己不是淑女的料，仙女更不敢當，她又不像羅元綺那麼好看，身材更是比不上人家的千分之一。她還是很有自知之明的。

「還有你，田赫辰，你那麼緊張幹麼?吳道允就算了，你又不是沒看過，畢竟……」牛茜茜逗完一個，另一個也不能放過，「呵呵，我們可是一起洗過澡的關係耶。」

一起洗過澡當然是兩人小時候的事，三、四歲的小孩是沒有性別概念的。

「妳要是眞的想脫，我不會阻止妳。」田赫辰不知何時恢復了平靜，身上找不到一丁點的驚慌。

「哦，是喔？那你剛剛爲什麼……」

「但，有他不行。」他說，清冷的目光點上一小簇火焰，「只有我的話，妳想幹麼都可以。」

牛茜茜與吳道允沉默了幾秒，前者的臉蛋瞬間炸紅，後者則是低吼一聲，飛撲過去和田赫辰扭打了起來。

他可是讀書人欸！還是成績很好的那種讀書人！

讀書人怎麼可以講這種話！

一片混亂之中，沒人注意到田赫辰的耳朵紅得像快要滴出血來。

也許是因爲太開心了，無懼豔陽炙烈，三人盡情在海邊玩鬧，甚至不小心睡了一場短短的午覺，誰也沒有開口詢問什麼時候離開。

傍晚時分，他們並肩坐在靜謐的海岸邊上，望著夕陽一點一點西沉，海面倒映著滿天彩霞，橘紅藍紫的奇豔是大自然揮灑的畫作，美得令人挪不開目光。

如果時間可以停在這麼美好的時刻，那該有多好？

牛茜茜微笑望著眼前的美景，心頭卻漸漸轉爲沉重。

「欸，我突然發現一件事耶。」

聞言，分別坐在牛茜茜兩側的田赫辰與吳道允同時轉過頭，只見牛茜茜將下巴抵在膝蓋上，雙眼澄澈晶亮，唇角帶著笑意，模樣是她獨有的俏皮可愛。

儘管如此，她臉上卻有著不知從何而來的迷茫。

「我發現我們三個正好處在不同的狀況。一個絕對會上大學，一個確定不上大學，」牛茜茜眼睛眨呀眨地，「而我，則是連有沒有大學可以念都不知道。」

沒料到牛茜茜會說這樣的話，其他兩人都愣住了。

但牛茜茜並不是想討拍什麼的，頂多只能算是有感而發吧。

當初美術老師邀她參加比賽，提出的誘因就是得獎經歷能在申請大學時獲得加分。不過，牛茜茜可沒天眞地認定自己一定會得獎。

她是把比賽看得很重，竭盡全力參賽，同時她其實也將比賽看得很輕，老早做好了失敗的心理準備。

「能不能上大學、要不要上大學、可以上什麼大學、爲什麼要上大學……這些問題的答案是什麼呢？我每天都在想，一想下去就沒完沒了，而且想了好像也沒用。」像是想要驅走胸口的鬱悶似的，牛茜茜雙手大張，仰頭朝天空吶喊，「啊，不知道啦！好煩啊！」

老實說，她不在乎能不能上大學。

但要是不上大學，她又能做什麼？

她既沒有田赫辰的聰明才智，也不像吳道允擁有明確的夢想，通往未來的道路明明應該有很多條，她卻找不到屬於自己的前路。

望著前方一望無際的大海，牛茜茜感覺自己幾乎要被茫然所淹沒。

而就在此時，兩個大男孩卻不約而同將手覆在了她垂在身側的手上。

「不念大學又怎樣？做自己喜歡做的事才是最重要的吧？」吳道允厚實溫熱的掌心按在她的右手背上，「大不了我養妳。」

「有我在，我不會讓妳考不上大學。」田赫辰骨節分明的大手輕輕握了握她的左手，「不管妳想去哪，我一定會帶妳去。」

他們以同樣眞誠的語氣許下不同的承諾，牛茜茜愣了愣，隨即低下頭，一股又想笑又想哭的情緒湧上，她知道他們現在一定正盯著她看，讓她更加無法對上他倆的視線，屆時她一定會忍不住哭出來。

可是，爲什麼呢？

想哭不單單出於感動，更多的是害怕與不安。

牛茜茜不想讓對於未來的徬徨破壞此刻的美好，於是她悄悄藏起憂慮，揚起微笑望著前方，任憑蓄滿眼眶的淚水在夕陽的映照下發出微光。

✦

隨著學測日期的逼近，黑板左上角的倒數數字一天一天減少。

人稱焦慮大師的賈曉玫養成了吃飯配參考書的習慣，一不小心就把筷子當成螢光筆，導致書頁間老是有股排骨便當的味道；看似吊兒郎當的施書言在幾次模擬考成績不理想後，開始和交友軟體上認識的外國人進行一對一的英文家教，依他的說法就是感情、課業兩不誤。

十一月初，牛茜茜通過大賽初選的好消息傳來，一群人在美術教室裡享用外帶的小火鍋權充慶祝派對——所謂的一群人，包括賈曉玫、施書言，還有吳道允，以及田赫辰。

儘管牛茜茜早已完成參賽畫作，沒了齊聚的理由，牛茜茜與兩個大男生依然維持同樣的習慣，在放學後的美術教室念書、聊天、鬥嘴、吵架又和好。

時至今日，吳道允和田赫辰已經可以心平氣和聊完一場球賽，不再一言不合就揪住對方的衣領，揚言到操場單挑定輸贏。

高三生活就該過得如此平凡且平靜。

理想的人生是不是也是這樣呢？

比賽初選通過了，模擬考成績也不算差，該做的事，她沒有一樣落下……牛茜茜有種強烈的感覺，此時的她正走在人生的正軌，只要好好地堅持下去，不要胡思亂想，就能平穩安順地抵達目的地。

但這是她想要的嗎？

如果答案是否定的，她想要的又是什麼呢？

教室裡，老師在臺上講課不懈，臺下的牛茜茜悄悄閉上了眼睛。

她必須很努力、很努力，才能相信自己不是一臺兀自空轉的機器。

時序不知不覺進入深冬，東北季風帶來凜冽的寒流，位於高樓層的美術教室搖身一變成了大型冰箱，就連木製桌椅都泛著一層薄薄的涼氣。

「嘶，好冷。」牛茜茜搓著口袋裡的暖暖包，左眼不自然地一眨一眨，「冷到我的眼皮一直跳。」

「眼皮跳和溫度有什麼關係？」吳道允脫下羽絨外套，不容拒絕地披在牛茜茜身上，再彎下腰近距離觀察她的眼睛，「喜、怒、哀、樂……嗯，是哀。」

牛茜茜連忙按住左眼，「眞的假的？」

「假的。」田赫辰頭也不抬，專心計算數學題，「都是沒有科學根據的迷信。」

吳道允翻了個白眼，「是是是，這位大哥您最科學。」

然而比起科學，牛茜茜顯然更在意迷信。

她不安地撫著眼皮，心裡不知爲何總是靜不下來。

「怎麼了？」見狀，吳道允關心問道。

「不知道，就是覺得怪怪的。」

倏地，田赫辰的手機傳來震動。

或許是正好聊到令人不安的話題，就連突如其來的電話都讓人心底生出一股不祥的預感。

牛茜茜看過去一眼，田赫辰很快接起手機。

「別擔心啦，說不定只是顏面神經失調而已。」吳道允的安慰獨樹一幟，讓人啼笑皆非，「早點睡就沒事了。」

「喂，顏面神經失調很嚴重好不好？我才幾歲啊？」

「茜茜。」田赫辰忽然叫她。

牛茜茜愣愣地看著田赫辰匆匆朝自己走來。怎麼了？她在心裡發問，口中卻發不出聲音。

她知道一定有事情發生了，而她一點也不想知道那是什麼。

「阿姨生了。」

牛茜茜眨了眨眼，一時反應不過來。

「走吧，我們去醫院。」田赫辰抓起牛茜茜的手便要離開。

「等等，我載她去吧。」吳道允提議，一邊抓起落在椅子上的外套和書包，「下班時間容易塞車，騎車快一點。」

田赫辰眉頭一皺，「……麻煩你了。」

於是吳道允與牛茜茜先行離去，留下田赫辰收拾教室，之後再前往會合。

過幾天就是聖誕節了，兩旁的路樹掛滿燈飾，牛茜茜裹著羽絨外套，神思恍惚，完全無心欣賞。

阿姨的預產期是最近嗎？

應該是吧？

前幾天晚上她下樓喝水，瞥見阿姨在客廳看電視不小心睡著了，那時她還想著，阿姨的肚子好大，像是被人塞了一顆充得過飽的氣球，輕輕一戳就會爆炸。

牛茜茜本來想要叫醒阿姨，讓她回房間好好休息，順便關心寶寶什麼時候出生、想好名字了沒、有沒有什麼地方需要幫忙……

可是她猶豫了好久，最後還是靜悄悄地上樓，當作什麼都沒看見，正如她明明不需要趕圖，卻故意留在美術教室不早點回家一樣。

她以為只要假裝沒看見阿姨一天天大起的肚子，假裝不曉得自己在這個家越來越像個外人，她就能假裝什麼事都沒發生。

難道阿姨發現了嗎？

阿姨是不是發現她的故意疏遠，所以才生她的氣、所以才不告訴她寶寶出生了，所以這麼重要的事，她竟然得經由田赫辰轉告才得知……

不，不會的。

阿姨不可能因為這樣就生她的氣。

一定是因為事發突然，爸爸還沒下班，獨自在家的阿姨才會請求田家的協助，田媽一定也急了，因此接到電話的人才會是田赫辰，而不是她。

思及此，牛茜茜不自覺揪緊了吳道允的衣服下襬。

吳道允低頭望了一眼，默默加快騎車的速度。

一抵達醫院，吳道允讓牛茜茜先行下車，她頭也不回地前往位於七樓的產房。

奔出電梯，牛茜茜遠遠看見等在產房外面的爸爸和田媽，立刻跑了過去。

「阿姨她怎麼樣了？」她氣喘吁吁問道。

「妳阿姨沒事。」田媽輕撫牛茜茜的背部替她平順氣息，「寶寶剛出生，她待會就出來了。」

話才說完，產房的門正好打開，甫生產完的王亞淳躺在病床上很是憔悴，一旁焦急等候的牛正舷馬上迎了上去，專心聆聽醫護人員的說明。

「茜茜，我到外面給田爸打個電話。」

「蛤？喔，好……」牛茜茜心不在焉，自始至終都愣愣望著阿姨和爸爸，目送他們往另一個方向離去。

她又一次被遺留了下來。

其實追上去就好，對吧？往另一個方向離去是因爲病房在那邊，對吧？爸爸沒招呼她一聲就走也很合理，現前他本來就該把心思放在阿姨身上，對吧？

在這麼忙亂的情況下，她不可以任性地要求別人顧及她的感受。

偏偏她就是邁不動腳下的步伐。

「茜茜？」

聽見有人叫自己，牛茜茜眨了眨眼，慢了半拍才回過頭，「田赫辰……」

「怎麼只有妳一個人？其他人呢？」田赫辰快步走到牛茜茜身旁，「一切都還好嗎？」

「嗯，寶寶已經出生了，阿姨剛才出了產房，我爸跟醫護人員一起去病房……對了，還有田媽，她、她……」田媽去哪了？牛茜茜發現自己竟然完全想不起來，才幾分鐘前的事而已，她嚇壞了，表情逐漸轉爲慌亂。

「茜茜？」田赫辰注意到她的不對勁，「茜茜！」

「我、我想不起來。」牛茜茜抬起頭，猛地抓住田赫辰的襯衫，「田媽呢？田赫辰，怎麼辦？我想不起來田媽去哪了。」

這是田赫辰第一次見到牛茜茜如此驚惶的模樣。

他也嚇到了，儘管如此，他仍逼自己保持冷靜。至少，得比牛茜茜冷靜才行。

「茜茜，沒事。」田赫辰一下一下輕拍著牛茜茜的背，「慢慢來，不急，我在這裡，嗯？」

或許是田赫辰的安撫起了一點效用，片刻過後，牛茜茜終於想起田媽是去打電話了，然而這並未能讓她覺得好過些，眼中的淚水還是撲簌簌流了下來。

「我好害怕。」牛茜茜緊攥著他的襯衫不放，指尖泛白，「田赫辰，我又變成一個人了。爸爸是不是不要我了？我不想要一個人……田赫辰，我不想要一個人……」

長久積累在心中的恐懼和悲傷全數湧出，牛茜茜伏在田赫辰的胸前失聲痛哭。

媽媽離開以後，變得空盪盪的家裡，只有她一個人。

突然下起大雷雨的午後，只有她一個人。

不小心看了恐怖片的夜晚，只有她一個人。

想起某件好笑的事情想要與別人分享，家裡還是只有她一個人。

她討厭一個人的家，討厭一個人待在家裡，也討厭從熱鬧的田家回來，打開自家門之後的強烈落差。

可是，現在已經不一樣了，不是嗎？

阿姨來了，爸爸下班也按時回家了，他們還會一起吃晚餐。

……可是，爲什麼她還是一個人？

擁著懷中渾身發抖的牛茜茜，田赫辰其實不知道該怎麼辦才好。他可以佯裝冷靜，可以隨口講些不著邊際的安慰話語，但他知道那一點屁用都沒有。

田赫辰快瘋了，自己不是很聰明嗎？爲什麼想不出一個能讓她不再哭泣的方法？

「茜茜，妳有我。」最後，田赫辰只是用力抱緊懷裡的她，笨拙地做下承諾，「不論如何，妳都有我。」

他不會讓她一個人。

以前是，現在是，未來更是。

Chapter 8

臨近午夜十二點，田赫辰洗好澡走出房裡的浴室，尚未擦乾的頭髮滴落水珠，披掛在頸間的毛巾沾染濕意。

臥室昏暗，只亮著一盞檯燈，反正待會就要睡了。

田赫辰打開床頭邊櫃，取出一盒止痛藥，敲門聲正好響起。

「田赫辰。」牛茜茜的聲音從房門外傳來，「你洗好了嗎？我進去了喔。」

話音未落，她便開門走了進來。

「妳沒給我回答的時間。」田赫辰坐在床沿，語氣淡淡地提醒。

「反正你會讓我進來啊。」牛茜茜嘿嘿笑了，態度有夠理所當然，「你有吃晚餐嗎？」

「在公司吃過了。」

「那就好。」牛茜茜安心地點頭，接著又問：「對了，那早餐呢？你這幾天都沒時間在家裡吃，要不要我準備三明治讓你帶去公司？」

「妳來找我，就是問我要不要吃早餐？」

「蛤？」牛茜茜有些錯愕，「呃，對啊，因爲……」

「我想睡了。」田赫辰別開眼，左側的太陽穴一陣疼，他不想她繼續待在房裡，「不用準備我的早餐，以後我自己會看著辦。」

牛茜茜站在原地，不發一語。

直到頭痛稍微消停，見她仍在，田赫辰吁了口氣，「還有事嗎？」

「我明天就搬出去。」

「什麼？」

「你是不是覺得我打擾到你了？沒關係，我明白你的意思了。」牛茜茜揚起大大的笑容，像是絲毫不放在心上，「我們都那麼熟了，有什麼話不能直說？對不起，打擾你那麼多天，我待會立刻整理行李，明天就搬。」

「妳在說什麼啊？」田赫辰眉頭緊皺，「誰要妳搬走了？」

「不然你爲什麼躲著我？」牛茜茜把話挑明，若不是她今天硬是闖進田赫辰房裡，同住在一個屋簷底下的他們，已經將近一個星期沒碰到面，除了故意躲著她，牛茜茜想不出其他理由。

「那妳呢？」田赫辰沒頭沒腦地反問。

「我？我怎麼了？」

「和吳道允出去好玩嗎？」

牛茜茜足足啞口無言了三秒，「你……你該不會還在氣這個吧？」

田赫辰只是看著她，並沒有否認。

雖然早有預料可能是這個原因，不過牛茜茜心裡始終不願承認，畢竟她又不是背著他偷偷去，這種不被信任的感覺很糟糕。

「你問我和吳道允見面好不好玩？好玩，當然好玩啊。」牛茜茜忍不住惱火，說話盡往地雷區踩，「人家可是實現了夢想，在海邊開了一間咖啡廳耶，在我認識的人裡面，我最佩服的就是他了。吳道允還騎車載我在海岸公路兜風，沒試過不會知道那有多好玩吧？喔，對了，他還說既然我都回國了，要不要跟他交往——」

「妳答應了嗎？」田赫辰突兀地打斷她的話。

「怎麼？」牛茜茜怒極反笑，「我應該答應嗎？」

「我問妳答應了嗎？」

「其實跟他交往也沒什麼不好，對吧？」

「妳回來就是爲了他？」

「不是！」牛茜茜不耐煩地反駁，「我說過了，我回來是因爲想要知道一個答案。」

「妳根本就沒有回老家，所謂想要知道一個答案說不定只是妳的藉口。」

「是藉口那又怎樣？」從以前牛茜茜就一直很討厭田赫辰自以爲看穿一切的樣子。「我是不是爲了吳道允回來又怎樣？如果我眞的跟他在一起又怎樣？田赫辰，你到底在生什麼氣？」

他在生什麼氣？又或者，他是在生氣嗎？

手裡的止痛藥盒不小心掉到地上，田赫辰很快撿起。

「那是什麼？」牛茜茜心裡一突。

既然被發現了，田赫辰乾脆也不藏了。

他撥開包裝，把藥片丟進嘴裡，就著手邊的瓶裝水吞下。

「田赫辰，你怎麼了？你不舒服嗎？」

「沒事。」他本來想等她出去再吃的，「只是頭痛而已。」

「是不是……」

「不是。」田赫辰明白她想到了什麼，而那正是他不想被她看見他吃藥的原因，「老毛病，妳不要亂想。」

「你以前明明就沒有這種毛病！」忘了上一秒他們還在爭執，牛茜茜上前搶走他放在邊櫃的藥盒，仔細檢查上面寫著的適應症，「多久了？看過醫生了嗎？只有頭痛，其他地方沒事嗎？每次都只會說我，你自己還不是……」

就著昏黃的光線，田赫辰靜靜看著牛茜茜替自己擔心的模樣，思緒不由得飄遠至六年前，當時的她與現在的她重疊在一起。

「田赫辰，你有沒有在聽我說話啊？」注意到他的走神，牛茜茜白眼一翻正想發難，「我問你……」

「牛茜茜，妳眞的好自私。」田赫辰冷不防說。

或許，他不是生氣，而是害怕。

害怕到必須一再試探牛茜茜心裡的想法。

她爲什麼回來？會不會留下？是不是哪一天又會突然離開？

而他什麼都不知道，就像六年前一樣。

✦

寒流來襲的週末假日，颼颼冷風刮著窗戶，樓下傳來的嬰兒啼哭喚醒了睡夢中的牛茜茜，她睡眼惺忪瞥向書桌上的鬧鐘，沒想到已經十點多了。

在這麼冷的天氣裡，誰會想離開溫暖的被窩？

牛茜茜伸手摸向擺在床頭的手機，依然沒有起床的打算。她半瞇著眼睛點開一則兩個小時前傳來的訊息。

「茜茜，妳今天有空嗎？」傳訊來的是吳道允。

「我剛起床。」牛茜茜用一根手指敲著鍵盤，「幹麼？」

訊息一傳過去便顯示已讀。

「有空嗎？」

「你先說你有何貴幹？」

「想帶妳出去玩。」

出去玩？這種天氣？牛茜茜側耳聽著窗外的呼呼風聲，不由得打了個寒顫。

「很冷欸……」

「拜託嘛！我有個驚喜很想第一個跟妳分享。」吳道允傳來一張委屈巴巴的貼圖，「拜託嘛，巴託巴託巴託！」

牛茜茜瞪著那則噁心巴拉的訊息，偷偷把手機拿遠了一點點。

「好啦。」

「Yes！我十一點到妳家接妳！」

十一點？那不就是等一下嗎？牛茜茜抓著被子哀號。

二十分鐘後，好不容易擺脫被窩糾纏的牛茜茜終於起床，一層一層把自己裹得嚴嚴實實，像隻胖嘟嘟的毛絨小熊。

她打著呵欠下樓，此時客廳裡只有王亞淳抱著哼哼唧唧的寶寶來回走動，想來爸爸應該還在房裡補眠。

相較於牛茜茜出生那時，牛正舷總是忙於工作不在家，幾乎沒怎麼參與育兒過程，這算是他初次體會到新手爸媽的辛勞。

牛茜茜想起前幾天爸爸手忙腳亂餵奶的畫面，明明有點想笑，卻又替幼年的自己感到一絲心酸。

「啊，茜茜早安。」王亞淳發現呆站在樓梯上的牛茜茜，難掩疲倦的臉上露出歉意，「不好意思，小倫是不是吵到妳了？」

「沒有啦，我待會要跟朋友出去玩。」牛茜茜走了過去，湊近逗弄不知爲何又想大哭的寶寶，「小倫，哈囉，不哭不哭，是姊姊喔。」

寶寶取名爲牛敬倫，是個健康漂亮的小男生。

只見小倫可憐兮兮地哼了幾聲，肉呼呼的小手在空中揮舞，一把抓住牛茜茜的指頭，突然就這麼安靜了下來。

「哎呀，不哭了耶。」王亞淳失笑，第一次當媽媽的她看什麼都新奇，「看來小倫很喜歡姊姊呢。」

牛茜茜的視線沿著緊抓著自己的軟嫩小手，來到牛敬倫胖嘟嘟的紅潤臉頰，他像是睏了，緩緩閉上眼睛，嘴巴仍有一下沒一下地吸吮著不存在的奶嘴。

……小倫喜歡她，那她呢？

手機響起新訊息的叮咚聲，牛茜茜迅速撤開手。

「阿姨，我出門了。」

「路上小心喔。」

牛茜茜拿起安全帽，三步併作兩步跑出玄關，還來不及感受到天氣的寒冷，就被眼前的景象驚喜得大喊出聲。

「吳道允！這是什麼啊！」

「鏘鏘！我的新車！」

停在牛家門前的是一台黃牌野狼，經典復古的造型十分帥氣，牛茜茜總算知道爲什麼吳道允會這麼迫不及待來找她了。

拜託，這種帥東西，怎麼可能忍得住不找人炫耀！

「怎麼樣？帥吧？」

「好看！超好看的！」牛茜茜興奮又好奇地在車身上摸來摸去，「這台車哪來的？買的嗎？還是誰借你的？之前那台雲豹呢？」

「這是一個熟人用很便宜的價格賣給我的，這段時間存下來的打工錢全花下去了。」吳道允難掩得意地說，看向新車的眼裡全是愛意，「雲豹在我小舅的修車廠，我待會就是要帶妳去接它。」

「什麼意思？那這台車呢？」

「這是黃牌車，滿二十歲才能騎。所以我現在必須把它帶去小舅那裡寄放，等明年再去把它接回家。」

「也就是說……」牛茜茜搖頭晃腦道，「繼邀我蹺課後，你現在又邀我犯法？」

「不敢？」吳道允挑眉，嘴角跟著揚起。

「哼，誰怕誰！」牛茜茜想也不想便戴上安全帽。

吳道允小舅的修車廠開在月牙灣附近的小鎮上，北海岸海風強勁，又位於東北季風的迎風面，飽含濕氣的冷風一吹拂過來，像一把把小刀子刺進了骨子裡。

「好冷啊！」躲在吳道允身後，牛茜茜哀號。

前座的吳道允卻是放聲大笑，「那是妳還沒遇過下雨的北海岸，在那種天氣騎車才叫爽！」

「你是變態嗎？」牛茜茜湊近他的耳邊罵道。

「沒錯，我是變態。」吳道允的笑聲迴盪在濱海公路上，他欣然接受這個新封號，「妳這個小笨蛋上了賊車，就算叫破喉嚨都不會有人來救妳了。」

說完，他油門一催，車子在寒風裡加速奔馳，牛茜茜硬是吃了好幾口冷風，整個人像隻無尾熊般抱著他不放。

「吳道允！」

「嗚呼——」吳道允像是瘋了似的歡呼，「茜茜，把妳心中的不開心都喊出來吧！啊——」

不只笑聲會傳染，瘋狂更是，尤其帶著笑的瘋狂傳染得特別快。

牛茜茜上一秒還在大罵吳道允是神經病，下一秒便學他一起在無人的公路上大吼大叫。

吳道允沒騙人，這麼做的感覺實在太爽了，心中所有的鬱悶一瞬間消逝在風中。

他們一路又笑又叫，不一會便抵達了小鎮。

吳道允熟門熟路地在鎮上穿梭，從餐飲店林立的小商圈彎進偏僻的小路，小路底端便是一座由鐵皮搭建而成的大型修車廠。

車子騎進廠內，其中一名工人見到他們，回過頭朝辦公室大喊：「聰仔，你家猴囡仔來啦！」

聞言，吳道允笑瞇了眼睛，熄火讓牛茜茜下車。

牛茜茜摘下安全帽，就見幾個大叔朝這裡走來，畫面忽然有了黑道電影的既視感，尤其領頭的大叔又瘦又高，嘴邊叼著根菸，這麼冷的天氣裡，身上竟然只穿著一件無袖背心。

「茜茜，那就是我小舅。」吳道允獻寶似的介紹，仔細一看，兩人五官的確有些神似之處。「小舅，跟你介紹一下，她是牛茜茜。」

「小舅你……」牛茜茜本來想說你好，話到嘴邊突然變了個樣，「你不冷嗎？」

陳奇聰一怔，被她有夠真誠的驚訝給逗笑，「不冷，我習慣了。」

牛茜茜忍不住又哇了一聲，看看自己被好幾層衣服裹得圓滾滾的身軀，再看看陳奇聰裸露的臂膀，兩人簡直處在不同的季節。

「阿允，你女朋友很可愛欸。」陳奇聰笑了笑，轉頭對吳道允交代，「沒看人家怕冷，還不快帶她去裡面烤烤火。」

「咦？我們不是男女朋……」

「茜茜走吧，我帶妳過去。」吳道允拉著牛茜茜往修車廠後方走。

一個被攔腰切開的大鐵桶正燃著熊熊烈火，提供源源不絕的暖意，一旁除了一、兩張矮凳，更多的是充當椅子使用的廢棄塑膠籃。

吳道允讓牛茜茜坐在爲數不多的矮凳上，不知從哪裡翻出一大堆零食塞給她，說是讓她墊墊胃，接著又跑去和他小舅以及一幫大叔們討論起他新買的大野狼，模樣興高采烈。

牛茜茜向來隨遇而安，即使身處陌生環境，她還是能夠自在地抓起一包餅乾開吃。

鐵桶裡的木材燒出劈啪聲響，零碎的火星飛散，片刻過後，吳道允掛著滿足的笑容走回來。

他應該不曉得自己此刻看起來有多幸福吧？牛茜茜的視線追著吳道允，嘴角不自覺揚起。

「笑什麼？」吳道允不明所以地拍拍牛茜茜的頭頂，「不好意思，說好帶妳來玩，結果把妳晾在一邊。小舅訂了小鎮上很有名的熱炒，讓我們吃完中餐再走。」

「三八，我又沒不開心。」牛茜茜是眞的不在意，她饒富興味地環顧四周，「這裡好酷喔，好像電影裡才會出現的場景。」

占地廣大的修車廠空間十分開闊，挑高的鐵皮大棚除去辦公室和廁所以外，沒有多餘的隔間，排成一列的千斤頂上都是一台台待修的車輛，其中不乏昂貴的進口車種。

「確實很酷吧？」忙著布置午餐桌椅的吳道允一聽又樂了，他對於自家小舅向來打從心底感到自豪，「妳別看這裡這麼偏僻，我小舅在車界很有名，很多人都會大老遠把車開過來讓他保養。」

熱炒店沒多久便送來餐點，香噴噴的菜色一擺上桌，廠內的所有人全都被召喚了過來，大家自然而然地圍坐在大桌旁。

「妳叫茜茜是吧？」陳奇聰往杯子裡倒滿茶，笑著對牛茜茜舉杯，「小舅敬妳一杯，辛苦妳了，竟然願意當我家阿允的女朋友。」

「那個，小舅，我不辛苦啦。」牛茜茜連忙回敬，有點尷尬地笑了幾聲，「我又不是他女朋友，怎麼會辛苦？不辛苦、不辛苦。」

一旁的大叔聽了差點把嘴裡的茶噴出來，「妳不是他的女朋友？啊不然妳是誰？」

「齁，阿允，你很遜欸！」

「阿伯教你的都沒學好，怎麼這樣丟我們的臉啊？」

「就是跟你們學才追不到啦！」吳道允孩子氣地反駁，不忘挾菜到牛茜茜碗裡。

幾個大叔裝作沒聽見，故意誇張地長吁短嘆。

「唉，早知這個猴囡仔以後一定娶不到老婆。」

「生得緣投，頭殼不好也是了然。」

「阿伯，我耳朵沒聾也還沒死耶，我都聽到了啦！」吳道允氣不過地插話。

「就是要說給你聽的啦！」其中一個年紀較大的大叔說，他對著牛茜茜卻換上一臉莫名的欣慰之色，「妹妹啊，還是妳聰明，阿伯偷偷跟妳說，這個猴死囡仔自從有一次在海邊溺水之後，腦袋就有點趴帶趴帶。」

「阿伯，你不要黑白講啦！」

吳道允差點抓狂，牛茜茜再也忍不住哈哈大笑。

修車廠的大叔們雖然都長得一副凶神惡煞的樣子，事實上每個人都很熱情友善，時不時招呼她多吃點菜，替她補充杯子裡的飲料，聊天也不忘帶上她，還會故意損吳道允幾句來逗她開心。

如此熟悉的氛圍令牛茜茜感到很自在，就跟她過去在田家吃過的每一頓晚餐一樣，都是與可愛的人們同坐一桌，共享美食與歡聲笑語。

同時，她也想起了田赫辰。

其實她最近老是想起田赫辰，想起在醫院那天，她的恐慌不安、難以停下的淚水，以及田赫辰無聲給予的擁抱。

吃飽飯後，牛茜茜望著火爐兀自出神。

「茜茜。」陳奇聰叼著菸走來，似乎有話想說。

不遠處的吳道允正在和他的大野狼做最後的道別，此番一別，得等到他滿二十歲才能光明正大與它一同在路上奔馳，只要一想到這裡，他心中就充滿了不捨。

「茜茜，妳覺得阿允怎麼樣？」

「蛤？」

陳奇聰輕笑，彈掉菸灰，「妳不覺得他不會讀書、愛打架，將來一定沒有出息嗎？」

「吳道允已經很久沒打架了！」牛茜茜以為陳奇聰是想責備吳道允，急忙替他辯護，「而且他上一次打架是為了保護我才……反正他真的很久沒打架了啦！至於不會讀書，我也不會啊，我還考過最後一名呢！」

「妳考過最後一名？」

「呃，對、對啊。」瞥見陳奇聰眼裡的揶揄，牛茜茜有點懊惱自己幹麼自爆，「我不是說考最後一名也沒關係，我的意思是，比起我這種對未來一無所知的人，吳道允為了實現夢想去咖啡廳打工學技術，他一直都很努力。小舅你不也是嗎？你憑藉自己的努力打造了一間那麼厲害的修車廠，不會念書有什麼關係嗎？」

「哼，人家我在學校可是前十名呢。」

「前十……咳！」牛茜茜差點被口水嗆死，「反正你懂我的意思啦！」

陳奇聰自然明白她的意思，聽完牛茜茜的一席話後，他看她的眼神多了幾分滿意，「像妳這樣看人不帶偏見的人不多。」

牛茜茜皺皺鼻子，「畢竟我自己也沒多好，哪有資格對別人抱持偏見？」

這個世界上多的是鬍子一大把還想刮別人鬍子的人，再說了，優秀的人難道就有歧視別人的權利？

有些人的善良友善是天生的，即使她本身沒有自覺。

陳奇聰沒明說，只是笑著拈熄手中的香菸。

「茜茜，我家阿允是個不錯的孩子。」陳奇聰一邊說著，一邊看著話裡的當事人蹦蹦跳跳地朝這裡走來，「雖然我不敢保證他未來會多有前途，但一定不會讓妳吃苦，要是他敢欺負妳，小舅會替妳好好教訓他。」

這話的意思是……牛茜茜的耳根一瞬間紅了，「小舅，就跟你說我跟吳道允不是……」

「茜茜，走吧！」一無所知的吳道允一走過來，立即察覺氣氛不太對勁，「怎麼了？你們剛才在說什麼？」

「我只是在跟茜茜說……」

「小舅要我們騎車小心！路上很危險、馬路有老虎。」老虎個屁啊！牛茜茜氣得想咬斷自己的舌頭。

吳道允忍笑忍到嘴歪，「好，我會小心不撞到老虎。」

陳奇聰送他們到修車廠外面，吳道允發動他的舊愛雲豹，等著牛茜茜戴好安全帽上車。

「小舅再見。」牛茜茜禮貌地揮手道別，「謝謝小舅的午餐。」

「再見。」陳奇聰瀟灑地點頭，「麻煩妳照顧他了，外甥媳婦。」

不是一家人不進一家門，隱藏在陳奇聰冷酷外表底下的也是一顆愛惡作劇的心，尤其牛茜茜逗起來反應很大又可愛，真的超好玩。

「齁，小舅！」

「對了，茜茜。」陳奇聰突然喊住她，但這回他不是要開她玩笑，「妳剛才說妳不曉得未來要做什麼，對吧？我猜那不是真的，妳有想做的事，只是不敢去做罷了，雖然我不知道妳的理由是什麼，但看看我、看看吳道允，妳有什麼好怕的？」

沒料到陳奇聰會和自己說這些，牛茜茜一時不知做何反應，「小舅，我只是……」

「我並不需要妳跟我解釋，只是希望妳別對不起自己就好。」陳奇聰的語氣始終維持平淡，越是如此，越是令人難以忽視。

被一個認識不到半天的人一語道破心思，即使離開修車廠已有好一段路程，牛茜茜仍然無法回神。

沒錯，她的確有想做的事情。

一個從好幾個月前就發芽醞釀的……可以稱之為夢想嗎？她不知道，她連使用「夢想」這個詞都會感到惶恐。

「茜茜？茜茜？」

「咦？什麼？」牛茜茜這時才發現吳道允早已熄火停在一處空地，「這是哪裡？」

「一個比上次的海邊更美的地方。」

吳道允帶著牛茜茜越過路旁的欄杆，彎腰鑽進一個一次只容一人通行的洞穴。

出了洞穴，來到一處岩岸，眼前是一望無際的大海，浪花不斷拍打著岸邊的礁石，牛茜茜被眼前的景色驚嘆得說不出話。

「很美吧？」

「嗯。」牛茜茜目不轉睛，「眞的好美。」

相較於月牙灣的寧靜美好，這裡的海顯得波瀾壯闊，美則美矣，卻也能讓人清楚感受到大自然的危險與殘酷。

牛茜茜爲此深深著迷，胸中湧起一股澎湃的情緒，忽地想起很多人對她說過的話，包括方才的陳奇聰，還有美術老師、社長小草，以及帶她走入繪畫世界的丁立人。

她很好奇，海的另一邊是什麼模樣？自己是不是眞的該放手去做想做的事？

吳道允並不清楚此時的牛茜茜在想些什麼。

他靜靜望著站在身旁的女孩，滿腦子全是那天在醫院裡看見的情景——田赫辰擁著淚如雨下的她，她看起來好傷心。

他應該上前問她怎麼了，應該把她從田赫辰懷裡搶過來。

但吳道允當時只是遠遠地看著，就連一步都跨不出去，最後甚至孬得轉頭離去，只因他覺得那裡沒有他存在的餘地。

早在一開始，吳道允就知道田赫辰是個難纏的對手，兩人的起跑線完全不同，田赫辰太早出現在牛茜茜的生命裡，也與她有過太多共同的回憶。

天曉得田赫辰居然能把一手好牌打到爛掉，吳道允一度認爲他會和那個小提琴公主百年好合。孰料，田赫辰又一次不按牌理出牌，與小提琴公主分手，再次回歸牛茜茜的生活。

但那也無妨，吳道允以爲經過先前一連串的事件，牛茜茜與田赫辰的關係得退回原點，反觀他和牛茜茜的感情逐日加深，就算他還不能贏過田赫辰，至少也能和田赫辰站上同一條起跑線吧？

可他錯了，而且是大錯特錯。

尤其那天在醫院目睹那一幕後，吳道允不得不承認這一點。

他慌了，也急了。

趁著一切還來得及前，他必須搶先將喜歡的女孩納爲己有。

「茜茜。」

牛茜茜扭頭朝他看了過來，順手勾攏被海風吹亂的長髮，冬日的陽光爲她罩上淡淡的光圈，看上去好美、好美。

「我喜歡妳。妳願意和我交往嗎？」

那一刻，吳道允把預先準備好的告白忘得一乾二淨，但她一定會懂的，縱使沒有華麗的辭藻，她一定也能明白他的心意。

「吳道允，我……」

世界彷彿被誰按下了靜音鍵，吳道允愣愣地望著牛茜茜，他聽不見任何聲音，只能看見她的眼神裡寫著抱歉。

✦

今年的農曆年相較往年來得早了一些，學測日期難得安排在過年後。田媽擔心新手媽媽王亞淳照顧一大一小兩個孩子，還得準備年夜飯會很辛苦，早早便邀請牛家一起共度除夕。

「歡迎，新年快樂。」田赫辰前來應門，禮貌性地對牛正舷和王亞淳夫婦點頭致意，目光很快落到了兩人身後的牛茜茜身上。

等爸爸和阿姨進去後，牛茜茜才慢吞吞地踱步向前。

「嗨。」田赫辰和她打招呼。

牛茜茜瞥了他一眼，「……嗨。」

「學測準備得怎麼樣？」田赫辰帶上門。

「不要一見面就講學測，想吐。」

牛茜茜踏進客廳，熱鬧歡樂的氣氛迎面而來，除了田晉辰一如既往躺在沙發上玩手遊，幾個大人都圍繞在王亞淳身邊，爭先恐後逗弄著她懷裡的寶寶牛敬倫。

尤其是田媽，她簡直愛慘了牛敬倫。該說是患難之情嗎？牛敬倫出生那天，就是她開車送突然破水的王亞淳去醫院，因此田媽對寶寶產生了一股特殊的感情，三不五時就會去牛家探望王亞淳母子。

說實話，雖然牛茜茜和田家關係維持得不錯，但那可不包含牛正舷和王亞淳，沒人想得到那個連一句話都還不會說的小嬰兒，竟又將兩家牽在了一塊。

見牛茜茜久久不動，田赫辰悄悄扯了她的手一下。

「要不要去我房間？」

牛茜茜沉默地點了點頭。

田赫辰的房間還是和以前一樣，乾淨整齊，一塵不染，書桌上擺著厚厚一疊參考書，就像室內裝潢樣本裡的模範生房間。

看見那張單人床，牛茜茜不由得想起那個帶著眼淚與血味的吻。

田赫辰大概也是，她可以感覺到田赫辰正在觀察自己的反應。

於是牛茜茜裝作若無其事，隨便找了個地方坐下，不露出任何一點點奇怪的表情。

「學測準備得怎麼樣？」她問。

田赫辰笑了出來，「不是說不要聊學測嗎？」

「我、我的意思是不要一見面就聊。」牛茜茜尷尬不已，臉蛋一下子爆紅，「你少囉唆！」

田赫辰偷笑，惱羞成怒的牛茜茜乾脆抓起脫下的外套往他身上砸。

「好好好，不笑了……噗。」接收到牛茜茜的死亡凝視，田赫辰不敢再造次，故作正經地清了清喉嚨，「咳，嗯，還不錯，一直都按照進度複習。妳呢？」

眾所皆知，田赫辰口中的「還不錯」就是考上頂大十拿九穩的意思，完全是意料中的回答，問了也是白問，牛茜茜不免懷疑他有可能會說出別的答案嗎？

牛茜茜撇撇嘴，抱著膝蓋前後搖晃，「反正就照著你給我的進度念啊，知識有沒有進到腦袋裡就不知道了。」

「別擔心，一定有。」

「哼，你又知道了？」

「我當然知道。」田赫辰說得好像會預知未來似的，「妳從小就愛臨時抱佛腳，偏偏考運又特別好，妳敢說光海不是靠這樣矇來的？」

雖然對於穩上第一志願的田赫辰來說，光海高中無非是低就的選擇，可對於當年的牛茜茜而言，她能考上光海高中根本是奇蹟降臨。全憑考前兩個星期狂讀猛念，再加上一支刻著英文字母的六角鉛筆，牛茜茜的會考成績硬是比模擬考多了兩個A。

「不過這次和以前不一樣，妳認眞努力過了，成果一定會表現在分數上。」說著，田赫辰的唇角勾起一抹微笑，「最重要的是，有我幫妳猜題，妳怎麼可能考不好？」

……講半天原來是要誇自己。牛茜茜沒東西可丟，只能賞他一記白眼。

這個話題結束以後，房間再次安靜了下來。

他們兩個上一次獨處超過十分鐘是什麼時候呢？牛茜茜忍不住回想，卻發現印象很模糊，只覺得是很久以前的事了。

明明兩人從小一起長大，對彼此非常熟悉，就算躺在同一張床上也不會覺得彆扭，誰想如今他們竟會連單獨共處一室都覺得不自在？

好想逃跑。牛茜茜低頭摳著地板上的貼紙殘膠。

「妳跟吳道允發生什麼事了嗎？」

牛茜茜猛地抬頭，「蛤？」

田赫辰挑眉，「你們突然都不去美術教室了，我不能問爲什麼嗎？」

自從兩人去一趟修車廠回來後，吳道允便沒再出現在光海高中，平時照三餐傳來的閒聊訊息也沒了，牛茜茜當然明白他是刻意避不見面，這樣的情況會維持多久她不知道，但就算從此不再相見，她也只能接受。

少了吳道允，美術教室的聚會成員只剩下她和田赫辰，而爲了逃避和田赫辰獨處，牛茜茜隨便找了個藉口，從此不再去美術教室。

好不容易找到合適相處模式的三人小團體，就這麼莫名其妙散夥了。

「吳道允他……」牛茜茜不曉得怎麼說才好，只要想起吳道允那天的表情，她就覺得心裡那些難受與空虛都是自己活該，「他這輩子都不會理我了吧？」

看著牛茜茜臉上顯而易見的失落，田赫辰並未感到不是滋味，正如吳道允的消失也沒有帶給他勝利的快感。

眞要說的話，田赫辰是心疼的，因爲他知道牛茜茜有多怕寂寞。

「他不可能一輩子不理妳。」見牛茜茜抬起茫然的眼睛看了過來，田赫辰故意用漫不經心的語氣說道：「妳見過哪隻狗成功戒掉骨頭嗎?吳道允撐不了多久，他一定會出現的。」

聞言，牛茜茜安靜思索了好半晌。

「你說吳道允是狗？」

田赫辰應聲稱是，進化過度如他，早已喪失了野生動物感知危險的直覺。

「然後，我……是骨頭？」牛茜茜指著自己。

「對！」田赫辰一怔，終於意識到不對，「不是，這只是個比喻……」

牛茜茜霍地飛撲過去，掄拳往他身上亂揍一通，「你乾脆說我是大便算了！狗改不了吃屎！這才是你的眞心話吧！你想罵我就罵，不需要拐那麼多彎！」

幸好田媽在樓下及時喊他們下去吃飯，否則這個世界差點失去一位名叫田赫辰的少年才俊。

由於兩家人久違地一起過年，田媽當然不會放過大展身手的機會，花了整個下午操辦了滿滿一桌好菜，不少菜色都是牛茜茜的最愛，她的筷子始終停不下來。

席間氣氛很歡樂，大人們聊天勸酒，牛茜茜和田晉辰再次上演搶肉大戰，田赫辰裝作壁上觀，卻偷偷往牛茜茜的碗裡添了不少菜，田晉辰後知後覺發現自己竟是一對二，氣得躺在地上哇哇大叫。

牛茜茜無法克制地笑出眼淚，一不小心與田赫辰對上眼，他眼裡的溫柔毫無遮掩，她屏住氣息，心跳陡然漏了一拍。

「看屁啊？」牛茜茜低下頭，用筷子撥弄著碗裡的食物。

田赫辰只是笑著替她斟滿飲料。

直到吃飽喝足，笑聲漸歇，大家仍依依不捨地留在餐桌上聊天，就連田爸珍藏的紅酒也開了第二瓶。

「時間過得眞快，感覺才一眨眼，茜茜和赫辰都要考大學了。」田爸喝了口酒，目光悠悠地看向對面坐著的兩個孩子，「奇怪，你們昨天不是還吵著要去便利商店買棒棒糖嗎？怎麼一下子就長這麼大了？」

「就是說啊。」因爲開心，平常不碰酒的田媽也喝了不少，明顯有了幾分醉意，「今年上大學，再過幾年就要出社會，以後家裡就會變得冷冷清清、空空蕩蕩，好寂寞啊。」

「爸、媽，你們還有我啊。」田晉辰忙著清菜尾，嘴裡吃個不停，「我會永永遠遠在這個家陪伴你們的。」

餐桌頓時陷入一片沉默……這話聽起來怎麼像是種詛咒？

「亞淳，妳可要好好珍惜孩子願意黏在妳身邊的時候啊。」田媽眨著一雙迷濛醉眼，抓著王亞淳來了一段過來人的叮囑，「妳現在可能會覺得好煩好累，恨不得把孩子塞回肚子裡，或者想著他十八歲就要把他趕出家門，但十八年其實一眨眼就過了，等孩子年紀一大，唉，想要他們抱抱我都很困難。」

說著說著，田媽竟然有些哽咽。

「媽，妳喝醉了。」田赫辰眉心微蹙。

「田媽，妳想要抱抱，我隨時可以抱妳啊！」牛茜茜立刻敞開雙手。

「就知道茜茜最好、最乖了。」田媽心頭一喜，帶著醉意說道：「那你們兩個能不能在一起啊？」

牛茜茜和田赫辰都愣住了，一時不知該如何回應。

「赫辰，你喜歡茜茜嗎？」田媽先問了自家兒子，沒等到回答，隨即又把目標轉向牛茜茜，「茜茜，妳覺得我家赫辰怎麼樣？」

「田媽，我……」

「我家茜茜配不上赫辰啦！」牛正舷的嗓音在餐桌另一頭響起，一張臉被酒意染得通紅，看得出來是醉了。

王亞淳連忙出聲勸阻，「老公……」

「幹麼？我有說錯嗎？」牛正舡提高音量繼續說道，「赫辰那麼聰明優秀，眼光一定也很高，我家茜茜說漂亮也不漂亮，腦袋又不是很好，人家赫辰怎麼看得上她？」

「我覺得茜茜很好啊，從小到大貼心又可愛。」田爸看不下去，跳出來替牛茜茜說話，「他們都是好孩子，哪有什麼配不配得上？」

「不是，我知道茜茜很好，她是我女兒，我當然知道她好，但說實話，她跟赫辰比起來就是有一段差距，當朋友還可以，再多就不行了。」並未察覺氣氛逐漸變樣，牛正舡甚至轉頭尋求田赫辰的支持，「赫辰，叔叔說的對不對？」

「當然不……」眉頭深鎖的田赫辰就要反駁，身旁的牛茜茜卻在桌下偷偷拉住他的衣角，讓他不要再說了。

牛茜茜低著頭，連個眼神都沒給他，他卻清楚知道她在想什麼。

看著不該那麼卑微的她，田赫辰忿忿握緊了拳頭。

這頓年夜飯在長輩發完紅包後草草結束，步出田家大門，牛正舡搖搖晃晃地走在前方，後頭跟著抱著寶寶的王亞淳，牛茜茜依然默默落在最後。

牛正舡一進家門便坐倒在客廳沙發上，王亞淳安置好寶寶，趕忙又去處理醉醺醺的丈夫。

至於牛茜茜，她站在玄關，靜靜旁觀一切，就像是一名局外人。

大門沒關，吹來冷風陣陣，王亞淳轉頭望去，這才發現牛茜茜仍在原地，「茜茜？怎麼了嗎？麻煩妳把門關上。」

「爸爸、阿姨，我有話想跟你們說。」

王亞淳是個心思細膩的人，她馬上察覺牛茜茜情緒不對，「茜茜，有話明天再說好嗎？你爸爸醉了。」

「嗯？我沒醉啊，」牛正舷抹了把臉，竭力睜開雙眼，「說啊，我聽聽看，妳想說什麼？」

「茜茜……」王亞淳搖搖頭，示意她不要在這時硬碰硬。

牛茜茜看得出來，王亞淳大概以爲她因爲牛正舷剛才那番話生氣了。

但不是的，她沒有生氣。她只是透過爸爸的酒後眞言，想通了這陣子卡在心上的一件事。

「我想出國念書。」她說。

沒人能料到向來不愛念書的牛茜茜會提出這種要求，王亞淳震驚無語，而牛正舷則在一陣安靜後，迸出突兀的大笑，彷彿聽見了全世界最好笑的笑話。

「出什麼國？別開玩笑了，就因爲我說妳配不上田赫辰嗎？」

「不是，我已經思考很久……」

「我有哪句話說得不對嗎？田赫辰本來樣樣都比妳好啊。所以我說，妳從小就是這樣，說妳一點不好就不高興，躺在地上大吵大鬧……」

「那是我七歲以前的事了。」牛茜茜冷靜地打斷他的話，「我不知道你的記憶停留在什麼時候，但自從媽媽離開以後，我就沒再任性過了。至少，對你沒有。」

七歲以前，她是被媽媽寵大的孩子，在媽媽的愛裡，任性是她的特權；七歲以後，田家用滿滿的愛陪伴她成長，同樣笑著看待她偶爾的任性。

只有在牛正舨面前，她必須是個不吵不鬧的孩子。

「沒錯，你說得對，我承認我比不上田赫辰。也許在你眼裡，我永遠都不夠好，但你有沒有想過，那是因爲你從來沒有認眞看過我一次？」

「妳的意思是我不關心妳？」

「不然呢？」牛茜茜無法不感到委屈，「就連我今年高三都不知道，你眞的關心過我嗎？就算田爸田媽對我再好又如何，你就這麼理所當然把我丟在別人家裡，難道你眞以爲有哪個孩子不想在自己家裡好好吃一頓晚餐？」

在這段父女關係裡，牛茜茜一直都是退讓的那一個。

她忍受寂寞，從沒抱怨過父親的缺席，或許她確實不聰明，但在父女倆少有的相處時間裡，她總是竭盡所能，努力當一個善解人意的好孩子。

不論是七歲以前或是七歲以後，她記憶裡的爸爸總是忙於工作，即便現在的他和以往不同，但讓他回歸家庭的原因也不是她，而是王亞淳。

「你說想要再婚，我接受了，就算我心裡不是那麼想的，但我希望你快樂。」不顧王亞淳就在旁邊，牛茜茜第一次說出了深埋在內心的眞正想法，「事實證明，你再婚後的確開心多了，但我呢？我像個寄人籬下的局外人，這個家漸漸沒有了我的位置……」

「妳給我閉嘴！」牛正舨惱羞成怒，「妳這麼說對得起妳亞淳阿姨嗎？」

聞言，牛茜茜看向一旁的王亞淳，王亞淳不知何時已低垂視線，並不看她。

「對不起，我知道阿姨一直對我很好，可是……」儘管牛茜茜無意傷害王亞淳，卻也不知該如何解釋心中那股複雜的感受，「總之，自從媽媽離開以後，我就再也沒和你要求過什麼了，我拜託你，請你答應讓我出國念書。」

牛茜茜從未感覺自己如此赤裸，將內心所想全部坦誠披露出來。

「笑死人了。」牛正舷怒瞪牛茜茜，完全無法理解她的想法，「就爲了這點小事無理取鬧，妳要不要看看自己是什麼樣子？妳有沒有想過田赫辰他……」

「我拜託你不要再提田赫辰了！我說的話你到底有沒有聽進去！」牛茜茜放聲大吼，再也壓抑不了情緒，「他是他、我是我！如果你們覺得我不夠好、如果這個家容不下我，這個世界或許還有其他屬於我的容身之處，那裡沒有人會把我和田赫辰拿來比較，我的身分不會再是田赫辰那個沒用的青梅竹馬，我想證明我的人生不需要田赫辰！」

砰的一聲，冷風大力甩上未關的門，引得王亞淳朝門口望了過去，隨即一臉驚訝，

「……赫辰？」

牛茜茜心頭一驚，跟著扭頭望去，只見田赫辰就站在門口，而她忘在他房間的外套正掛在他的手臂上。

牛茜茜慌張地看著不發一語的田赫辰一步步走來，將外套交還給自己，她不曉得田赫辰聽見了多少，但她並不是那個意思……

不對，她眞的不是那個意思嗎？

「田赫辰，我……」牛茜茜拉住他，企圖解釋。

然而田赫辰看了她一眼，眼神冰冷，甩開她的手便轉身離開。

牛茜茜呆站在原地，連田赫辰都要拋下她了嗎？

她是不是……真的變成一個人了？

Chapter 9

學測第一天，天氣晴。

牛茜茜提早出門前往考場，清晨的冷空氣撲面而來，她情不自禁回頭看了田家緊閉的大門一眼。

田赫辰這次大概是鐵了心不理她，她傳了好多訊息過去，跟他解釋那天她說的話只是出於一時情緒激動，不是她眞正的想法。

他卻一次都沒有回應，或許他發現了她在說謊。

是啊，他那麼了解她，怎麼可能沒有察覺？氣話多半都帶著幾分眞，況且她也確實想證明自己的人生不需要田赫辰。

牛茜茜嘆出一口長氣，在空氣裡凝結成一團白霧。

牛茜茜和賈曉玫、施書言約好在學測考場的校門口會合，再一起去附近的早餐店吃點東西。

「我眞的快瘋了。」賈曉玫小口啃著三明治，毫無食欲，「好想吐。」

「死到臨頭，認命吧。」施書言倒是已經開吃第二份蘿蔔糕，「與其緊張得要死，導致發揮失常，倒不如放寬心，說不定還能多矇對幾題。牛茜，妳說對不對？」

「就是說啊。」牛茜茜把最後一塊蛋餅塞進嘴裡，突然像是中邪一樣跳起來，「欸！我錢包會不會沒帶啊？」

「啊，我是不是也沒帶？」

看著兩名好友緊張地猛翻書包，施書言白眼都快翻到後腦勺了。

「妳們兩個少在那邊誇張，放心啦，一定有帶……」他話沒說完，便注意到牛茜茜神情驀地變得呆滯，「牛、牛茜妳幹麼？該不會……」

「我的錢包不見了。」牛茜茜嚇呆了，她將所有的證件都放在錢包裡，沒有錢包就沒有證件，沒有證件就不能考試，她明明檢查過很多次，怎麼會……

「妳、妳快點再檢查一次……」個性溫柔的賈曉玟說到一半，發狠搶過牛茜茜的背包大喊，「滾開，我來幫妳找！」

「牛茜，妳快點回想，妳是不是把錢包忘在什麼地方？」施書言瘋狂搖晃她的肩膀，「校門口、公車上，還是家裡的客廳、房間的書桌、廚房的垃圾桶？妳愣著發呆幹麼？快點想啊！」

牛茜茜原本空白一片的腦袋忽然閃過一幕畫面——早上出門前，她看見小倫躺在客廳的嬰兒床裡，便隨手拿錢包逗著他玩了好一會……

莫非她把錢包忘在小倫的嬰兒床上？

「既然如此，妳快打電話叫家人送過來啊！」賈曉玟催促牛茜茜。

牛茜茜抓起手機撥打王亞淳的號碼，卻無人接聽。她看了下時間，暗自計算路程，「時間還來得及，我還是自己回去一趟好了，總比在這裡乾等好。」

施書言和賈曉玟雖然憂心忡忡，卻也想不到其他辦法，只能叮囑牛茜茜快去快回。

快步衝到早餐店外面的大路口，牛茜茜一邊在心裡狂罵自己，一邊高舉起手，試圖在車流中攔下一輛計程車。

未料，計程車沒攔到，倒是攔到了一台雲豹。

「吳、吳道允？你怎麼會出現在這裡？」

吳道允掀起安全帽風鏡，露出一雙冷漠的眼睛，「妳攔車想去哪？別跟我說妳打算現在去機場。」

「不是啦，我、我把證件忘在家裡……」她囁嚅道，見吳道允露出那種「眞不愧是妳」的眼神，她眞想一頭撞死在旁邊的路燈上。

「上車。」

「去哪？」

「妳家！不然妳還想要出去玩啊？今天學測欸，大小姐。」吳道允把安全帽拋到牛茜茜懷中，「快上車。」

牛茜茜猶豫三秒，最後還是上了吳道允的車。

直奔牛家的路途上，久未聯絡的兩人並未再有交談。

過了好半晌，吳道允主動打破沉默，「其實我今天是特地去考場找妳的。」

「來找我？」

「嗯，不論如何還是想幫妳加油。」吳道允望著前方的紅燈號誌，說著說著就笑了，「而且，要是我不先去找妳，妳大概永遠不會主動找我吧？」

「那是因爲……」

「我後來想想，妳沒拒絕我啊，茜茜。」吳道允的嗓音裡帶著他特有的調皮笑意，「也就是說，我還有機會，不是嗎？」

沒錯，她沒拒絕他。

更正確地說，是她來不及拒絕。那時她說自己想出國念書，然後……

「對不起，我不該對妳發脾氣。」燈號轉綠的同時，吳道允鄭重地向牛茜茜道歉。

爲了那天的告白，吳道允心煩許久，也想了很多。

對他而言，告白的結果無非一翻兩瞪眼，他當然希望牛茜茜答應，但就算她選擇和田赫辰那個臭小子在一起也不要緊，反正他早就想好要去哪裡大哭一場了。

但他沒想到牛茜茜竟會突然說要出國，那代表她將從此消失在自己的生活裡——別開玩笑了，吳道允根本沒做過這種心理準備。於是他發了一頓脾氣，賭氣說了一堆混帳話。

「沒關係。」牛茜茜微微一笑，「而且，你說對了喔。」

吳道允身軀一震，「難道田赫辰他……」

「嗯，他現在完全不理我了。」

那天他說了什麼呢？吳道允戰戰兢兢地回憶。

他說田赫辰不會支持她，說田赫辰一定會和她絕交，還要牛茜茜等著看，她和田赫辰的感情根本沒有那麼堅不可摧……

思及此，吳道允恨不得回到過去，狠狠暴揍當時的自己。

「那個，我可以問嗎？」吳道允小心翼翼地開口，「田赫辰是怎麼知道的？」

牛茜茜並不打算隱瞞，和吳道允說了除夕夜那晚發生的事。牛茜茜無比後悔自己的殘忍，她幾乎是親手拿刀往田赫辰的心上捅了好幾刀。

「呵，這麼聽來，我好像還算好的了。」吳道允莫名感到好過了一點。

聞言，牛茜茜只能苦笑。

雖然不知道怎麼做才是對的，但她確實是做錯了，不管是吳道允或田赫辰，他們都是自己非常重要的人，她應該在更好的時機、用更好的方式告訴他們才對。

「到了，快進去吧。」

抵達牛家門口，牛茜茜連安全帽都沒摘，直接衝進家中。

王亞淳和牛敬倫都不在，家裡只有正準備出門上班的牛正舷。

「妳怎麼會在這裡？」見到此時理應在考場的牛茜茜，牛正舷不免驚愕。

牛茜茜沒理他，三步併作兩步前去翻找牛敬倫的嬰兒床，卻什麼都沒能找到，她腳下一陣虛軟。

「妳是不是在找錢包？」

牛茜茜猛然扭過頭，對著身後的爸爸瞪大眼，「你知道？錢包在哪裡？」

「妳阿姨出門前把錢包託給田赫辰了，她應該有傳訊息跟妳說啊。」牛正舷一臉疑惑，「妳沒遇到田赫辰嗎？」

「沒有，我一發現沒帶錢包就跑回來了。」牛茜茜急著掏出手機查看，阿姨的確有傳訊息給她，時間大概是她遇到吳道允不久後。

牛正舷跟著緊張起來，「那妳現在回去來得及嗎？考試幾點開始？要爸爸載妳去考場嗎？」

「不、不用，我朋友在外面等我。」牛茜茜邊說邊傳訊息給田赫辰，詢問他人在哪裡。

「爸，我先走了！」

牛茜茜匆忙跑出家門，也不解釋就跳上車，催促吳道允，「快點！我們快點回考場！」

趕回考場途中，田赫辰回訊息了。

「我把錢包交給妳朋友了。」

太好了。牛茜茜鬆了口氣，忍不住把手機按在胸口。

「謝謝。」

她傳過去的訊息很快已讀，等了一會，田赫辰沒再回應。

吳道允催緊油門，以最快的速度將牛茜茜帶回考場，距離考試開始只剩下十分鐘。牛茜茜一下車便邁步狂奔，一顆心緊張得彷彿提到了嗓子眼。

「茜茜！加油！」吳道允抱著安全帽，對著她奔跑的背影大喊。

牛茜茜回頭豎起了大姆指，同時不經意瞥見前方馬路上人群聚集，警車、救護車也來了，水果散落滿地。

一股莫名的不安倏地掠過心底，牛茜茜沒有多想，專心奔赴考場。

✦

爲期兩天的學測有驚無險地結束。

對於考試結果，牛茜茜抱持樂觀正面的態度，拚命努力過了，就不會後悔；再說，她可是有田赫辰考前猜題加持的女人，這次的考題百分之八十以上都有做過類似的題型，她考試時一邊答題，一邊感嘆田赫辰果眞不是人。

說到田赫辰，他好像還是不願意和她見面。

牛茜茜在學測結束後傳了好幾次訊息給他，想要當面解釋除夕夜那晚的事，她有好多話想跟他說。

想跟他說謝謝，對不起，還有……

可是田赫辰到底去哪了？田家整個下午都沒人，牛茜茜在自己家裡實在待不住了，便跑來田家門口站崗，然而又等了將近一個小時，都快到晚餐時間了，卻還是等不到人。

「該不會一家人去玩了吧？」牛茜茜喃喃自語。

若是出遠門遊玩，田媽通常會邀她同行，再不然就是問她有沒有想要的伴手禮，而且這幾天晚上田家的燈是亮著的……

「茜茜？」

牛茜茜聞聲抬頭看去，是田晉辰回來了。

「妳、妳在這裡幹麼？」不知爲何，田晉辰似乎對她的出現感到非常驚慌，甚至眼神飄忽，不敢和她對視。

「田晉辰，你去哪裡了？」牛茜茜直覺事有蹊蹺。

「我？」田晉辰尷尬地呵呵笑，「我去約會啊。」

「田爸、田媽呢？」

「他們出去了。」

「去哪？」

「去……去拜訪一個親戚。」田晉辰的額頭冒出冷汗。

「田赫辰呢？」牛茜茜沒放過他，「他也一起去了嗎？」

「田赫辰？」田晉辰支支吾吾，「呃，他喔，他……對啊，他也去……」

此時，一輛車駛入社區車道，牛茜茜先聽田晉辰暗罵一聲，而後才發現那輛車正是田家的休旅車。

車子停在門口，車上乘客卻遲遲沒有下車。

牛茜茜心裡有股不祥的預感。

「那個，茜茜，妳聽我說……」田晉辰話沒說完，車門便開了。

田爸首先下車，他下車的第一件事是走到後車廂拿東西，這很正常，奇怪的是田媽，她走出副駕駛座後，竟然去幫後座的人開車門。

田赫辰也在車上嗎？還是說，後座除了田赫辰以外還有別人？

「那是？」牛茜茜愣愣看著田爸從後車廂取出的物品。

「呃，茜茜，其實……」田晉辰故意擋住她的視線，「田赫辰就是那個親戚……」

下一秒，牛茜茜猛然推開田晉辰，看見田媽扶著田赫辰坐上輪椅，而她正好與田赫辰四目相交。

「茜茜，妳不要緊張，赫辰他只是……」田媽也看到她了。

「怎麼會這樣？」牛茜茜聽不見田媽在說什麼，她拔腿奔了過去，眼裡只有田赫辰一個人，「什麼時候發生的事？爲什麼會這樣？你還好嗎？傷到哪裡了？」

「茜茜。」

「難怪你這幾天都不在，我怎麼會這麼蠢，都沒發現……」

「茜茜。」

「你出車禍嗎？還是生病了？田赫辰，你、你以後還能走路吧？」

「茜茜！」田赫辰一把抓住快哭出來的牛茜茜，強迫慌張的她看向自己的眼睛，「妳聽我說，我沒事，嗯？」

「你這樣怎麼能叫做沒事！」牛茜茜更急了，眼圈一紅，激動的話聲帶上了哭音，「你都坐輪椅了，站不起來了，不能走路了，你完蛋了啦……」

見她根本聽不進自己的話，田赫辰無奈輕嘆，不顧爸媽的阻擋，撐著輪椅的扶手硬是站了起來，但不過幾秒，他便跌坐回輪椅上。

牛茜茜嚇得摀住嘴巴，反而安靜了下來。

「妳看，我還可以站，走路目前不太行，但醫生說我一定能恢復，重點是……」田赫辰微微一笑，再次牽起牛茜茜的手，將她的手心按至自己的左胸口，「我真的沒事，我還活得好好的。」

感受到田赫辰強而有力的心跳，牛茜茜呆愣了好一會，忍不住放聲大哭。

原來，田赫辰是在考場外面出的車禍。

那天他把錢包交給賈曉玫後，還是不放心，選擇留在校門口等牛茜茜過來。他見到一名推著水果攤車的老婦人要過馬路，眼看秒數倒數就要結束，載滿水果的攤車仍卡在馬路中央，田赫辰便上前幫忙。不料竟有一輛闖紅燈的小客車當街衝了過來，攔腰撞上水果攤車，彼時正推著攤車的田赫辰遭到波及，整個人被拋飛了出去。

田赫辰立刻被送往醫院，住院觀察幾天後，除了髖骨挫傷，左腳踝骨折打上石膏之外，其他傷處沒有大礙，終於得以出院。

「嗚……嗚……」

「別哭了，就說我沒死也沒殘廢，有什麼好哭的？」田赫辰皺眉望著坐在他房間地板上哭得可憐兮兮的牛茜茜。

儘管表面上看不出來，但他心裡其實很慌張。

沒辦法，他永遠見不得她哭。

「學、學測……」牛茜茜抽抽噎噎地回答，「你沒考到學測啊。」

就因爲這件事？田赫辰恍然大悟。

「沒關係，我考指考就好。」他無所謂地說道。

「那不一樣！」

「哪裡不一樣？」

「如果你有考學測，你現在早就能放鬆了！」

話是這麼說沒錯，可是對他來說有差嗎？

「我不在乎。」田赫辰再次強調。

畢竟他可是田赫辰，不管學測還是指考，他都有把握拿下好成績。

偏偏牛茜茜一點都沒有被他的話安撫到，反而更加激動了。

「你怎麼可以不在乎！你不可以不在乎！」

「牛茜茜，我都說沒關係了，妳到底在氣什麼？」田赫辰察覺她不太對勁，可他實在搞不懂箇中原因，「難道是因爲我沒有告訴妳我車禍住院？」

「不是！不是不是不是！」牛茜茜激動地否認，眼淚再度撲簌簌掉下。

「那到底是爲什麼？」見她又哭，田赫辰心中焦躁不已，「妳不說我永遠不會知道啊！」

牛茜茜拚命想要把淚水抹乾淨，淚水卻不聽使喚地不斷冒出來，「都是因爲我……」

「什麼？」

「我說都是因爲我！」牛茜茜放聲哭喊，像個茫然無措的孩子一樣，「如果我沒有忘記帶錢包，你就不會爲了等我跑去校門口，不會爲了幫助別人出車禍，不會連學測都沒考，你的人生明明可以一帆風順，卻因爲我……」

沒錯，田赫辰是還好好地活著，但倘若沒有她，他可以活得更好。

牛茜茜今天終於徹底明白了，她就是田赫辰人生中的拖油瓶、掃把星、累贅，抑或是甩不掉的金魚大便……

她寧願田赫辰罵她、打她、討厭她，隨便怎樣懲罰她都好，他大可以責怪她，但他卻安慰她沒關係。這叫她怎麼能不歉疚？

有好一陣子，房間裡只能聽見牛茜茜微弱的抽泣聲。

「牛茜茜，過來。」田赫辰無奈地開口。

「我、我不要。」牛茜茜一邊搖頭，一邊打了個嗝。

「妳不過來就換我過去。」說著，田赫辰竟又試圖站起來。

「你不要亂來！」牛茜茜瞬間臉色大變，衝上前一把將田赫辰按回床上坐好。

未料，田赫辰竟同時順勢一扯，使得她重心不穩跌在他身上。牛茜茜急著起身，又被田赫辰壓回懷裡。

「田赫辰你放開我！」

「我不放，我也不准妳胡思亂想。」田赫辰嗓音沉穩，擁著懷裡的她不放，「妳不是說過嗎？『也許這一切本來就會發生』，這是妳之前告訴我的啊。」

牛茜茜忘了掙扎，眼裡泛起一層淚霧，「那不一樣。」

「一樣，都一樣。我可以很肯定地告訴妳，有妳陪在我身邊，是我此生最大的幸運，就算偶爾遇到一些不順心的事，那也一定是我把運氣用在與妳相伴長大。」

即使曾經嘔氣，即使想過幾百次不要再搭理對方，但無論如何，他們終究會回到彼此身邊。田赫辰始終如此相信，他甚至有一點感謝這場車禍。

可是，牛茜茜並不是這麼想的。

倚靠在田赫辰的胸膛，感受著屬於他的體溫與氣息，牛茜茜只覺得心口酸澀，腦海裡一下子閃過了許多從小到大的回憶，還有那些她本來打算在今天和他說的話，包括對不起、謝謝，以及……

事到如今，她才發現自己連說出那些話的資格都沒有。

✦

田赫辰出車禍沒考學測的消息是件大新聞，早在開學前便傳遍了全校，開學後他拄著拐杖來上課，青梅竹馬的牛茜茜與他形影不離。

這兩個人是在一起了嗎？

八卦傳聞滿天飛，卻沒有人能從當事人口中得到答案。

走上圖書館二樓，牛茜茜在窗邊的座位找到田赫辰。

田赫辰趴在桌上閉目假寐，窗戶留了一條小縫，溜進來的微風拂起了他前額的髮絲。

牛茜茜盡可能放輕動作，卻在拉椅子時不小心發出聲音。

「妳來了？」

「吵到你了？」

他們同時出聲，也同時笑了出來。

學測成績出來後，許多不需要考指考的同學選擇不來學校，把空間留給力拚最後一搏的指考生，像牛茜茜一樣每天來學校報到的人反而是少數。

「很累嗎？」她從袋子裡拿出一瓶水給他。

「沒有，只是補個眠。」田赫辰揉揉眼睛，忽然笑了一下，「妳午餐吃義大利麵？」

「你怎麼知道？」牛茜茜驚訝瞪眼，心想莫非他被車子撞出超能力來了？

田赫辰點點他的右頰，坐在對面的牛茜茜抬手摸了摸自己的左頰。

見狀，田赫辰失笑，伸長手替她抹去右頰上一點紅紅的茄汁。

略微粗糙的拇指在她的面頰摩挲，牛茜茜的耳朵驀地一熱，有些慌張地拍開田赫辰的手，在他碰過的地方亂擦。

「你、你受傷就不要亂動好不好？坐好啦！我自己來。」

「我已經好得差不多了。」說是這麼說，田赫辰走起路來依然有些一拐一拐的，醫生建議他繼續使用拐杖。

「你別不把醫生的話當一回事，要是留下後遺症，看你以後怎麼辦？」牛茜茜嚴厲警告他，這陣子她一直致力於扮演嘮叨的小管家婆。

「不怎麼辦。」田赫辰歪歪頭，仗著自己長得好看，笑得猶如紅顏禍水，「反正妳又不會嫌棄我。」

「隨、隨便你，你以為我愛管你啊！」這傢伙到底是從哪學來這種招數！牛茜茜一口氣差點上不來，慌忙打開從家裡帶過來的筆電，躲在螢幕後面避開他的目光。

儘管他們從小到大幾乎沒有一天不拌嘴，但兩人之間其實也擁有不少像現在這樣安安靜靜、不說話也沒關係的自在時刻。

例如田赫辰迷上金庸的那段時期，他只要一睜開眼睛就是捧著武俠小說啃，而一看書就會頭痛的牛茜茜，竟也待在田赫辰旁邊，默默追完整套《哈利波特》。

又或是閒來無事的夏日午後，室外陽光炙熱，他們最大的樂趣便是窩在田家的客廳一邊吃冰棒，一邊看電影台重播不曉得幾百次的香港電影，最後兩人通常會一左一右倒在沙發上睡得不省人事。

「欸，你記得小時候我們常常去你外婆家玩嗎？」牛茜茜的手停在鍵盤上，視線卻不知不覺飄到了窗外，「有一次，我們和鄰居的小孩在菜市場玩躲貓貓，然後……」

「妳就不見了。」

「齁，說了多少次，我是被騙好嗎？」牛茜茜翻了個白眼，想起來仍心有餘悸，「我到現在還是想不透，那個大哥哥幹麼叫我躲到冰箱裡面？」

雖然她更想不透的是當時自己竟然蠢得照做。

當時這件事在地方上引發不小的騷動，牛茜茜被一名少年關在菜市場冷飲攤的冰箱裡三個小時，被救出時已經有些失溫，幸好除了受到驚嚇，並無大礙。

「我應該多揍他幾拳的。」田赫辰眼中閃過一絲狠戾，和當年一樣。

牛茜茜清楚記得，那時身高只及那名少年胸口的田赫辰，不要命似的撲到對方身上瘋狂揮拳。

「少來，你明明就很不會打架。」牛茜茜不是故意取笑他，畢竟當初對方才回擊了一拳，就讓田赫辰鼻血直流。

「今非昔比，人是會成長的。」

「是嗎？」牛茜茜不以為然地撇撇嘴，「不然你說，你上次打架是什麼時候？先說好，跟吳道允不算喔，你們兩個根本只是在打情罵俏。」

「蔡宇倫。」

牛茜茜眉頭一皺，「誰？」

「不記得就算了。」田赫辰低頭算數學。

蔡宇倫……牛茜茜想起來了，猛地倒抽一口氣，忘了自己人在圖書館，脫口大叫：「副社長！你跟他打過架？為什麼？什麼時候？我怎麼不知道？」

不對！好像的確有過這麼一件事，有人說田赫辰和人打架，她聽了還急急忙忙跑去健康中心找他，而且那天下午美術社校外參訪時，蔡宇倫也頂著一張腫成豬頭的臉出現。

「原來是這樣。」牛茜茜喃喃低語，「可、可是你爲什麼要跟他打架？」

「有我在，我不會讓任何人傷害她。」

牛茜茜冷不防想起田赫辰當時說的那句話，他想保護的，原來就是她嗎？牛茜茜遲來地恍然大悟，這種感覺一點都不好受……她究竟給他添了多少麻煩？

「赫辰，原來你在這裡。」

「陳老師？」見到來人，田赫辰立即起身。

教務處的陳老師是這屆畢業典禮的總籌劃人，而田赫辰理所當然是這一屆的畢業生代表，陳老師過來找他就是爲了討論這件事。

兩人討論期間，牛茜茜只是坐在對面旁觀，臉上沒有任何表情。

半晌，她抓起手機，傳了幾則訊息出去。

「妳確定？」

「嗯。」

「田赫辰要是知道一定會殺了我。」

盯著吳道允回傳的訊息，牛茜茜明白自己已經無法回頭。

「怎麼了嗎？」

「沒什麼。」牛茜茜回神，反手蓋住手機，「陳老師呢？」

「走了。」田赫辰隨口回答，抽出筆記本寫下陳老師交代的事項，「他請我寫幾封信給老師，感謝他們這三年的教導。」

「哦，不愧是資優班的學生。」

「什麼啊？」田赫辰不以爲意地笑了，「跟這有什麼關係？」

「田赫辰，我問你喔，你的夢想是什麼？」

手上的筆一停，田赫辰半是困惑、半是好奇地抬起頭，「這麼突然？」

「我好像從來沒問過你這個問題。」牛茜茜回想起過往，笑著打趣他，「還是說，你現在也和小時候一樣想當恐龍學家？」

「怎麼可能？」田赫辰聞言莞爾，「那都多久以前的事了。」

「不然你現在的夢想是什麼？」

說實話，田赫辰並沒有想過這件事。隨著年紀漸長，所謂的夢想也會轉爲實際，恐龍學家顯然是個不夠現實的選項，但與其問他將來的夢想是什麼，倒不如問他接下來的目標，或許還更好回答一點。

「不知道。」田赫辰無所謂地聳聳肩，「有沒有夢想很重要嗎？」

「嗯，如果是你的話，可能不重要吧？畢竟你是田赫辰嘛，沒有你做不到的事。」牛茜茜唇邊的笑意漸漸隱去，視線落向窗外，「可是我跟你不一樣，我很想要擁有夢想。」

很想要擁有夢想？

田赫辰一時難以理解牛茜茜的想法，然而，他卻覺得此刻坐在窗邊的她，就像是踩在籠緣試探的小鳥，只要張開羽翼，隨時會飛向想去的遠方。

而那個遠方沒有他。

意識到這一點，田赫辰忽然一陣心慌，「……茜茜，妳不會離開吧？」

「嗯？」她扭過頭看他，眼神無辜，「離開哪？」

「妳不是想出國嗎？」除夕夜後，他們第一次聊到這個話題。

「喔……」牛茜茜歪頭笑了，「你覺得呢？」

「不要去。」

「為什麼？」

「妳一個人怎麼在國外生活？先別說念書，光是吃飯、交通、住宿，這些統統都要自己來，妳在台灣都照顧不好自己了，更何況是人生地不熟，甚至連語言都不通的外國？說不定妳連獨自搭飛機都會出狀況。」田赫辰停頓了一下，放緩因為著急而顯得激動的語氣，「總之，妳若是想學繪畫，申請美術系就好，不必非得去到國外，至少有問題我隨時都能去幫妳。」

「……你打算照顧我到什麼時候？」

田赫辰沒聽清，「什麼？」

「沒什麼。」牛茜茜搖搖頭，揚起微笑，「說得也是，你說得對。」

別想著去國外了，妳只要留在我身邊就好。或許，田赫辰真正想說的其實只有一句。

認識這麼多年，他和牛茜茜之間就像存在著一個名為「默契」的心靈通訊系統，只消交換過眼神、或是瞥見對方的表情，便能理解彼此的想法——田赫辰曾經無數次為此感到滿足。

他從沒想過，這個系統會有失常的一天。就像是故意收起了接收訊號的天線，牛茜茜似乎完全察覺不到他心裡眞正的想法。

田赫辰很煩躁，卻又束手無策，他甚至沒辦法好好把話說出口。

但就算不付諸言語，她也應該要懂才對，不是嗎？

他們之間不就是這種關係嗎？

安靜無聲的圖書館裡，各懷心思的兩人沒有再交談。

半晌，牛茜茜又一次看向窗外，一架飛機拖曳著長長的白煙狀尾巴，劃過萬里無雲的藍天。

✦

「我只幹大事我幹大的！恁爸起大厝我蓋大的！DAT ASS SO FAT，我幹大的！賓士AMG我開大的！」

「辣台妹、辣台妹，騷底；辣台妹、辣台妹，搖落——」

KTV包廂裡一首首嗨歌接連放送，今天是大學放榜的慶祝派對，賈曉玫和施書言分別錄取了各自心目中的第一志願，自然得痛快玩一場才行。

「接下來讓我們歡迎國際大賽優選得主，牛茜茜！」

賈曉玫手動操控包廂的電燈開關，燈光一暗一亮間，牛茜茜宛如巨星般從廁所走出來，接過施書言遞來的麥克風。

牛茜茜扭了扭脖子，準備讓世人瞧瞧誰是眞正的KTV女王。

「轟隆隆，隆隆隆隆，衝衝衝衝，拉風，引擎發動！so come on！引擎發動……」

田赫辰講完電話推門走進包廂，一眼就看見牛茜茜被施書言背在身上，假裝開跑車的滑稽模樣。

「喔喔喔，田赫辰回來了！」

「田赫辰來唱歌！」

「你們唱就好，我……」田赫辰來不及推拒，熟悉的背景音樂傳入耳中，他想也不想便看向牛茜茜，果不其然，她正咧著嘴對他憨笑。

「Hey Jude, don't make it bad. Take a sad song and make it better……」

包廂裡的畫風陡然一變，所有聽眾全都乖乖坐回沙發上，雙手跟隨田赫辰的歌聲輕輕擺動。

「欸，妳幹麼不幫他點一首嗨歌啦？」施書言用手肘撞了撞牛茜茜，刻意壓低的聲音從牙縫迸出，「到底誰會來KTV唱英文老歌？別人經過還以爲我們在上英文聽力咧。」

「沒辦法，他……」牛茜茜的話聲淹沒在音樂裡。

施書言聽不清楚，「蛤？」

「他只會唱這一首啦！」牛茜茜把施書言拉過來，對著他的耳朵喊。

而且還是經過一番苦練，這首〈Hey Jude〉好不容易才成爲田赫辰KTV選曲的One & Only。

或許這世界上只有牛茜茜曉得，天下無敵的田赫辰唯一的弱點就是不會唱歌，他倒也不是五音不全，而是對流行音樂一點興趣也沒有，要他講出當紅歌手的名字比倒背元素週期表還難。

就在這時，包廂門又開了。

「我就想是哪個掃興仔，果然。」一身輕便的吳道允走進來，滿臉嫌棄地看了田赫辰一眼，一屁股坐到牛茜茜身邊，「呼，外面好熱。」

「大哥，要不要喝飲料？」牛茜茜殷勤問道。

「嗯。」吳道允高傲地點點頭，「倒給我喝。」

「是是是，我幫你加冰塊，很多很多冰塊！」

見狀，一旁的施書言和賈曉玫互換了眼神。

「你們兩個幹麼?怪怪的喔。」施書言代表發言。

牛茜茜瞪過去，「你閉嘴啦，少囉唆。」

「我也要喝。」歌聲戛然而止，田赫辰冷不防開口，視線緊盯著牛茜茜手上裝滿飲料的玻璃杯。

「喔、好。」牛茜茜連忙取過另一個杯子，「我倒、我倒。」

不顧歌曲尚未結束，田赫辰大步走回來，將麥克風丟還給施書言，透過視線的威壓把他從座位上趕起來，好讓自己坐在牛茜茜的另一側。

而後吳道允、牛茜茜、田赫辰三個人坐在沙發上，看著施書言和賈曉玫大開雙人演唱會。

「還沒考試的人來這裡幹麼？」包廂內歌聲繚繞，吳道允喝了一口飲料。

田赫辰也喝了一口，「沒考試的人來這裡幹麼？」

他們同時放下杯子，同時扭頭看了對方一眼。

……哼！坐在中間的牛茜茜似乎聽見他們同時傲嬌地冷嗤一聲。

本來他們之間的關係已經改善不少，一段時間不見，不知爲何又被打回原形，見到彼此又是一副貓狗相遇份外眼紅的模樣，不出爪子撓對方幾下就會渾身不舒服。

「好了啦，難得大家開開心心聚在一起，你們能不能不要吵架？」牛茜茜滿臉無奈，眞想逼他們握手言和，「畢業後想約出來就沒那麼簡單了，下次見面都不曉得是什麼時候，今天就不能好好相處嗎？」

賈曉玫考上南部的大學，施書言要去中部玩四年，吳道允留在咖啡廳打工存錢，田赫辰沒意外會上第一志願，至於她……

「跟他？」吳道允毫不客氣地發話，「永遠不見也沒關係。」

「那眞是太好了。」田赫辰勾起從容自在的微笑，「我和茜茜終於可以擺脫你，慢走不送。」

「笑死，誰擺脫誰還不知道……」

「吳道允！」牛茜茜心頭一驚，突然擋在吳道允面前對他擠眉弄眼，「唱、唱歌啊，你不唱歌嗎？」

吳道允停頓了一下，先是看了看牛茜茜，又看了看她身後的田赫辰，最後撇了撇嘴，什麼話也沒說，轉身要坐在點歌機旁的施書言替他點歌。

田赫辰不是笨蛋，他把一切看在眼裡。

「妳是不是有事瞞著我？」等歌曲響起，田赫辰傾身貼在牛茜茜的耳邊問。

「哪、哪有啊？」她乾笑兩聲，偷偷往旁邊坐過去些，「只是覺得大家接下來就要各分東西，不要把時間浪費在吵吵鬧鬧上嘛，一起開開心心地說說笑笑不是很好嗎？哈哈、哈哈。」

笑屁啊？牛茜茜眞是快被自己尷尬死了。

田赫辰仔細觀察她的動作表情，將她的胡言亂語往另一個方向解釋，「……不然我也去東部？」

「蛤？」牛茜茜一愣，思緒一時轉不過來，「爲、爲什麼？」

「妳不是害怕一個人會寂寞嗎？我……」

「不要！我不准你來！你不可以來！」牛茜茜整個人都慌了，睜大眼睛緊緊盯著他不放，「你去東部幹麼啦！我一個人沒事！你給我去念第一志願！我警告你，你不准再像高中一樣，這次可不是你說一句離家近就可以帶過，花蓮耶，離家根本一點都不近！」

「反正我念哪裡都沒差。」田赫辰說道，眼神忽然轉爲深沉，「但我不想讓妳一個人。」

多虧了田赫辰的考前猜題，牛茜茜憑著不錯的學測分數和大賽優選的加分，順利申請上某所位於東部的國立大學藝術學系。

但那所學校的每一個科系和第一志願差距甚遠……她不能再讓田赫辰爲她放棄更好的選擇。

「不行。」牛茜茜艱難地開口，「你不能這樣。」

田赫辰反應不及，「什麼意思？」

「不要說這種話。」她別過眼，不敢看他。

「什麼話？說我想跟妳念同一所大學這種話？」田赫辰皺眉，不明白她的反應爲什麼是這樣，「我說的都是實話，我眞的不在意念哪間學校，只要可以跟妳在一起，我……」

牛茜茜倏地起身，不顧其他人訝異的視線，逕自走出包廂。

田赫辰立刻追出來，一把抓住她的手腕，「妳要去哪？」

「你不要再說那種話了！」牛茜茜奮力甩開他的手，清楚看見田赫辰臉上閃過一抹錯愕。

她心中一痛，但她有資格心痛嗎？

「你捨棄高中的第一志願，缺考學測也覺得無所謂，現在竟然又隨隨便便說要去東部念大學——你怎麼可以不在意？這是你的人生啊，你不能……」

「因爲妳。」田赫辰脫口而出，「我在意的只有妳。」

他明明不打算現在說的，望著牛茜茜驀地刷白的臉色，田赫辰突然感到後悔。

畢業典禮後也許是個好時機，又或者等考完指考、無事一身輕後，他準備找個地方和牛茜茜一起出去玩，像是遊樂園、海生館，哪裡都行，他會帶她去任何她想去的地方。

打從有記憶以來，他們就陪伴在彼此身邊，要改變關係並不是那麼簡單的事，有很多話必須好好說清楚，他想認認眞眞地向她告白。

到了那時，他們就不再只是青梅竹馬，而是眞正的戀人。

「茜茜，我……」

「不要！」

不要？不要什麼？

田赫辰一愣，看見牛茜茜用幾近懇求的眼神制止他往下說。

「我不要聽……」

「妳……」田赫辰不敢置信，喉嚨乾澀得差點發不出聲音，「妳知道我要說什麼，是嗎？」

牛茜茜沒有回答，她的表情說明了一切。

那一瞬，田赫辰突然懂了。

原來他們的默契並沒有消失，只是牛茜茜選擇了視而不見而已。

田赫辰第一次討厭自己那麼懂她。

他忍不住苦笑，自尊被傷得體無完膚。

「因為吳道允？」

牛茜茜下意識想否認，卻又在最後一刻打住，什麼話也沒說。

田赫辰只覺得自己一瞬間明白了。

他緩緩抬起手，想要碰觸她，卻又放下。

最後，田赫辰深深看了牛茜茜一眼，不發一語轉身離開。

眼睜睜看著田赫辰的背影消失在轉角，牛茜茜全身的力氣彷彿一下子被抽空，靠著牆壁蹲了下來。

「這麼做真的好嗎？」

一個熟悉的聲音從頭頂落下，牛茜茜無法抬頭，連一句話也說不出口。

吳道允低頭看著她，深深嘆了口氣。

田赫辰沒有想過自己與牛茜茜的這一場爭吵會持續那麼久。

他以爲他們明天就會和好。即使不是明天，也會是在不久之後的某一天。

可過了明天、後天、大後天……

一直到高中畢業典禮當天，別說和好了，他連牛茜茜的身影都找不到了。

Chapter 10

……茜茜！

猛然從夢境中驚醒，田赫辰直直瞪著天花板，全身浸滿冷汗，那種不舒服的感覺讓他眉心緊蹙，翻身從床上坐起。

他已經很久沒做那樣的夢了。

夢見他在畢業典禮上拚命奔跑，一心只想找到不見蹤影的牛茜茜，心情從驚慌失措到逐漸轉爲絕望，只剩下他一個人陷入漫無邊際的黑暗……

拉上遮光窗簾的房間陰暗一片，邊桌上的夜光時鐘顯示爲八點，再過半小時就要出門上班。田赫辰認命起身，準備前去梳洗。

踏入浴室前，他陡然停下腳步，側耳聽了一下門外的動靜。

「我明天就搬出去。」

腦海響起牛茜茜的聲音，田赫辰一陣心慌，下一秒便如射出的箭般衝出房間。

只見客廳和廚房都空蕩蕩的，他心頭一震，幾步走過去扭開牛茜茜的房門，她不在房裡，但放在角落的的行李箱依然大大敞開，裡面的衣物也都還在。

田赫辰抓著門把，終於鬆了口氣。

……都怪昨天那個夢。那個夢把他帶回了六年前，牛茜茜消失的那一天。

直到現在，田赫辰仍然忘不了那種恐懼。

儘管擔心牛茜茜這麼早是去了哪裡，但前一晚的爭執讓田赫辰拉不下臉問她，反正行李還在，房間看起來也沒有收拾過的跡象，他決定暫且不管，依然在早上九點準時踏進辦公室，開始一整天馬不停蹄的工作。

田赫辰所任職的地點，是一間名爲「The Light」的新創公司，主力產品爲智慧家電，設計風格簡約時尚，廣受二十至三十五歲的年輕客群歡迎，尤其近幾次發表的新產品在田赫辰的一手操作下，接連與不同設計師合作廣告視覺，大大炒熱了品牌的討論度，銷售也節節上升。

這陣子的加班晚歸並不是他故意爲之，隨著下季新品的上市日程迫在眉睫，田赫辰忙得幾乎連喝口水的時間都沒有。

結束與國外經銷商的視訊會議後，已經過了午休時間，田赫辰趁著十分鐘的空檔，走進茶水間沖了杯咖啡。

其實忙一點也好，他心想。否則一旦稍微閒下來，他就會忍不住想起牛茜茜，想起昨晚與她的爭執，就像現在。

當初牛茜茜一句話都沒留下，忽然消失在他的生命裡，她明明就不是一個心思縝密的人，居然可以聯合所有人欺騙他，就連他的爸媽也是同謀，讓他像白痴一樣被蒙在鼓裡。

得知眞相後，他從一開始的忿恨、絕望，逐漸轉爲憂傷與惆悵。這一、兩年，即便聽見旁人提起她，他也能漸漸做到心裡毫無波瀾，他以爲自己算是接受了牛茜茜只是他人生中的過客這個事實，誰知她卻又像個沒事人般出現在他家門口，再度闖入他的生活。

牛茜茜說，她回來是爲了一個答案。

田赫辰本來以爲那是指她與父親牛正舷之間的心結，後來發現並不是，但即便他都直接開口問她了，她還是不願意告訴他實話。

爲什麼？難道他對她而言，只是一個無關緊要的朋友，那種隨時都可以扔下的拋棄品？然後等她得到答案之後，她是否又會再一次悄無聲息離開，而他只能再一次被留下？

開什麼玩笑？不管是以前或現在，她都一樣自私。

「學長，那個設計師——」紀凱文風風火火地衝進茶水間，打斷田赫辰的思緒。

「不要跟我提那個設計師。」田赫辰沒好氣地回。

沒辦法，他一提到那個設計師就有氣。雖然確實是公司有錯在先，但在他代替老闆上門道歉後，對方明明也答應重新合作了，卻在新合約寄過去後，又突然反悔，堅持提高價碼，否則免談。

吃大便去吧。田赫辰心想，如果是牛茜茜，她一定會這樣回答對方。

這麼一想，似乎就解氣了不少。

「不是啦，我是要跟你說，老大好像找到接替人選了。」紀凱文有事沒事就愛聊八卦，消息靈通得很。「聽說是老大朋友的熟人，待會會來公司開會。」

老大、朋友、熟人，這三個關鍵詞讓田赫辰一點都不看好這位接替人選，依他過往的經驗，透過親友關係引薦，通常就是災難的開端。

紀凱文的消息果然沒錯，沒過多久，老闆便差人請田赫辰到會議室一趟。

「……妳怎麼會在這裡？」田赫辰震驚地站在會議室門口，目光停在其中某個人身上。

牛茜茜也同樣震驚，她張著嘴，好半天說不出話來。

「茜茜，你們認識？」牛茜茜身旁的丁立人察覺有異，仔細端詳田赫辰的臉，總覺得有幾分似曾相識，「先生，我們是不是在哪見過？」

聞言，田赫辰的目光掃向丁立人，儘管當年僅在港邊有過一面之緣，但他清楚記得丁立人就是那個和牛茜茜一起擺攤的街頭畫家。

「沒有。」他說謊，面無表情地坐到牛茜茜對面的位子。

「哎喲，這氣氛是怎麼回事？我聞到了不尋常的味道喔。」四十出頭的陳勳是公司老闆，個性說好聽一點是不拘小節，其實就是白目，「讓我猜，你們該不會是在交友軟體上認識的砲……」

「一個小時後，我還有會議要開。」田赫辰打斷他的話，揚起微笑，「老闆，容我提醒你，時間不多了。」

「奇怪耶，開個玩笑也不行喔。」陳勳一邊整理資料，一邊委屈巴巴地抱怨，「立人，我跟你說，當初我就是看這傢伙長得好看，一時鬼迷心竅，自以爲幫公司招個吉祥物，結果呢？我這個孫悟空居然給自己找了個唐三藏，成天在我耳邊碎念，簡直要命……」

不過就是個出社會沒幾年的毛頭小子，陳勳也不曉得爲什麼自己就是很怕田赫辰，每次都被他壓得死死的。

但這眞不能怪田赫辰，陳勳確實很值得被碎念，這次更換設計師事件就是陳勳惹出來的。

下一季的新系列產品將是公司未來的主力項目，公司上下投入了所有的心力，行銷部甚至早在一年前便談好合作的視覺設計師。

他們自以爲什麼都想好了，就是沒想到敵人不在別處，竟然就在本能寺。

某天，陳勳在一場商務派對上喝醉酒，竟當著設計師的面批評人家只是空有名氣云云，兩人當場大打出手，如此丟臉的場面還被攝影機全程錄下。設計師不堪受辱，隔天便要求解約，不然就要把影片公布到網路上，讓眾多網友評判誰對誰錯。

公司方面自知理虧，誠懇地道了歉，也付了道義上的撫慰金，原本設計師答應繼續合作，卻又臨時改變心意。眼看新品上市日程在即，在必須兼顧品質與預算的前提下，一時難以找到合適的接替人選。

「兩個月嗎？」牛茜茜翻閱產品資料，咬唇思考。

「正確來說是一個半月。」田赫辰說道，時間緊迫也是找不到設計師接手的原因之一，「包含來回溝通和修改，兩個月內就得定稿。」

「這樣啊，我了解了。」

「妳要接？」田赫辰見她一副完全沒有異議的樣子，忍不住皺眉。

牛茜茜不解，「怎麼了嗎？」

「這不是一件簡單的工作，包括廣告主視覺、系列LOGO、動畫、海報，只有一個半月的時間，妳一個人怎麼可能做得出來？這種爛缺只有傻子才會……」

「欸欸欸，田赫辰，你到底是站在哪一邊啊？」陳勳在一旁聽了傻眼，「你們不是老擔心我把公司搞垮嗎？我好不容易找到人來接手，你不要把對方嚇跑喔！」

「聽到沒有？」田赫辰指著陳勳，繼續勸退牛茜茜，「公司要垮了，妳說不定會做白工。」

陳勳一口氣幾乎要提不上來，「田赫辰！」

「我接。」

「什麼？」田赫辰與陳勳同時出聲。

差別只在於聲音裡的情緒，一個是驚喜，一個是驚愕。田赫辰很顯然是後者。

「牛茜茜，妳沒聽清楚我說的話嗎？」

「有啊。」牛茜茜點點頭，轉頭看向喜出望外的陳勳，「陳大哥，大致上的情形我都了解了，關於合約簽訂的部分，不曉得什麼時候可以進行？」

「現在、立刻、馬上，妳想要什麼時候都可以！」

「既然這樣，我……」

「牛茜茜！」田赫辰忽然拍桌站起。

會議室頓時陷入一片寂靜，陳勳與丁立人面面相覷，身為當事人的牛茜茜倒是格外平靜。

田赫辰旁若無人地直視著她，「我說，不准接。」

「為什麼？」牛茜茜坐在原位，無視田赫辰的怒火，「我應該有權力決定自己該接什麼工作吧？」

「就是說啊，大家都是成年人了，你幹麼管人家？」陳勳話才說完，立刻被田赫辰瞪了一眼，縮起脖子悄聲嘟囔，「奇怪，到底誰才是老闆啊？」

「這件事不是妳想得那麼簡單，妳一個人根本沒辦法勝任。」

田赫辰把話說得斬釘截鐵，好像他很了解她有多少能力似的……但事實不是那樣啊。

牛茜茜深吸口氣，緩緩開口：「田赫辰，我在美國讀了三年的藝術設計，一年在廣告公司實習，一年獨立接案，相信我，我知道自己面對的是什麼。」

就像與陌生人面試一樣，牛茜茜沒想過有一天她得向田赫辰介紹自己的資歷。

田赫辰似乎忘了六年的時間有多長，在他眼裡，她依然是那個十八歲的牛茜茜，那個需要田赫辰替她考前猜題的牛茜茜。

她已經不再是以前的她了。

「雖然第一次在台灣接案就遇上這麼重要的案子，但這是我的專長，我有信心能完成。這次的合作對我來說是很好的機會，我一定會全力以赴，絕對不會讓你們失望。」牛茜茜一心只想說服田赫辰，她並不曉得自己說這些話時看起來有多耀眼，充滿了自信與堅定。

陳勳滿意地不住點頭，認爲自己找對了人。

丁立人也引以爲傲地看著牛茜茜。

而這些全都讓田赫辰很生氣。

「不管我怎麼說，妳都想接這個案子？」

「嗯！」以爲他的態度有所動搖，牛茜茜忙不迭點頭，「讓我幫你，好嗎？」

「幫我？」田赫辰發出一聲冷笑，掉頭走出會議室，「隨便妳。」

會議室裡一時鴉雀無聲，第一次目睹田赫辰失態，陳勳訝異得說不出話。

丁立人敏銳地察覺牛茜茜和田赫辰的關係並不單純，轉頭關心她的狀況，「茜茜，你沒事吧？」

牛茜茜沉默不語。

她想起了田赫辰房裡的那盒止痛藥，心口隱隱作疼。

✦

爲了加速案子推進，牛茜茜在陳勳的建議下每天進辦公室工作，藉此提升來回溝通的效率。

雖說有著國際插畫大賽的得獎光環，但身爲「老闆朋友的熟人」，牛茜茜的確爲此受到一些質疑，幸好這樣的情形並未持續太久，牛茜茜便以準備周全的構想在提案會議上大大驚豔了與會同仁。

從此以後，牛茜茜在眾人眼中宛如救世主，再加上她性格開朗活潑，很快與大家打成一片，每天開開心心出門，高高興興上班，快快樂樂回家。

「茜茜，我可以問妳一個問題嗎？」午休時間，負責與牛茜茜對接的Alice在一眾同事殷殷期盼的眼神下，鼓起勇氣站出來問：「妳跟Roy眞的只是普通的青梅竹馬嗎？」

Roy是田赫辰的英文名字。The Light同事之間都是以英文名字稱呼彼此，若非必要不會帶上敬稱和職位。

正要將一勺湯送入口中的牛茜茜，發現眾人的視線全集中在她身上，頓時有些進退兩難。

她和田赫辰的關係在公司不是祕密，那天在會議室發生的事，早被陳勳那個大嘴巴加油添醋傳了出去，若是硬要保密也太辛苦，倒不如一開始就開誠布公。

「呃，那什麼是『不普通』的青梅竹馬啊？」她最後選擇放下湯匙，打算先滿足大家的好奇心，否則她一定會消化不良。

「就像漫畫裡面那樣啊，會牽手、擁抱、接吻……哎喲，妳知道的。」Alice曖昧地擠眉弄眼。

「我跟田赫辰……」牛茜茜發現這些他們全都做過了，因此她答得有點心虛，「應該算是普通的青梅竹馬吧？」

畢竟他們沒有交往過，就算曾經牽手、擁抱、接吻又如何？那些又不是在彼此心意相通的情況下發生的。

聽見牛茜茜這麼說，一干吃瓜群眾顯得大失所望。

「也是啦，」Alice很能理解似的點點頭，「Roy那麼可怕，不喜歡他也是正常的。」

聞言，牛茜茜反而愣住了，「蛤？田赫辰可怕？難道妳、妳們不喜歡他嗎？」

在場的一眾女同事面面相覷，臉上都寫著：妳在開什麼玩笑。

「誰敢喜歡他啊？」

「凶巴巴的，又不愛笑。」

「我上次只不過是不小心拿錯報表，他看我的眼神好像我是小學沒畢業的笨蛋，拜託，長得帥了不起啊？」

牛茜茜傻眼地看著眾人你一言我一語地抱怨田赫辰，內心大受打擊，「……我以為他很受歡迎。」

「受歡迎？嗯，對啦，Roy那張臉是長得很帥，工作能力又強，一開始免不了會被他吸引，但只要實際和他共事過後……」Alice縮了縮肩膀，「幻想通常就會馬上破滅。」

「所以我們聽到Roy居然有位一起長大的青梅竹馬，都覺得很不可思議，竟然有人可以面對那座冰山那麼久，簡直神人！佩服、佩服！」

「說真的，像Roy那種冷酷型的男生，也只有小時候不懂事才會喜歡吧？那種類型還是留在偶像劇裡純欣賞就好。」

「就是說啊，老娘在外面工作已經累得跟狗一樣，回家還要看一張死人臉找罪受幹麼？拜託，我又不是被虐狂。」

牛茜茜萬分不解，這個世界是怎麼了？怎麼自己出一趟國回來，廣受追捧的校園男神竟變成人人避之唯恐不及的大魔王？

「說來說去，談戀愛還是找暖男最好了。」

「同意！而且一定要是笑容超療癒的大狗狗類型！」

「我想想，大概就是……啊！」Alice突然指向休息室門口，「最好就像那個男人一樣！」

眾人目光順著Alice手指的方向看過去，說來也巧，那個高大的身影正好也看了過來，甚至對著她們露出燦爛的笑容。

「吳道允！」牛茜茜驚訝地推開椅子起身，「你怎麼會在這裡？」

「我來送咖啡給妳啊。」吳道允向她走來，懷裡抱著一個大保麗龍箱，「當然，還有妳同事的份。怎樣？是不是很感動？」

「天啊，謝謝。」牛茜茜扯住吳道允的手臂，悄悄在他耳邊說了一句：「……臭小子，我今天忘記帶錢包出門喔。」

吳道允一怔，登時放聲大笑。

「放心，我請客。」他拍拍胸膛，「我就是爲了幫妳做人情才來的啊，希望妳的同事們看在咖啡的面子上，多多擔待妳這個麻煩鬼，不要太欺負妳。」

「大家都對我很好，才不會欺負我咧。」

「茜茜，他誰啊？」難得見到堪比偶像男團的帥哥，Alice虎視眈眈地湊到牛茜茜身邊，「介紹一下啊！」

聞言，其他女同事接二連三簇擁而上。

幸好吳道允本身不是怕生的性格，三兩下就和大家相談甚歡，要不然面對一群心思不純的娘子軍，社恐人士絕對招架不住，而在談笑之餘，他更沒放過機會好好宣傳自家咖啡廳。陽光充足的休息室裡，人手一杯冰涼的美式咖啡，一邊吃午餐一邊閒聊，說說笑笑好不愜意。

田赫辰與紀凱文從外面回來時，看見的便是這樣一幅美好的畫面。

「你們當時爲什麼沒在一起啊？」Alice得知吳道允和牛茜茜相識的緣由後，八卦之魂再度被點燃，「英雄救美不就應該以身相許嗎？」

「哎喲，我們不是那種關係……」

「是，我們是，我不准妳否認。」吳道允打斷牛茜茜的話，帶笑的眼神溫柔得快把旁人閃瞎，「至少我是喜歡妳的。」

全場沉默了一秒，接著同時迸出尖叫：「拜託你們在一起！」

面對旁人的揶揄起鬨，牛茜茜又尷尬又好笑，心裡並沒有不悅。

她拿起桌上的美式咖啡正想喝一口，卻忽然被人一把按住。

「妳在喝什麼？」

牛茜茜呆呆看著田赫辰，「我……」

「妳不是不能喝咖啡嗎？」話一說出口，田赫辰才發現自己有多火大。

「呃，這個，我……」

「嗨，田赫辰，好久不見。」此時，吳道允逕自走過來朝田赫辰伸出手，「我們差不多也有六年沒碰過面了吧？」

田赫辰感覺太陽穴突地跳了一下，他冷冷看了吳道允懸在空中的手一眼，絲毫沒有和吳道允握手的意思。

「跟你永遠不見也沒關係。」

「咦？這句話好像是我說的喔。」吳道允也不稀罕和田赫辰握手，反正他的目的已經達到了。「六年能夠改變很多事，對吧？」

儘管吳道允語氣隨意，但他絕對意有所指，田赫辰不是白痴，自然察覺得到。

「咖啡送了就回去，不要把別人公司當成自己家。」

「喔，我錯了。」吳道允揚唇一笑，「你還是跟六年前一樣。」

田赫辰一臉不爽地瞪他，氣氛頓時火花四濺。

「哈、哈囉，請問這位是學長和茜茜的舊識嗎？」眼看情況不對，紀凱文連忙跳出來打圓場，「事情是這樣的啦，我們公司打算在星期五下班後替茜茜舉辦一場歡迎會，如果你有空，要不要也來參加？」

「紀凱文！」沒料到自家學弟竟然窩裡反，田赫辰的眼神幾乎可以殺人了。

「噢？你們不介意的話，當然好啊。」吳道允欣然答應。

紀凱文從大學時期便跟在田赫辰屁股後面打轉，老早摸清這位冰山學長只是仗著一張冷臉裝凶，其實心軟得很，根本不會拿他怎麼樣。

「哎喲，學長，」紀凱文把田赫辰拉到一旁，壓低聲音說道：「是男人就要在酒桌上決勝負！學長酒量不是很好嗎？屆時有我助你一臂之力，那位大哥還能醒著回家就不錯了，放心啦！」

……放心個屁。

田赫辰默默回過頭，只見牛茜茜和吳道允不知道說了什麼，與旁邊的同事們笑成一團，他心裡非常不是滋味。

吳道允離開後，辦公室暫時恢復了祥和。

然而這份祥和並未持續太久，下午一場突如其來的停電讓公司電腦大當機，原本進展順利的設計組亂成一團，等工程師好不容易把資料救回大半，大部分的同事早就下班了。

牛茜茜抬頭看向窗外陰暗的天色，拿起手機查看天氣預報。

如她所料，晚上將會有大雷雨。

「Alice，妳先回去吧。」

「那妳呢？不一起走嗎？」

「我再待一會，有些東西不做完我不放心。」

「但這樣對妳很不好意思……」

「拜託，妳留下來我才不好意思。」牛茜茜故意翻了個白眼，「妳不是說今晚有一定要看的偶像直播嗎？我才不要耽誤妳和孩子們的約會咧。」

「可是……」

「不要再可是了！趁我還沒改變心意趕快走，再見、拜拜、明天見！」牛茜茜替Alice拿起座位上的包包，硬是把人送入電梯才罷休。

回到空蕩蕩的辦公室，牛茜茜打起精神繼續工作。

因當機而來不及存檔的進度並不算太多，重做也不難，就是得花時間，一想到緊迫的日程，她認爲還是得趕一下工比較好。

雖然和公司裡的同事相處愉快，但牛茜茜其實更喜歡一個人工作，能全神貫注地投入其中，讓她感到很自在。

而專心工作的她並未發現外面已下起了滂沱的大雷雨，也沒發現有人提著一袋東西，默默走近她的身邊。

「呼，再做兩個就好了。」牛茜茜瞇著眼睛自言自語。

「既然這樣，十點應該可以回家吧？」

一道熟悉的嗓音冷不防響起，牛茜茜差點沒被嚇死。

「田赫辰！」她摀著心臟，連人帶椅往旁邊彈開，「你怎麼會在這裡？」

「幹麼？以爲我是吳道允嗎？」田赫辰頭一歪，示意他待在辦公室另一邊的座位，是她自己神經大條才沒發現，「我一直都在這裡。」

Alice離開的時候，還跟他點頭致意呢。

「你、你留下來幹麼？你就先回去啊！」

「妳在這裡，我怎麼回去？」

「我可以自己叫車回家！」

田赫辰連跟她爭執都懶，「肚子餓了吧？」

「蛤？」牛茜茜一臉傻氣地摸了摸肚子，方才太專注於工作，她根本沒心思注意自己餓不餓，「好像有一點。」

田赫辰把便利商店的袋子放到桌上，從袋子裡陸續取出一大堆食物和飲料，「飯糰、咖哩飯、義大利麵、便當，還有果汁、綠茶、可樂、奶茶、木瓜牛奶。想吃什麼、喝什麼，自己拿。」

「田赫辰，你當我豬啊？」儘管傻眼，牛茜茜仍然拿了義大利麵和木瓜牛奶，「嘖，看來是賺大錢了吧，買那麼多吃不完很浪費欸。你吃過了嗎？要不要吃便當？我順便拿去一起微波。」

「我不是故意多買，只是不知道妳現在喜歡吃什麼。」

窗外正好響起一聲雷，牛茜茜沒聽清楚，「你剛才說……」

「妳以前喜歡吃茄汁義大利麵，要是店裡賣完的話，泰式咖哩飯也可以；妳只喝這個牌子的木瓜牛奶，西瓜牛奶絕對不碰。」無視牛茜茜逐漸僵硬的表情，田赫辰面不改色地拿出袋子裡最後一樣東西，「還有這個。妳曾經說過，沒有甜食就不算完整的一餐。」

那是一盒三顆裝的金沙巧克力。

她以前總是吃了兩顆就不吃了，老把最後一顆硬塞給不愛吃甜食的田赫辰，還很不要臉地說這是感情好的象徵。

「我不知道妳的喜好改變了沒有，只好全都買了。」

「沒、我……」牛茜茜愣了好一會才回神，「你怎麼會記得？」

「與其說是記得，倒不如說是忘不掉。」田赫辰輕描淡寫地說道，拿過牛茜茜手中冰冷的餐盒，逕自越過她走向茶水間。

牛茜茜情不自禁跟了上去，「什麼意思？」

聞言，田赫辰輕哂，撕開餐盒的一小角封膜，「牛茜茜，我們認識多久了？不算妳出國那六年，我們從出生就在一起，幾乎沒有一天不見面，妳問我是什麼意思？」

意思就是，他走到哪裡都會想起她，他的生活裡到處都是她的影子。

如果可以不想就好了。

如果可以忘掉就好了。

偏偏就連去便利商店，他都會想起那個站在冷藏櫃前猶豫老半天的女孩。

「……你討厭這樣嗎？」

「討厭，當然討厭。」田赫辰關上微波爐的門，按下按鍵，「我不曉得自己惦記一個不知道會不會回來的人究竟有什麼意義？」

「我沒說不會回來。」

「妳也沒說會回來。」他雙手環胸，高大的身軀倚著流理臺邊，「不對，妳連離開都沒告訴我。」

「那是因爲……」

「妳什麼時候開始喝咖啡的？」

牛茜茜呼吸一滯，她就知道他不可能不在意這件事。

「上大學後時常熬夜畫圖，不得已只好跟著同學喝，不知不覺就習慣了。」她的目光始終盯著田赫辰的頸間，不敢上移至他的眼睛。

牛茜茜並不怪田赫辰生氣，她自己也莫名不敢和他提起。每天早上田赫辰準備牛奶給她的時候，她猶豫了老半天，卻怎麼都說不出口。

「是嗎？」田赫辰聽了只是一副不以爲意的樣子，「妳也不怕打雷了呢。」

就像算好時間似的，一記雷聲轟然響起。

田赫辰不由得想，若換作是以前的牛茜茜，她早在閃電乍現時就怕得躲起來，根本不可能像這樣站在他面前，對於巨大雷聲恍若未聞。

牛茜茜聽得出田赫辰藏在話裡的不悅，但他並不明白，現在的她並不是不害怕，而是害怕又能怎麼辦？

「……因爲，我只有一個人啊。」牛茜茜輕聲低喃。

獨自在異鄉求學的日子並不輕鬆，剛開始她光是要聽懂別人說話都很困難，學習跟不上進度，未能完成的作業一天天累積，就算累了也不能上床睡覺，她有太多事得做，只有一杯又一杯的黑咖啡能成為她的支柱，再不喜歡也會漸漸習慣咖啡的滋味。

曾經有一天，她一個人走在回家的路上，突然下起了大雷雨，閃電與雷聲交錯，她不僅沒帶傘，附近也沒有店家，整條路上空無一人，她很害怕，但又能怎麼辦？她只能淋著雨邊走邊哭，祈禱下一次的雷擊不要打在她身上。

她只有自己一個人，如果不堅強起來，誰會替她撐傘？

這是她不惜一切也要踏上的路途，再苦再累，她都沒資格和誰訴苦。

尤其是跟田赫辰。

「妳剛才說什麼？」雷雨聲大，田赫辰聽不見她的低語。

「沒什麼。」牛茜茜抬起臉，裝作無事地揚起微笑，「田赫辰，我們來玩個遊戲，好不好？」

「遊戲？」

「直到微波爐停下為止，我們輪流問對方一個問題，只能回答是或不是，不能說謊，如何？」此時，微波爐運轉的秒數還有兩分十二秒。

雖然不曉得牛茜茜在打什麼主意，田赫辰倒也沒有拒絕。

「那好，我先開始。」還有兩分鐘又三秒，牛茜茜深吸了口氣，「你是不是不希望我回來？」

田赫辰有點意外她會以這個問題做為開場。

但她錯了。

「不是。」他挑眉答道，接著問了下一個問題，「妳之所以回來，真的不是因為吳道允？」

他已經問了好幾次，仍想再一次確認。

牛茜茜坦然地搖頭，「不是。」

「可是……」

「換我了。」牛茜茜搶回話語權，「你說我自私，那你討厭我嗎？」

「不是。」如果能夠討厭的話，或許還能輕鬆一點吧？田赫辰心想。「當初妳離開是故意不告訴我的嗎？」

「嗯。」牛茜茜只能說實話。看著田赫辰難掩失落的神情，她心口一抽，小心翼翼地問：「你生氣了嗎？」

「是！」這算是一個問題嗎？田赫辰瞪她，不甘願地承認。時間還有一分鐘二十二秒，他幾乎是脫口而出問道：「妳在美國過得快樂嗎？」

牛茜茜愣了一下，有點愧疚地點頭，「是。」

雖然離開了田赫辰、雖然遭遇很多令人感到辛苦和疲累的事，但她必須承認，她在美國的確是快樂的。

聽見她的回答，田赫辰不自覺鬆了口氣。

「那你呢？」牛茜茜迫不及待地反問，「你在台灣快樂嗎？」

田赫辰想了下，自嘲一笑，「不是。」

「爲什麼？你怎麼……」

「只能答『是』或『不是』，記得嗎？而且現在換我問問題了。」田赫辰阻止她追問，

「妳說妳回來是爲了一個答案，也就是說，如果那個答案不是妳想要的，妳就會離開台灣，是這樣嗎？」

「是。」牛茜茜著急回答，心思都集中在下個問題上，「是我害的嗎？你之所以不快樂，是因爲我嗎？」

田赫辰沒有馬上做出回應，微波爐面板上顯示的秒數逐漸減少。他沒辦法說「不是」，但如果他老實回答……

「我不知道。」最後他只能這麼說。

「怎麼可以不知道！」

「妳很在意嗎？」田赫辰沒理她，逕自反問。

「廢話！」牛茜茜心急如焚，時間只剩下一分鐘不到了，「如果我害你變得不快樂，那你爲什麼還讓我住進你家？你應該討厭我才是啊！田赫辰，你是不是笨蛋啊？」

「不是。」見牛茜茜又像小時候一樣玩遊戲玩到生氣，田赫辰莫名感到一股令人安心的熟悉感，嘴角微微揚起，「不然呢？難道妳希望我把妳趕出去？」

「是！」牛茜茜氣得大喊，早就顧不了遊戲規則，「最好就像見到仇人一樣，直接把我轟出家門。」

她以爲他會過得很好。畢竟他可是田赫辰，那個從小被誇獎到大的田赫辰，只要是他想做的事，沒有什麼是他辦不到的。少了她這個拖油瓶，他不是應該過得更好才對嗎？

她就是因爲這個原因才離開的啊！

「牛茜茜，妳的問題呢？」田赫辰好整以暇地等待。

倒數十秒了。

牛茜茜無法克制地回想從前，想起在美國偷偷思念他的夜晚，想起這陣子兩人同居的點滴，以及田赫辰被她逗笑的模樣。

他說希望她回來。

他說她自私，卻不討厭她。

明明是她害他變得不快樂，他卻還是願意收留她……

她要的答案是不是就在這裡？

「田赫辰，你還喜歡我嗎？」牛茜茜開口，帶著一絲期待。

叮的一聲，微波爐停止運轉。

田赫辰看著眼前的牛茜茜，腦中一片空白。

✦

「乾杯！」

星期五晚上，牛茜茜的歡迎會在市區一間熱鬧的美式餐廳舉行，大家開心地吃吃喝喝，數不清是第幾次舉杯感謝救世主降臨。

「茜茜，我們眞的好感謝妳喔。」酒過三巡，不勝酒力的Alice像隻纏人的小貓勾著牛茜茜的手臂，「尤其是我，妳的出現簡直救了我一命，嗚。」

見牛茜茜露出困惑的神情，一旁的紀凱文解釋，「之前公司找不到設計師，差一點就要把這項重責大任交給Alice負責，她那陣子成天嚷嚷著要辭職。」

「嗚嗚，對啊，幸好妳來了。」Alice撒嬌似的用臉磨蹭了牛茜茜兩下，「人長得漂亮、個性善良，實力還超級好！我現在每天上班都有了希望，能和妳合作是我的榮幸。」

「我也是！」

「茜茜的設計完全不輸國內知名的設計師！」

「我有預感新系列一定會大賣！」

「來，讓我們再次舉杯感謝茜茜！」紀凱文再次吆喝大家高舉酒杯。

「謝謝茜茜！」

看著環繞在周圍的一張張笑臉，牛茜茜感動得不得了，她不過是做了該做的工作，何德何能得到那麼多喜愛與感謝？

「謝謝大家！」她在眾人的歡呼中鞠躬致謝。

而田赫辰獨自安靜坐在角落，與現場歡樂的氛圍格格不入。

「田赫辰，你還喜歡我嗎？」

那天，他沒有回答牛茜茜的問題。他答不出來。

自此之後，他們之間的互動便陷入了無止盡的尷尬。

儘管每天牛茜茜都會坐他的車一起上下班，兩人卻鮮少交談，任憑無聊的廣播填滿空白，每天四十分鐘的車程都像是一場痛苦的沉默修行。

「那邊看起來很好玩欸，你不過去嗎？」

「要滾快滾，沒人留你。」田赫辰喝了口酒，連記眼神都沒給。

「好凶喔，怕怕。」吳道允抱著自己意思意思抖了兩下，一屁股坐到田赫辰身旁，「喂，你眞的那麼討厭我啊？」

「知道就好。」

「爲什麼？」吳道允明知故問，「就因爲我喜歡茜茜？」

田赫辰一記眼刀狠狠殺過去。

吳道允嬉皮笑臉，一點都不怕，「田赫辰，你知道我這個人向來很少後悔，但有一件事，我一直覺得很遺憾，睡前不小心想起來還會失眠。這件事跟你有關，你知道是什麼嗎？」

「沒跟我告白？」

「欸，會開玩笑了，這六年你還是有進步的嘛。」吳道允咧嘴笑道，「某種程度來說，是有點接近……」

「我拒絕。」

「你倒是讓我說完啊！」

「有屁快放，講個話拖拖拉拉。」

「沒跟你單挑。」吳道允揚唇一笑，「我很遺憾當初沒跟你定一場輸贏。」

聞言，田赫辰放下酒杯，迎上吳道允的目光。

兩個男人竟是極有默契，沒和旁人說一聲，雙雙起身走出餐廳。

餐廳附近有座運動公園，晚上過來打球的人頗多，他們避開人群，來到更遠一點的跑道上，田赫辰解開襯衫鈕扣，捲起袖子；吳道允則扭了扭脖子，簡單做了一下伸展。

「輸了的人要無條件聽從對方一件事，如何？」

田赫辰冷嗤一聲，「幼稚。」

「怕輸？」

「誰怕誰？」

說到底，兩個人都很幼稚。

「準備，數到三……一、二、三！」

因爲是大人了，就算想打架也變得不是那麼容易，少了少年血性，連拳頭都很難揮出去。於是他們選擇在跑道上決勝負，一圈四百公尺的全力奔跑，彷彿又一次回到六年前那段青春時光。

一個是眾人眼中的模範生，一個是眾人公認的小混混，如果不是牛茜茜，他們這輩子大概不會有交集，儘管在曾經交集的那段時間裡，他們大都在吵架鬥嘴，但偶爾也會覺得對方其實挺不錯的。

他們喜歡同一支球隊，喜歡吃同一種口味的飯糰，推崇同一部漫畫，對同一齣電影嗤之以鼻，也許在某個平行時空，他們會是頻率相通的好朋友。

但絕對不是在這個時空。

誰叫他們喜歡上了同一個女孩？

「我、贏、了！」吳道允率先跑過終點，高舉雙手歡呼。

僅僅一步之差，田赫辰彎下身喘著粗氣。

「我贏了喔，嘿嘿！」吳道允笑嘻嘻地湊到田赫辰身側，田赫辰嫌棄地把他的頭推得遠遠的。

「說吧，要我做什麼事？」田赫辰累得坐在地上，拉扯襯衫散熱。

無懼田赫辰警告的眼神，吳道允跟著坐在他旁邊，「茜茜前陣子跟我說，你們在公司玩了一場眞心話遊戲。」

對於吳道允和牛茜茜的無話不談，田赫辰已經氣不起來了，「然後呢？」

「她說她完蛋了，她把一切都毀了。」

「什麼意思？」田赫辰問。

什麼意思？吳道允想起那天在他面前哭哭啼啼的牛茜茜，他也想問問眼前這個男人是什麼意思？

「你知道她爲什麼回台灣嗎？」

面對吳道允毫無章法的問話，田赫辰應了一聲，「嗯。」

「喔，你不知道。」

「我知——」

「不，你不知道。」吳道允嘴角噙著笑，說話卻是不留一點情面，「就像你也不知道六年前茜茜爲什麼要離開。田赫辰，你什麼都不知道。」

田赫辰瞬間火氣上來了，但他氣的不是吳道允一副什麼都知道的死樣子，而是他竟然連一個字也沒辦法反駁。

「你到底想說什麼？」田赫辰咬牙切齒道。

「田赫辰，你不想知道六年前發生了什麼事嗎？」吳道允態度輕鬆，「我可以告訴你喔。」

「我怎麼知道你跟我說的是眞話還是假話？」與其說是防備，田赫辰更多的是無法理解，「而且，你爲什麼要告訴我？」

吳道允當然也問過自己同樣的問題。

或許是因爲他看不下去了吧？看著牛茜茜和田赫辰兜兜轉轉這麼久，卻還是走不到一起，實在讓他這個早早被判出局的輸家很鬱悶。

除此之外，吳道允內心其實對田赫辰懷有一份說不出口的抱歉。

好幾年過去了，他還是會想起那年在光海高中的園遊會，他第一次做了情敵該有的行動，他追在田赫辰身後在保健中心找到了牛茜茜，並且以羅元綺爲由擠走了田赫辰。他並不後悔自己的舉動，卻一直覺得愧疚。

面對這段單戀，吳道允拚命努力過了，因此失敗了也沒有遺憾，如同當年在海邊向牛茜茜告白時的心情，他坦然接受喜歡一個人卻不被回應的結果。

如果沒辦法親自讓喜歡的人獲得幸福，那他就傾盡全力幫她得到她想要的幸福，就算能讓她幸福的那個人是田赫辰也一樣。

「爲什麼？因爲我是大海的孩子啊。」看著眼前這個令他嫉妒得要死的男人，吳道允揚唇一笑。

片刻過後，田赫辰接到紀凱文的來電，告訴他牛茜茜喝醉了。才回到餐廳門口，餐廳的自動門正好打開，喝醉的牛茜茜被紀凱文攙扶著走出來，她一見到吳道允和田赫辰，立刻興奮地大吼大叫。

「嗨！吳道允！嗨！田赫辰！」

「不好意思，學長，我沒攔住茜茜喝酒。」紀凱文連忙道歉。

田赫辰擺了擺手，將醉醺醺的牛茜茜接過來，「茜茜，我們回家。」

「回家？好啊，回家。」牛茜茜喃喃道，眼神迷濛。

紀凱文在路邊替他們攔了一輛計程車，先坐進車裡的牛茜茜頭一歪就睡著了，田赫辰跟著坐上車，正準備關上車門時，吳道允叫住了他。

「喂，想想我說的，好好看看現在的她吧。」吳道允手扶車門，彎下身看了睡得嘴巴大開的牛茜茜一眼，「她已經和以前不一樣了。」

車門砰的一聲關上，計程車安穩行駛在回家的路上，田赫辰滿腦子都是吳道允稍早前跟他說的話。

✦

在床上睜開眼睛時，牛茜茜完全想不起自己昨晚是怎麼回到家的，不過……她悄悄掀開一小角被子，嗯，很好，衣服都在。牛茜茜放心地翻過身，準備再大睡個十八回合。

畢竟今天可是星期六呢，一個既不用上班，又可以睡到下午的好日子。

「牛茜茜。」伴隨著敲門聲，田赫辰在房門外說道，「妳醒了嗎？我進去了喔。」

「這位先生，你沒有給我回答的時間耶！」這一幕既視感太重，牛茜茜抱著枕頭，傻眼地看著那名堂而皇之登堂入室的男子，「我還沒醒，不可以進來，出去。」

田赫辰只是動也不動地站在床尾。

……可惡，樓下那隻土狗阿吉都比他聽話。牛茜茜暗自咬牙，故作高傲地撇過頭，「幹麼？七早八早找我有事嗎？」

儘管事隔多日，但一想起那天自己對他說出那句近乎告白的話，她還是覺得很尷尬。

「走吧，我們回家。」

「回家？」牛茜茜愣住了，「回家幹麼？」

「跟大人說我們要結婚。」田赫辰看了看手錶，「給妳二十分鐘，我在客廳等妳。」

等、等一下，他剛剛說什麼？結婚？

牛茜茜呆呆望著田赫辰走出房門，久久無法回神。

「田赫辰你有病啊！」十分鐘後，原本抱在她懷裡的枕頭終於飛了出去，弱弱地砸在門邊。

Chapter 11

「你不是認眞的，對吧？」坐在田赫辰車上的副駕駛座，牛茜茜緊張地抓著門把，彷彿下一秒就想開門跳車。

田赫辰面不改色地瞥她一眼，「沒用的，我鎖中控了。」

聞言，牛茜茜怔愣半晌，而後絕望地鬆開手，深覺一切大勢已去，「不是啊，你、你突然說什麼結婚？你瘋了嗎？你該不會已經跟田爸田媽說了吧？田赫辰，有些玩笑不能開！要是知道你騙了他們，他們一定會對你很失望，你千萬不可以……」

「我沒騙他們。」

「咦？那就是在騙我囉？早說嘛，我……」

「我也沒騙妳。」田赫辰手握方向盤，直視前方，「我從頭到尾都是認眞的。」

牛茜茜登時啞口無言，事情究竟爲什麼會變成這樣？

昨晚發生了什麼？

她是不是說了什麼蠢話，還是做了什麼蠢事？

她該不會藉著酒意向田赫辰求婚了吧？不然田赫辰爲什麼會突然發神經說要結婚？

「那個，我……求、求婚……」牛茜茜支支吾吾，不曉得該怎麼問才好。

「喔，對了，我還沒求婚。」田赫辰接話。

「欸？你還沒……那我也沒……」牛茜茜像是抓到一條救命繩索，「對、對嘛，都沒有求婚還結什麼婚，成何體統。我們趕快掉頭，正好一起去吃中餐……」

「茜茜，妳願意嫁給我嗎？」

牛茜茜呆住了。

就、就這樣？這算哪門子求婚？

她想像過無數次被求婚的情景，她一向是個知足且實際的人，不需要華麗鋪張的場面，尤其那種找一堆親朋好友助陣的大陣仗更是大可不必。

儘管如此，她也還是有自己的堅持，該有的儀式感一定要有，不論是一頓燭光晚餐，或是滿天星斗的露營地都可以，她想要好好記得如此特別的一刻。

牛茜茜傻眼地看著坐在駕駛座上的田赫辰，不敢相信她人生第一次經歷的求婚就這樣被打發了，他甚至連看都沒看她一眼！

「啊啊啊啊！我要下車！」回過神來，牛茜茜氣得瘋狂踢門，只差沒有跳到駕駛座搖晃田赫辰的肩膀，「田赫辰你這個混蛋，我上輩子到底是搶你老婆、還是殺你全家？你毀了我的初吻還不夠，現在居然又毀了我的求婚，我到底是欠你什麼啊！我警告你喔，我數到三，你要是不放我下車的話，我就——」

就算牛茜茜數到一百，田赫辰依然沒放她下車。

車子駛入社區，沿著車道前行，最後停在田家與牛家之間的空地。

「下車吧。」田赫辰解開安全帶後說道。

「我不要。」牛茜茜背對著他，蜷縮在座椅上消極抗議，「如果你以為我會配合你說謊就大錯特錯了，我絕對會當眾拆穿你的謊言，不給你留一點面子。」

「好，妳想說什麼都可以。」田赫辰順著她的毛摸，「下車，嗯？」

雖然很沒骨氣，不過牛茜茜本來就吃軟不吃硬。

她悄悄回過頭，對上田赫辰的眼睛，「欸，我是說真的，我真的不會幫你喔。」

「沒關係，我也是說真的。」田赫辰趁機替她解開安全帶，「走吧。」

下車後，田赫辰帶著牛茜茜回到田家，坐在客廳看電視的田媽聽見有人進門，轉頭一看，眼睛頓時瞪得老大。

「茜茜！是茜茜吧？」田媽連忙從沙發起身，含笑快步迎了上來，「怎麼突然回來也不打電話說一聲，哎喲，好久不見，長大了呢。」

牛茜茜本來不想哭的。

可當田媽的手一下一下撫著她的頭頂，難以壓抑的淚意一湧而上，此時她才真正意識到，自己竟然有六年沒回來看望田媽了。

「田媽……」牛茜茜覺得歉疚，哽咽得連話都說不好。

「別哭啊，哭什麼呢？回來就好了嘛。」田媽欣慰地拍拍她，接著朝樓上大喊，「世亨！晉辰！茜茜回來了！」

二樓隨即出現一串急促的腳步聲，田爸的身影一下子出現在樓梯口。

「茜茜！」他滿臉欣喜，三步併作兩步跑了下來。

「哎喲，沒想到妳居然還活著耶？」滿頭亂髮的田晉辰趿著拖鞋，慢吞吞地跟在後頭下樓。

「田爸、田晉辰……」牛茜茜忍不住癟起嘴，想念田爸是理所當然，但她從沒想過自己竟然有一天會因爲見到田晉辰而感動。

突如其來的重逢讓眾人陷入又是驚喜又是感慨的激動情緒，儘管牛茜茜在去到國外後，依然不時和田家人透過網路聯絡，但實際見面還是不一樣。

「茜茜，妳今天會留在這裡吃晚飯嗎？」田媽勾著牛茜茜的手不肯放。

「媽，我才剛起床，午餐都還沒吃呢。」田晉辰打了個呵欠，一手抓抓肚皮。

「對了，老婆。」田爸靈光一閃，「老張前天不是才送來一條石斑嗎？不如……」

「我有話想跟大家說。」田赫辰冷不防開口。

沉浸在喜悅與感動的牛茜茜心下一驚，壓根忘了還有這名伏兵存在，她驚慌地看向田赫辰，用眼神警告他不准亂說話。

無奈伏兵並沒有要理會她的意思，再度開口：「茜茜她……」

「田、田爸，你剛剛說有石斑是嗎？」情急之下，牛茜茜截斷他的話，「哇，我好久沒吃到石斑了！是要清蒸嗎？還是燉湯？不管哪種我都喜歡，反正田媽的手藝是最棒的！」

「茜茜她不是最後一名。」田赫辰清冷的嗓音響起。

在場所有人，包括牛茜茜，每個人都愣了一下。

「田赫辰，你在說什麼啊！」牛茜茜慌張地扯了扯他的衣袖。

「考過一次最後一名根本不代表什麼。不會念書又怎麼樣？茜茜擁有其他方面的才華，而且，只要她認眞起來，沒有什麼事可以難得倒她。」

田赫辰說得一本正經，田家人無不聽得一頭霧水，全都疑惑地看著他。

「茜茜有能力照顧好自己、做她想做的事，她的未來不需要旁人替她操心，她不需要倚靠我也可以過得很好。」田赫辰望了一臉呆滯的牛茜茜一眼，「而且，說不定過得比我還要好。」

田爸忽然記起牛茜茜考最後一名的那天，他安慰她就算一輩子都考不好也沒關係，他一定會叫田赫辰養她。想來，此刻小兒子這番發言應該就是爲了這件事吧？

「茜茜，田爸以前是開玩笑的。」田爸難掩歉疚，「妳那麼優秀，本來就不需要靠田赫辰養。」

「噯，所以我不是說了嗎？牛茜茜將來一定會成大事，我根本先知，你們都不相信……媽，幹麼打我！我又沒有說錯。」田晉辰揉了揉手臂，哀怨地看向自家媽媽。

「對不起，茜茜，如果當時那些話傷到妳了，田媽代替大家跟妳道歉。」

「田媽！不用道歉啦！都多久以前的事了，我早就忘記了，況且這本來就不是什麼大事啊。」牛茜茜連連擺手，表示自己眞的沒事，雖然她鼻頭酸酸的，好像還眞有點想哭……

但沒等到她落淚，田赫辰突然又把手按上她的肩膀。

「走吧。」

等、等一下，現在又要去哪？牛茜茜連問都來不及問，便在田家人震驚的目光下被田赫辰帶上車。直到車子再次停下，她才後知後覺地發現他們來到了光海高中。

正值假日，學校不開放進入，田赫辰和警衛打過招呼，表明他們是校友，想回母校走走，警衛便通融允許兩人進入校園。

「爲什麼要帶我回學校？」牛茜茜好奇問道。

田赫辰不作聲，只示意她跟著他走。

畢業多年後走在校園裡的感覺很奇妙，明明對這裡熟悉得不得了，知道哪臺飲水機的冷水比較冰、哪個樓梯扶手刻有罵老師的塗鴉，但心裡某個角落卻很清楚知道這個地方不再屬於自己。

「健康中心？」沒想到會停在這裡，牛茜茜透過玻璃窗看進去，裡面的陳設並未有太多變化，「這就是你想帶我來的地方？」

「嗯，有一件事我一直很後悔。」

「什麼？」

透過窗戶上的倒影，牛茜茜看見田赫辰抬起了手，小心翼翼地觸碰她的肩膀，一股如同觸電般的痲癢隨著他的指尖傳至牛茜茜的心尖。

「……會痛嗎？」他低聲問。

園遊會被水桶砸傷的回憶閃過腦海，就連牛茜茜自己都記憶模糊，她沒想到田赫辰還記得這件事。

「不痛，眞的不痛。」牛茜茜搖搖頭，那時眞正傷害到她的並不是身體上的疼痛，「你知道我當時爲什麼生氣嗎？」

「我知道。」田赫辰嘆了口氣，「我的態度太差了。」

年少的他們還沒學會用更好的方式表達內心的情緒，時常將對對方的擔心與著急轉化爲怒氣，反倒讓彼此受到更多的傷害。

「現在也是。」牛茜茜嘟囔，趁機抱怨，「你常常對我發脾氣。」

「嗯，我會改。」

驕傲如田赫辰，牛茜茜知道要他承認自己的錯誤有多難。

「那個，田赫辰，」面對這樣的他，牛茜茜不免有些怔忡，「你是不是吃錯藥？還是之前車禍撞到頭的後遺症？」

但要說是後遺症，那也太晚才發作了吧？

田赫辰失笑，拍拍她的頭，「走吧。」

牛茜茜眨眨眼，好奇到底還有幾個地方要去？

「不遠，就在附近。」

離開健康中心後，他們沒有馬上離開學校，反而悠閒地在校園裡來了場回憶之旅——上課的教室、福利社、操場、圖書館，以及不能不去的美術教室，當初他們可是把那裡當成祕密基地使用。

一幕幕回憶浮上心頭，讓人不得不感慨時間的力量，過去那些曾讓他們覺得天要塌下來一般的大事，現在似乎都能一笑置之。

閒晃一圈，兩人又回到了校門口。

「走這裡。」田赫辰拉著牛茜茜往某個方向去。

「咦？不回車上嗎？」

田赫辰把牛茜茜帶到校門口和公車站中間的人行道上，「妳記得我們在這裡發生過什麼事嗎？」

牛茜茜環顧四周，馬上想起來了。

她有點悶，低頭踢著地上突出的樹根，「我們在這裡第一次大吵。那時候我剛認識吳道允，你不准我和他出去玩，我很生氣，你也是，還當著大家的面罵我……你要道歉的話，我準備好了喔。」

「對不起。」

牛茜茜抬起頭，一抹淺笑噙在唇邊，「嗯，我原諒你。」

方才在健康中心時，她只是隱約有點懷疑，但一來到這裡，牛茜茜總算確定了心裡的猜測。

「田赫辰，你現在是在讓時間倒轉嗎？」她開玩笑地問道。

未料，田赫辰卻是慎重地搖了搖頭。

「妳離開以後，我曾經無數次思考我們之間究竟是在哪個環節出了問題？如果當下我做出不同的選擇，妳是不是會改變心意不離開？但就算讓我回到過去重來一遍，只要我不知道原因出在哪裡，不管重來幾遍都是一樣的。」田赫辰望著牛茜茜，態度平靜而眞摯，「因此我所能做的，不過就是在多年後的現在做出一點點自以爲的補償罷了。」

自以爲的補償嗎？牛茜茜不禁愣怔。

時間無法重來，即使後悔做過的事、說過的話，沒有人可以回到過去重新來過，只能背負著那份懊悔繼續向前。

曾經受過了傷，也不是每個人都有機會得到補償。

「可是，爲什麼？」顯而易見的困惑浮現在牛茜茜臉上，「你怎麼會突然想到要這麼做？」

「昨晚，吳道允跟我說了很多，包括六年前妳是抱著什麼樣的心情離開。」

「吳道允？他、他怎麼可以——」牛茜茜沒想到吳道允會「背叛」她，震驚之餘，她更覺得恐慌，「吳道允還說了什麼？」

「他說妳早就拒絕他了，六年前在機場的時候。」

牛茜茜一怔。

六年前，吳道允在機場抓住正準備進海關的她，語氣極其認眞地說要等她，不管多久他都會等她回來。

牛茜茜當下明白，自己必須給他一個明確的答覆才行。

「你記得之前在夜市輸給我的賭約嗎？輸的人要無條件答應贏的人一件事。」

聽見這句話，吳道允臉上瞬間閃過了然。

「不要等我，不要喜歡我。吳道允，我們當一輩子的朋友，好嗎？」牛茜茜明白自己提出的要求有多殘忍。

而她已有心理準備，吳道允或許會就此與她決裂。

「妳剛剛提了三件事，賴皮鬼。」他卻只是揚起笑，伸手揉亂了她的頭髮。

——這應該是他們之間的祕密，牛茜茜沒料到吳道允會告訴田赫辰。

「他還告訴我，施書言和賈曉玫的任務是在畢業典禮上纏住我，不讓我發現妳已經去了機場。」即使此刻說來語氣平淡，但田赫辰當時簡直快氣瘋了，「妳知道施書言說妳拉肚子拉到送醫院嗎？」

「施書言那個混帳……」牛茜茜恨恨道，這傢伙事後還敢跟她邀功，說他完美騙過了田赫辰。

「吳道允也說我們很像。他說妳是另一個我，只是沒那麼聰明而已。」

「什麼意思啊！」牛茜茜不開心地大叫。

田赫辰莞爾，就知道她會是這個反應。

他本來也不懂吳道允為什麼會這麼說，畢竟他和牛茜茜在很多方面都相差甚遠，但聽完吳道允所說的一切，田赫辰便理解了他的意思。

「現在妳能告訴我了嗎？」田赫辰目光炯炯地看著牛茜茜，「妳當初不告而別的原因？」

牛茜茜不自在地別過視線，「吳道允不是都跟你說了嗎？」

「我想要聽妳親口跟我說。」

事到如今，要親口說出那些話依然不容易，牛茜茜猶豫了好久。

田赫辰耐心地等待，始終沒有開口催她。

「……我只是想成為我自己。」半晌，牛茜茜輕聲說道。

從小到大，她就是一個普通人。

說真的，牛茜茜並不覺得當個普通人有什麼不好，偏偏上輩子的牛茜茜大概十分上進，或許還是個拯救過地球的英雄，才會讓這輩子這個普通的她和田赫辰相伴長大，從此「田赫辰的青梅竹馬」成了她身上唯一的亮點。

「有時候我也會想，我不過就是你的鄰居，我幹麼非得配得上你不可？有人規定考一百分才可以住在你家隔壁嗎？那是我爸買的房子耶，硬要說的話，要考一百分的人是我爸才對吧？」

但因爲他們是朋友，這些她都可以忍，所以沒關係。

隨著兩人漸漸長大，她與田赫辰在種種表現上天差地遠，而旁人對此或玩笑或諷刺的評價，也讓原本天性大而化之的她逐漸難以承受。

「後來，我開始感到害怕，我不知道自己的未來該往哪裡去，我甚至連自己是誰都不知道。」牛茜茜忘不了十八歲的她內心有多恐慌。

困在那樣的茫然裡，繪畫是唯一的救生索，而就在她好不容易鼓起勇氣，下定決心面對自己眞正的想望時，卻沒能得到認同。

爲了爭取家人的支持，她在無意間傷害了田赫辰，而她還來不及道歉和解釋，田赫辰竟又因爲她而錯過了準備許久的學測……那一刻，牛茜茜終於崩潰了。

她明白田赫辰遭遇車禍意外並不是她的錯，但再這樣下去，她不僅找不到自己的定位，連帶也將成爲田赫辰人生中的拖累。

如果田赫辰是太陽，那麼只要繼續待在他身邊，別人永遠只會看見他身上太過耀眼的光芒，包括她自己也是如此。

因此她自覺必須離開他，才能看清屬於自己的那一份燦爛。

「對不起，當時的我不知道該怎麼和你解釋，所以才選擇不告而別。」

田赫辰靜靜望著牛茜茜，曾有的怨懟早已不復存在，他甚至可以理解牛茜茜這麼做的理由。

「妳沒做錯，是我錯了。」

「不是！如果我……」

「茜茜，難道妳想要跟那時候的我講道理嗎？我很懷疑自己聽不聽得進去。」田赫辰自嘲一笑，他還是很有自知之明的，「其實妳不也是知道這一點，才會選擇那麼做的嗎？」

身爲天之驕子，田赫辰很輕鬆就能做到任何事，而他過於習慣守護牛茜茜的不足，忘了牛茜茜或許並不需要他。驕傲自負的他，從未想過自己的優秀雖是能夠保護牛茜茜的羽翼，同時也會是她揮之不去的壓力。

在她去到國外的那六年裡，田赫辰埋怨過牛茜茜無數次，他一直認爲自己是被拋棄的受害者，卻沒有眞正站在她的立場思考，他覺得自己遭到背叛，牛茜茜何嘗不是痛苦於不被理解？

「我有我的驕傲，妳有妳的自尊，當年的我們都放不下那些。」田赫辰微微揚起唇角，「這就是吳道允說我們很像的原因。」

一陣微風穿過樹梢，樹葉飄落，他們或許都還需要一點時間思考。

回程的車上，牛茜茜聽著電台播放的流行音樂，想起以前在美國工作室畫圖的夜晚，比起排行榜上的當紅樂曲，她更喜歡中文老歌。

曾經太過年輕　在人海飄零
那些關於我的事情　總有你緊緊跟隨的聲音
曾經太過年輕　淚純眞透明
你的堅定　我仍然還相信

〈曾經太年輕〉詞：方文山　曲：黃韻玲

「要怪只能怪我們當初都太年輕吧？」牛茜茜沒頭沒腦地說道，也不管田赫辰聽不聽得懂。

因爲他一定會懂的。

「講得好像我們現在很老一樣。」田赫辰輕哂，望向前方的目光充滿堅定，「妳和我來日方長，牛茜茜。」

是啊，來日方長。

牛茜茜微笑，望著車窗外熟悉的景色掠過，再過不久便將回到社區。

正值午餐時間，牛茜茜一心只想著田媽的好手藝，時隔多年終於可以再次品嘗，她開始期待了起來，不曉得那條石斑最後是清蒸、還是燉魚湯呢？

等車子一停妥，牛茜茜解開安全帶，步履輕快地跳下車。

「牛爸。」

聽見田赫辰的招呼聲，牛茜茜僵硬地扭過頭，看見許久不見的爸爸站在家門口，不知爲何，她竟起了想要逃跑的衝動，往後退了一步。

田赫辰擋在她的身後，像是要防止她脫逃。

難道這也是他安排好的嗎？

她抬起頭，看著他的眼神帶有幾分無助，「田赫辰……」

「如果這是妳想知道的答案，妳得自己去找才行。」田赫辰直視著她的眼睛，笑容溫柔，「別怕，我會一直陪在妳身邊。」

✦

牛茜茜再次來到田家，已經是隔天下午了。

她敲了兩下田赫辰緊閉的房門。

「進來。」

牛茜茜沒有立刻行動，而是猶豫了半晌，才打開門走進來。

「談得如何？」田赫辰看著雙眼紅腫、明顯哭過一場的牛茜茜，心裡早已有了答案。

「還不就那樣。」她一屁股坐到地板上。

「和好了嗎？」

「我們本來就沒吵架。」

「那……」

「其實我早就沒關係了。」牛茜茜隨手抓了個抱枕抵著下巴，「我知道我總有一天要回去和他們道歉，只是沒想到會這麼突然就是了。」

說著，她有些埋怨地瞪了田赫辰一眼。

田赫辰並不介意，反而覺得這樣的她很可愛，「昨天發生了什麼事，能說給我聽嗎？」

「看我的樣子不就知道了嗎？」牛茜茜沒好氣道，這傢伙那麼聰明，她不信他猜不到。

「我和阿姨抱在一起痛哭。」

「爲什麼？」

「吳道允有跟你說，出國念書這件事我是怎麼得到家裡同意的嗎？」

「大概提了一點。」

「嗯，我不知道他是怎麼說的，但其實我根本沒事先徵詢他們的同意，我跟留學仲介拿了一堆資料回家，開口就要他們付錢。」現在想想，她當初簡直任性兼白目到了極點，「他們大可以拒絕我，或是任憑我在國外自生自滅，最後夾著尾巴回台灣，但他們沒有這麼做。我在國外過得很好，不像某些同學爲了房租必須兼職打工，我完全不需要擔心金錢。」

牛茜茜有些難堪地笑了笑，「做人還是要有點良心，偏偏我雖然有良心，卻沒什麼膽量，只敢跟阿姨聯絡，不敢和爸爸講話，這幾年都是麻煩阿姨當傳聲筒，我很對不起她。當年也多虧她居中勸我爸，我才能順利出國……昨天我已經和阿姨道過歉了。」

事隔多年把話說開，牛茜茜和王亞淳忍不住在客廳抱頭大哭，一個猛說對不起，一個狂回沒關係。

過去牛茜茜何嘗不知王亞淳對自己很好？但那時她內心長期渴求父愛，卻察覺爸爸似乎愛阿姨勝過自己，讓她心裡很不是滋味，而且正因爲王亞淳對自己非常好，她甚至不能痛快地討厭王亞淳。這種複雜的情緒，她到現在還是很難解釋清楚。

「幸好，阿姨能理解，她說她小時候也跟我一樣。」

「阿姨的部分解決了。牛爸呢？」

「他……」牛茜茜忽地停下話，不高興地看向田赫辰，「喂，你現在是在偵訊是不是啊？」

「我是在關心。」田赫辰舉起雙手表示冤枉，「而且，我們之後還有事情要做。」

又有什麼事啊？牛茜茜橫他一眼，倒也沒追根究柢。

「我跟我爸場面沒有那麼煽情啦，老實說一開始還滿尷尬的，他問我在外面過得好不好？有沒有吃飽？感覺我們很不熟。」牛茜茜哈哈笑了幾聲，垂下眼眸，「你讓我進去家裡的時候，我以為我爸可能又會說一些惹我生氣的話，但他只是一直問那些無聊的問題，好像他真的很擔心我一樣。」

「他應該是眞的很擔心妳吧。」

「我知道啦！我就是……」牛茜茜長舒一口氣，雙手揉捏著抱枕，「要說我心裡完全沒有怨懟是騙人的，看到帳戶裡定期打過來的生活費，也會覺得他的付出是應該的。但當他跟我說『做得很好』、『辛苦了』、『回來就好』時，我忽然有種……該怎麼說呢？豁然開朗的感覺？就是心裡的烏雲一下子散開了，覺得好輕鬆、好開心。」

「嗯，那太好了。」

「是吧？太好了，對吧？」牛茜茜鼻頭又有點酸酸的了，「田赫辰，我是不是在做夢啊？還有，你知道嗎？小倫送了一幅畫給我，他在模仿我畫畫耶，畫得超好的！」

牛茜茜做夢也想不到，她有一天能毫無隔閡地融入那個家。

「田赫辰，謝謝你帶我回來。」牛茜茜發自內心向他道謝。

如果不是他這一連串的安排，她也許還會躲上好一陣子不敢回來吧。

牛茜茜眨了眨眼睛，眨去淚意，再次綻放笑靨。

「對了，你說我們之後還有什麼事要做？是要去哪裡嗎？」

「我們哪裡也不去。」

「蛤？」

「就在這裡。」田赫辰拍拍床沿。

這裡？一椿回憶驀地湧上心頭，牛茜茜的臉瞬間炸紅。

「茜茜，過來。」

「我、我不要，我沒空，我要走了。」牛茜茜慌忙起身，抬腳往門口移去，「田媽剛才叫我，她說有東西要給我。」

「妳不過來就換我過去。」

「欸你！」牛茜茜急得跺腳，「田赫辰你等一下啦！」

她好慌，心臟跳得好大力。

牛茜茜抿了一下莫名變得乾燥的唇瓣，硬是做了好幾次深呼吸。

「妳也準備太久了吧？」田赫辰忍笑忍到快內傷。

「要你管啊！」節奏都被他打亂了啦！牛茜茜閉上眼，重新調整過呼吸，才緩緩張開眼睛，「我過去，你不要動。」

確定他有乖乖聽話，牛茜茜慢吞吞地走過去。然而她才站定在田赫辰身前，坐在床沿的田赫辰伸手一扯，一陣天旋地轉，牛茜茜便被他按倒在柔軟的床上。

他們同時想到七年前的初吻。

與那時不同的是，此時的田赫辰看著她的眼眸蘊滿笑意。

「現在妳可以告訴我，妳回來的真正理由了嗎？」

「我……」牛茜茜緊張得喉嚨發乾，「你明明早就知道了。」

和！

「拜託，我想聽妳說。」

牛茜茜覺得自己快要瘋了，田赫辰竟然會用「拜託」這個字眼，語氣甚至還那樣親暱柔

「……因爲你。」

「什麼？」

不管了，她不就是爲此才回來的嗎？牛茜茜鼓起勇氣迎向他的注視，「還不是因爲你！田赫辰，我是因爲你才回來的！」

她出國念書的初衷一直都沒有變。她想認識眞正的自己，期盼自己成爲一個更好的人，一個站在田赫辰身邊也不會畏縮的人。

「我告訴自己必須有所成績才能回來，我想陪在你身邊，而不是被你保護，我希望你喜歡我，我希望我們不只是青梅竹馬，而是不管我們在什麼時候、在哪裡遇見，你都會喜歡上我。」

田赫辰眸光漸深，「爲什麼是我？」

「我曾經以爲我可能會忘了你。畢竟時間帶來很多變化，我從不敢喝咖啡到每天一杯，不再怕雷雨，也開始喜歡一個人待著……我變了很多，田赫辰。」牛茜茜深深望進他的眼底，「但唯有想你是我戒不掉的習慣。」

每個清晨與夜晚，她都好想他，整整六年都沒有改變。

她不知道這究竟算什麼，但也許就是喜歡了吧？

「茜茜，以前妳問過我，我的夢想是什麼，當時我回答不出來。我以爲夢想應該是某個

成就、某種職業、某項目標，我之所以沒有夢想，是因爲我的人生很順遂，我想要的幾乎都能得到，我甚至沒有爲了什麼而拚命努力過。」田赫辰的語氣並未有絲毫驕傲，「直到現在，我才發現並不只有那些才算是夢想。」

「你的意思是，你找到你的夢想了？」

田赫辰點點頭，「嗯。」

「那……」牛茜茜不知爲何有點緊張，「你的夢想是什麼？」

「我的夢想是，所有的晚餐時間都能與妳一同度過。」

牛茜茜的眼眶在瞬間盈滿淚水，她聽懂了他話裡的涵義。

從以前到現在，他們一起吃過無數頓晚餐，在飯桌上分享美食與生活裡的大小事，時常充滿了歡聲笑語。

田赫辰曾經以爲那是理所當然的日常，直到牛茜茜遠赴國外，沒有她的晚餐時間變得乏味空虛，即使和一群朋友處在城市最熱鬧的餐廳，他心裡仍感到悵然。

「茜茜，妳可以再問我一次上次的問題嗎？」

牛茜茜好討厭自己那麼懂他，她一下子就理解了田赫辰在說什麼。

「田赫辰，你還喜歡我嗎？」

「我愛妳。」

牛茜茜瞪大了眼，「咦?你說……」

「我說我愛你。」田赫辰俯下身，將她的驚呼以吻封緘。不若初吻的急躁粗暴，這次的吻溫柔得幾乎將人融化。

小小的房間裡，充滿甜蜜的氣息。

✦

「啊！要遲到了啦！」早上八點，牛茜茜從床上跳起，乒荒馬亂地在房裡亂竄，「田赫辰——」

「有。」

牛茜茜扭頭一看，不看還好，一看差點氣死，只見田赫辰端著一杯咖啡，好整以暇地倚著門框冷眼旁觀。

「你為什麼不叫醒我？」

「我看妳很累呀，想讓妳多睡一會。」

「那也不能讓我遲到啊！」牛茜茜氣得跺腳。

「喔？所以現在是在怪我囉？」田赫辰收起笑，面色微沉，「不想遲到的話，昨晚還跟別人喝什麼酒？」

「還不都是吳道允……」

「對了，吳道允。」田赫辰若有所思地點點頭，「吳道允昨天非常有紳士風度地把醉得不省人事的妳送回來，妳回頭記得好好謝謝人家。」

牛茜茜頓時心頭一驚，冷汗涔涔，張口就要解釋，「你聽我說，昨天是因為……」

「妳還有二十分鐘。」田赫辰看了一眼手錶，壓根不打算聽，「八點半一到我會準時出門，到時候妳自己看著辦。」

「田赫辰……」

「十九分五十二秒。」他轉身走出房間。

「田赫辰——」

原以爲成爲情侶之後會有什麼甜蜜的變化，偏偏人哪有那麼輕易改變，牛茜茜依然是牛茜茜，田赫辰也依然是那個田赫辰，兩人鬥嘴爭執、互相嘔氣的戲碼三天兩頭上演。

「拜託，都認識這麼久了，我和吳道允要怎樣早就怎樣了好嗎？」來不及化妝的牛茜茜素著一張臉，氣呼呼地坐在副駕駛座上叨念，「哪像你惦惦吃三碗公，裝出一副生人勿近的樣子，結果呢？根本就是個處處留情的花心大蘿蔔！」

「妳說我？」

「對！就是你！大蘿蔔！」

田赫辰熟練地打著方向盤左轉，「我怎麼了？」

「Tracy、Kelly、Anita……敢情這位大爺是在工作、還是在選妃啊？」LINE的通訊錄跟後宮名冊沒兩樣，每天都有人等著跟你皇上吉祥。」牛茜茜忿忿地把頭撇向窗外。

「她們都是廠商業務，只是工作上的往來。」

「是喔，約你看電影也是工作的一部分嗎？」

「我又沒答應。」田赫辰一點都不受影響。

「誰知道呢？」牛茜茜心裡明白田赫辰說得沒錯，他確實一次都沒有答應過那些邀約。

「對了，我好像忘了跟你說，前陣子我在路上遇到羅元綺。」

「羅元綺？」田赫辰稍稍有了反應。

「嗯，她現在還是很漂亮。」牛茜茜沒錯過他表情的奈米變化，故意試探，「畢業後你都沒跟她聯絡？」

「沒有，沒必要。」

「聽起來好無情。」嘴上是這麼說，但她其實有一點開心，「所以，你們當初是怎麼在一起的啊？」

「她跟我告白，我答應了，就這樣。」

「什麼就這樣！」牛茜茜瞪大眼，手激動地拍打椅墊，「我要聽的是細節！爲什麼答應？你原本就喜歡她嗎？喜歡她什麼地方？」

「妳眞的想知道？」

「廢話，不然我幹麼問？」

「我擔心妳會吃醋。」田赫辰笑了，手指輕輕敲著方向盤。

「都多久以前的事了，吃個大頭醋？」

「也是，畢竟要跟我結婚的是妳。」

「對啊！所以你還不快……」注意到田赫辰唇角勾起的弧度愈發明顯，牛茜茜這才後知後覺意識到他剛剛說了什麼，她氣不過地嗔道：「誰答應要跟你結婚了！」

田赫辰再也忍不住笑了出來。

其實他一直都對羅元綺感到抱歉。

當年與羅元綺交往，並非出於喜歡。事實上，當時不管是誰向他告白，他都會答應，對象是誰根本無關緊要，羅元綺只是恰好在那個時機點出現，而他想確認自己是不是真的非牛茜茜不可。

儘管田赫辰的確從中得到了答案，但他的不成熟也傷害了一個真心喜歡他的女孩，他給不了羅元綺要的愛情，即便是分手當天，他連一個擁抱都給不了她，只能對哭得梨花帶雨的她說了句對不起。

「牛茜茜。」

「幹麼？」牛茜茜氣鼓鼓地應聲。

「我愛妳。」說了一次還不夠，田赫辰帶著微笑又說了一次，「很愛很愛妳。」

牛茜茜啞口無言了好一陣子，一對耳朵紅得不得了，「專心開車啦，噁心死了。」

十分鐘後，車子抵達公司的地下停車場，兩人並肩走向電梯，田赫辰驀地想起一件事。

「老闆跟妳提了嗎？」他冷不防開口，沒有前言，也沒有後語。

但牛茜茜就是能夠聽懂，「嗯，陳大哥說，若是我有意願的話，等這個案子結束，他想正式聘請我，希望我繼續留在公司工作。」

「妳的想法呢？」

牛茜茜聳肩，「還在考慮。」

田赫辰淡淡看她一眼，沒說什麼。

電梯來了，兩人一前一後走進電梯，之後也有幾個人陸續從其他樓層走進電梯，電梯裡的人越來越多，牛茜茜忽然感覺有人在碰觸自己的指尖，低頭一看，田赫辰握住了她的手，臉上卻面不改色，目光直視前方。

二十五樓到了，電梯門開了，他的手一直沒有放開。

「走吧。」田赫辰無比自然地牽著她走出去。

雖然沒有刻意隱瞞兩人的情侶關係，但田赫辰和牛茜茜都不是會在公司放閃曬恩愛的類型，再加上人人都曉得他們是青梅竹馬，還是鄰居，一起上下班很正常，偶爾結伴吃中餐也不奇怪。

因此，當田赫辰牽著牛茜茜走進辦公室時，眾人的反應先是安靜，再是困惑，接著同時發出疑問——

「茜茜，妳哪裡受傷了嗎？」

接收到來自四面八方的關心，牛茜茜又好氣又好笑：「對，我受傷了，需要導盲……」

「我們正在交往。」田赫辰突然開口，坦然舉起兩人緊緊牽著的手，「她沒受傷，我也不是什麼導盲犬，我是她的男朋友。如何？有問題嗎？」

田赫辰突如其來的交往宣言，震驚了整間辦公室。

「天啊！我就知道、我就知道！」

「恭喜你們，你們超配的！」

……她跟田赫辰很配嗎？牛茜茜不敢相信地環顧四周，每個人的臉上都寫滿真誠的祝賀，難以形容的情緒湧上心頭，她莫名地感到想哭。

「學長，恭喜你啊。」紀凱文湊上前來，手裡還拿著吃到一半的三明治，「看來再過不久，你的頭銜就會變成設計總監的老公了。」

當下田赫辰只是笑而不語。

紀凱文沒多想，以爲他很滿意這個稱呼。

尾聲

兩個月後，The Light的新系列產品上市了。不僅產品本身的性能受到矚目，牛茜茜一手主導的宣傳廣告主視覺設計更在網路上掀起關注，並成功帶動一波頗爲可觀的預購數量。

發表會上，陳勳做爲公司代表在臺上侃侃而談，介紹新系列產品的特色效能，不得不說，他認眞起來還是挺像樣的；與此同時，做爲這次發表會的重要嘉賓，牛茜茜也正站在臺上等待出場。

幾名The Light員工遠遠杵在會場門口閒聊。

「沒想到茜茜會拒絕來我們公司。」

「就是說啊，我以爲她會留下來，好可惜。」

「學長，你幹麼不勸茜茜啊？」紀凱文想不通，扭頭問一旁的田赫辰，「難道你不希望她留下來？可以一起上班不是挺好的嗎？」

不好意思，田赫辰才沒時間回答。他雙手環胸，嘴邊噙著一抹幾不可察的微笑，目不轉睛看著臺上的女人。

今天牛茜茜穿著一襲法式洋裝，復古剪裁與清新色彩襯托出她的俏皮可愛，旁人或許看不出來，笑容燦爛的她其實很緊張。

想起她整夜在他耳邊杞人憂天的叨念，田赫辰不自覺輕笑出聲。

「學長，你笑什麼？你有沒有在聽我說話啊？」

「她想做什麼就做什麼，幹麼非得問我意見？」田赫辰斜瞥紀凱文一眼，重新將目光轉回舞臺，「我家茜茜那麼優秀，可不能埋沒在這裡。」

……你是不是忘了這裡也是你的公司啊，大哥。看著自家學長變成女友傻瓜，紀凱文有些傻眼，果然談戀愛智商會減半，竟然連大學時期人稱「行走冰山」的田赫辰都沒能逃過。

儘管拒絕了陳勳的工作邀請，但牛茜茜可沒打算就此停下步伐，她下個階段的目標是成立個人工作室，這次與The Light合作，大大打響了她在台灣的知名度，前幾天還有雜誌找上門，說要以台灣之光爲題採訪她。施書言爲此笑得要死，每天都故意在LINE上喊她「台灣之光」，喊得她快煩死了。

不過，他們已經說好，等過陣子大家都有空的時候，一定要好好聚一聚，不醉不歸。思及此，臺上的牛茜茜總算不那麼緊張了。

發表會圓滿結束後，The Light全公司都沉浸在成功的興奮與喜悅裡。

陳勳興致勃勃地對著一眾人吆喝：「聽好啦，我訂好餐廳了，今天我請客！大家都要來，尤其是田赫辰，你和茜茜一個都不能少！」

「不好意思，恕不奉陪。」被點名的田赫辰才懶得理他，「我們要回家吃晚餐。」

……回家吃晚餐？這理由有夠樸素，陳勳一時說不出話。

「家、家裡的晚餐有比我的米其林大餐香？」

「走了，再見。」就算是滿漢全席也留不住他。田赫辰拉著牛茜茜，不顧陳勳在後面大吼大叫，頭也不回地離開會場。

今天是田、牛兩家人久違約好一起晚餐的日子，雖然仍是田媽負責掌廚，但發起邀請的是田赫辰和牛茜茜，主人不到場怎麼行？

再說，他們可是有很重要的事要宣布呢。

「這樣好嗎？」站在電梯裡，牛茜茜忽然有點不好意思，「還是我跟大人們說我們會晚一點回去？」

「不用。」

「可是……」

「我不是說過了嗎？我的夢想，就是每天和妳一起共進晚餐。」田赫辰舉起兩人牽著的手，在牛茜茜的手背上輕輕一啄，「我已經等不及了。」

牛茜茜雙頰泛起紅暈，「不知道他們會有什麼反應？」

「我媽可能會哭吧？」

「我爸說不定會嚇到昏倒，要不要乾脆先叫救護車？」

「回去買個蛋糕好了，阿姨不是很喜歡吃嗎？」

「對了，田晉辰和牛敬倫最近是不是變成手遊隊友了啊？」

離開會場，兩人閒聊日常，並肩漫步在夕陽下，左手無名指上的戒指閃閃發亮。

全文完

後記
男二症候群

嗨嗨，大家好，我是兔子說。

首先，謝謝大家閱讀這個故事，希望你和我一樣喜歡它。

下筆寫這篇後記之前，我到雲端看了一下這個故事的原始大綱，雖然知道那是很久以前的事，但仔細一看檔案建立時間竟然是二〇一五年，比《說再見以前》還要早哩！當時的故事大綱與現在各位看到的成書版本截然不同，除了青梅竹馬的設定不變，牛茜茜的名字不變，其他所有的設定幾乎全都變了。

在過去這六年裡，我好幾次都想要把這個故事拿出來寫，但每一次都找不到我想要的感覺，不得不承認，寫不出來是會有點氣餒，但我相信凡事必有安排，既然當下有其他靈感正在呼喚我，那我就先去寫別的故事吧——啊，其他故事也很好看，歡迎舊雨新知參觀選購（打廣告）。

而在今年，牛茜茜又一次召喚了我，這次我們終於有了共識，一切都是那麼地水到渠成（雖然在寫這個故事的後期仍經歷了一段大禹治水的地獄時期），與茜茜在一起的時間，絕大部分都是愉快的，有好幾次寫著寫著，我臉上都不自覺掛著笑容。

嗯，我就是這麼喜歡牛茜茜。

喜歡她的可愛，喜歡她的小心思，喜歡她爲了某個人而拚命努力的樣子。我想要變成她，也想成爲她的朋友，如果我是她的家人，我一定會用力寵壞她！

對了，關於田赫辰和吳道允，不曉得諸君的One Pick是哪一位呢？

不瞞各位說，田赫辰是我學生時代的理想型，就是那種帥又冷酷且聰明的男生；對於吳道允這種大狗狗般的暖男類型，我倒是滿有抵抗力的。

不曉得是否因爲年紀增長，我對男生的審美似乎悄悄產生了變化。現在的我在看劇時竟然出現了男二症候群，開始對默默守候的男二有了莫大關心，想當初，我可是雷打不動的男主派啊……難道是經歷了世間滄桑，驀然回首，驚覺暖男才是世界眞理？

但不管作者本人我怎麼想，茜茜的眞愛Pick一直都是田赫辰。

青梅竹馬在我的想像裡是種很特別的關係，友情以上，類似家人，戀人未滿，看過了很多關於青梅竹馬的漫畫和戲劇，我發現要改變一段雙方早就習以爲常的關係是很困難的。

或許不只是青梅竹馬，任何一段關係的改變都很困難，畢竟人心難以預料。

我們不曉得對方是不是和自己有同樣的想法，因此會害怕、猶豫，甚至躊躇不前，又或者以爲對方也和自己一樣想更進一步，說出口之後，一切卻只是自作多情。

其實我在寫作途中曾一度考慮改寫結局，思考過茜茜和田赫辰就此錯過的可能性，讓他們變成只有逢年過節才會在家門口碰見、簡單點個頭打招呼的關係……啊，想想眞有點心酸。

還好沒有，幸好沒有。

或許對某些人來說，這才是現實會出現的結局，可是我並不想要那樣，不是因爲我非寫快樂結局不可，而是我明明知道他們有多喜歡對方，就只差那一步，爲什麼他們不可以在一起？

你可能會想，因爲在現實中往往就差了那一步。

那現實中的你，何不鼓起勇氣跨出那一步呢？（眨眼）

最後，依然要謝謝我的編輯蔓蔓姊，謝謝妳充滿耐心地看著我一次次立旗，未來也請多多指教；還有，謝謝澳洲小伙伴Ariel與她的小姪子赫辰，姊姊應該有把你寫得很帥吧？

最後的最後，謝謝每一個閱讀這本書的你們。

我愛你們，非常非常愛。

就這樣，我們下個故事再見啦！

兔子說

國家圖書館出版品預行編目資料

沒有你的晚餐時間／兔子說著. -- 初版. -- 臺北市：城邦原創股份有限公司出版：英屬蓋曼群島商家庭傳媒股份有限公司城邦分公司發行, 民 111.01
面；公分. --

ISBN 978-626-95177-5-6（平裝）

863.57 110019057

沒有你的晚餐時間

作　　者／兔子說
企畫選書／楊馥蔓
責任編輯／楊馥蔓

行銷業務／林政杰
總 編 輯／楊馥蔓
總 經 理／伍文翠
發 行 人／何飛鵬
法律顧問／元禾法律事務所　王子文律師
出　　版／城邦原創股份有限公司
台北市中山區民生東路二段 141 號 6 樓
電話：(02) 2509-5506　傳眞：(02) 2500-1933
E-mail：service@popo.tw
發　　行／英屬蓋曼群島商家庭傳媒股份有限公司城邦分公司
聯絡地址：台北市中山區民生東路二段 141 號 11 樓
書虫客服服務專線：(02) 25007718．(02) 25007719
24小時傳眞服務：(02) 25001990．(02) 25001991
服務時間：週一至週五09:30-12:00．13:30-17:00
郵撥帳號：19863813　戶名：書虫股份有限公司
讀者服務信箱 email：service@readingclub.com.tw
城邦讀書花園網址：www.cite.com.tw
香港發行所／城邦（香港）出版集團有限公司
地址：香港灣仔駱克道 193 號東超商業中心 1 樓
email：hkcite@biznetvigator.com
電話：(852)25086231　傳眞：(852) 25789337
馬新發行所／城邦（馬新）出版集團 Cité(M)Sdn. Bhd.
41, Jalan Radin Anum, Bandar Baru Sri Petaling,
57000 Kuala Lumpur, Malaysia.
電話：(603) 90578822　傳眞：(603) 90576622
email:cite@cite.com.my

封面設計／Gincy
電腦排版／游淑萍
印　　刷／漾格科技股份有限公司
經 銷 商／聯合發行股份有限公司
電話：(02)2917-8022　傳眞：(02)2911-0053

■ 2022 年（民 111）1月初版　Printed in Taiwan

定價／300元

ISBN　978-626-95177-5-6

城邦讀書花園
www.cite.com.tw